MI HISTORIA
EN LA PROVENZA

Margot S. Baumann

MI HISTORIA EN LA PROVENZA

Traducción

Adriana Casals

Título original: *Lavendelstürme*
Publicado originalmente por Amazon Publishing, Alemania, 2014

Edición en español publicada por:
AmazonCrossing, Amazon Media EU Sàrl
5 rue Plaetis, L – 2338, Luxembourg
Abril, 2016

Imagen de cubierta © Walter Zerla / Blend/Offset; © Shestock/Getty Images
Diseño de cubierta por Pepe nymi, Milano

Impreso por: Ver última página
Primera edición digital 2016

ISBN: 9781503933989

www.apub.com

LA AUTORA

La trayectoria de cuentacuentos de Margot S. Baumann (1964) empezó en la escuela primaria al contarle a su profesora que sus padres la habían comprado en un mercado ambulante.

Escribe poesía clásica, suspense y novelas de amor, traición, secretos y lugares nostálgicos. Ha recibido premios nacionales e internacionales por sus obras. Le gustan las costas escarpadas, los acantilados abruptos, la música, los perros, la vida en general y su familia, y sueña con vivir en un chalé con vistas al mar. La autora es miembro de la Asociación de Escritores de Berna. Vive y trabaja en el Cantón de Berna (Suiza).

Más información en www.margotsbaumann.com.

Para mis hermanas Christine, Irene y Judith

SOBRE ESTAS COLINAS

Y sobre estas colinas queda
una nostalgia que vuelve,
una luz que nos deslumbra y
que al fin nos vence.

Y sobre estas colinas
acaricia una esperanza eterna,
un amén que se reparte
y que sin embargo no se disuelve.

Sobre estas colinas queda
la espera por lo nuevo,
un arrastre de lamento verdadero,
que siempre nos impulsa.

(Inscripción sepulcral, Beaumes-de-Venise)

CAPÍTULO 1

Saskia Wagner se encontraba en la vacía estación de tren de Beaumes-de-Venise y miraba a su alrededor en busca de algo. Estaba cansada, ansiaba una ducha caliente y una coca-cola helada. El asa de la bolsa de viaje se le clavaba dolorosamente en el hombro desnudo. Levantó la vista hacia el reloj de la estación. Las 17:00 horas. El tren había llegado puntual, pero desgraciadamente su servicio de recogida no.

Sobre el soñado pueblo de la Provenza se extendía un cielo de color azul oscuro. A lo lejos, a través de la bruma del final de la tarde, vio la formación rocosa dentada de Les Dentelles de Montmirail. Bancales de vides cultivadas se extendían más allá del valle del Ródano. Saskia inspiró profundamente el aire aromático: romero, lavanda y tomillo. ¡Inigualable!

«¡Te arrepentirás!», gritó David tras ella cuando dos semanas antes recogió sus cosas y dejó su apartamento en común en Biena. Pero hasta el momento su profecía no se había cumplido, ya que, aunque el trayecto de ida había sido pesado, la vista compensaba el viaje de ocho horas. Pero ¿dónde demonios se escondía su comité de bienvenida? No se veía un alma; tan solo un gato atigrado que tomaba el sol sobre un muro de piedra medio derribado.

—¡Hola, gatito!

El animal levantó la cabeza y parpadeó apático. Saskia sonrió satisfecha, dejó la bolsa de viaje en el suelo y empezó a rebuscar en ella. Sacó un folio doblado y leyó por encima las siguientes líneas:

«Llegada del tren de Aviñón a las 17:00 horas. La recojo. Saludos, Jean-Luc Rougeon, Beaumes-de-Venise.»

Saskia recordó cuándo oyó por primera vez el nombre Beaumes-de-Venise.

Estaba convirtiendo el sofá-cama de su amiga Cécile en sofá otra vez, cuando encontró debajo un folleto de colores. Lo sacó y lo leyó con curiosidad: campos de lavanda floridos en medio de suaves colinas; en la segunda página, vides verdes que se extendían en hileras rectas hasta un horizonte nebuloso.

—Dime —se dirigió a su amiga del parvulario, que estaba medio dormida en la cocina y sorbía su café—, ¿dónde está esto?

Saskia meneó el folleto.

Cécile entrecerró los ojos.

—¿Qué tienes ahí? —Atravesó la habitación arrastrando los pasos y tomó el folleto impreso en brillo—. ¡Ah, has descubierto mis raíces!

Saskia la miró sorprendida.

—¿Raíces? —preguntó y empezó a ordenar los cojines.

—Oui, mes racines —explicó Cécile abanicándose con el folleto—. Vuelve a hacer mucho calor.

Para el mes de junio eran temperaturas extraordinariamente altas y a Saskia no le importaba no tener que trabajar. Su amiga lanzó el folleto sin más explicaciones a la mesa de cristal del salón. Saskia esperó un momento, aunque Cécile pareció haber perdido el interés en el folleto.

—¿Qué ocurre ahora con tus raíces? —preguntó Saskia impaciente.

—Ah, eso... —Cécile bostezó abiertamente—. Pensaba que sabías que mi familia proviene originariamente de la Provenza.

—Saskia negó con la cabeza—. Veamos —prosiguió su amiga—, cuando a principios del siglo XX la filoxera exterminó las vides de mi abuelo, este emigró a Suiza. Mi abuela siempre decía que estaba contenta de librarse al fin de los trabajos pesados. Por aquel entonces mi tío abuelo tomó las riendas de los viñedos de la familia. Pero creo que no tuvo tanta suerte como mi abuelo. —Arrugó la nariz—. Ya no me acuerdo exactamente de todo. Hace bastante tiempo. Sea como sea, una parte de mi familia todavía vive en Beaumes-de-Venise. Es un pueblo con mucho encanto, bastante frecuentado en verano. Deberías ir, estoy segura de que te gustaría. —Volvió a bostezar y miró su reloj de pulsera—. Mince alors! Me tengo que dar prisa. Tienes suerte de que te hayan despedido. ¿Qué haces hoy?

Saskia le echó una mirada escéptica. Ella no entendía su despido como un golpe de suerte, aunque el tiempo libre, sobre todo con ese calor, no estaba mal del todo.

—Todavía no lo sé, quizás vaya a bañarme.

—¡Qué afortunada! ¿Hacemos un cambio? Con este tiempo, ajustar la ortodoncia de los niños mientras lloran no es precisamente mi idea de un día perfecto.

Saskia se rio.

—No, gracias.

—Por cierto, por si te interesara el pueblo, los Rougeon tienen página web. Mira en Internet. Quizás te iría bien hacer un pequeño viaje. Ahora, quiero decir… —dejó la frase a medias frunciendo los labios.

—Sí, ya veremos —replicó Saskia arrastrando sus palabras.

Cécile asintió y cerró la puerta. Justo después empezó a oírse la ducha.

Saskia buscó su bikini en la bolsa de viaje. ¡Oh no! Todavía seguía en casa, colgado de la cuerda de tender. ¿En casa? ¿Era su casa todavía? ¿Un hogar? No, no lo había sido nunca. El apartamento que compartía con David era lo más parecido a su hogar. Sus muebles, sus fotos, sus CD. Las pocas cosas que ella había traído al apartamento común las había ido retirando él a la chita callando con el tiempo.

David trabajaba como CEO en una empresa internacional de artículos deportivos y tenía un sueldo extraordinariamente bueno. Por el contrario, el sueldo de ella, como periodista independiente del periódico Seeländer Tagblatt, era ridículo. Lo podría haber pagado él sobradamente de la caja menor. Incluso hubo momentos en los que él se lo dio a entender. Pero, aun con todo, una editorial periodística suprarregional había adquirido el periódico local de Saskia el mes anterior y había despedido a todo el personal.

Saskia suspiró. Sí, había ahorrado un poco de dinero y había heredado algo tras la muerte de sus padres, y eso le dejó cierto margen económico, pero no iba a poder vivir mucho tiempo de eso. ¡Necesitaba un trabajo con urgencia!

Ese era el motivo por el que el día anterior se había peleado con David.

—Cariño, una pregunta… —Saskia intentó no empezar a gritar. La sangre le hervía y se puso a contar en silencio de cero a diez e inspiró aire profundamente—: ¿Sería mucho pedir que sacaras la basura?

—Sí, cariño, ahora mismo.

David estaba tumbado en el sofá de piel negra y hojeaba el suplemento deportivo del periódico del día. No levantó la mirada ni un solo instante mientras respondía.

Saskia sintió cómo le subía la sangre a la cabeza. No solo le resultaba cómodo haber encontrado un ama de casa gratis en ella, sino que desde que la habían despedido se comportaba como un pachá. Había traspasado el límite claramente.

—¡Esto no me lo creo! —Se puso las manos en las caderas y se colocó delante de él—. ¡Deberías verte! Un macho como Dios manda que se deja servir desde el principio hasta el final. ¡En serio, no me apetece nada ir ordenándotelo todo y jugar a ser tu criada!

Finalmente David levantó la cabeza y la miró sorprendido.

—¿Qué te ocurre? ¿Estás en «esos» días? —preguntó y sonrió burlón y, cruzando las manos por detrás de la cabeza, prosiguió—: Hoy he tenido una reunión tras otra y estoy agotado. O sea que, por favor, cariño, saca la basura tú misma. En realidad, no tienes nada que hacer en todo el día, ¿no es cierto? Seguro que puedes hacerlo —se dirigió de nuevo a su periódico y gruñó—: Sería lo último, dejarme dar órdenes por una simple escritora de provincias en mi propio apartamento.

Saskia estaba demasiado perpleja como para responder, y se quedó mirándolo boquiabierta. ¿Cómo se atrevía a hablarle así? Las lágrimas de rabia y humillación le rebosaban de los ojos. ¿Es eso lo que él realmente pensaba de la relación? ¡Qué bueno saberlo!

Se dio la vuelta, subió a la buhardilla, bajó su bolsa de viaje y empezó a hacer la maleta. Tras unos instantes se sintió observada. Al volver la cabeza, vio a David apoyado en el marco de la puerta con los brazos cruzados, mirando con las cejas arqueadas cómo metía con rabia sus vestidos en la bolsa.

—Cariño, estás volviendo a exagerar. Déjate de tonterías y ven al salón. He abierto una botella de vino.

Saskia sabía que, si contestaba en ese momento, no saldría nada bueno de sus labios. Por eso siguió metiendo la ropa en la maleta en silencio. Cuando llenó la bolsa, se arrimó a David y bajó del altillo su maleta vieja y roída.

—De verdad, Saskia —refunfuñó David—. Estás loca. Como siempre, sales huyendo cuando hay un problema. ¡Qué típico! ¿Y adónde quieres ir? ¿Quieres dormir bajo un puente? —dijo chasqueando la lengua con arrogancia—. ¿O hay un hombre del que yo no sepa nada?

Saskia resopló con desprecio. Claro, ahora la estaba acusando. Fue al cuarto de baño y metió el cepillo de dientes, el peine y sus pinturas en el neceser. Poco a poco la adrenalina se le iba soltando por el cuerpo. Se sintió agotada y solo tenía ganas de irse.

—¡Entonces lárgate! —gritó David de repente, y ella se estremeció asustada—. ¡Mañana puedo conseguir a diez como tú! ¡Y de sobra! Y seguro que están mucho más agradecidas por lo que les ofrezco.

A continuación, David agarró la llave del vehículo y dio un portazo al salir de casa. Por su parte, Saskia se refugió en casa de Cécile y su sofá-cama. A Cécile la conocía desde siempre: hicieron el bachillerato bilingüe juntas en Biena y durante su juventud fueron inseparables. Ahora, mujeres adultas, se veían menos, pero seguían siendo las mejores amigas.

—Me voy. Hasta la noche.

Las palabras de Cécile devolvieron a Saskia al presente. Sin esperar respuesta, su amiga se apresuró y la puerta de la entrada se cerró.

Saskia se quedó ante la cafetera. Necesitaba unas cuantas cosas del apartamento y se puso a pensar en cuál sería el momento adecuado para recogerlas. No quería cruzarse con David de ninguna manera. Pocas veces iba a trabajar a la empresa antes de las nueve, pero trabajaba hasta más tarde por la noche, a veces hasta muy entrada la noche. Así que todavía le quedaba tiempo.

Se sentó a la mesa del comedor con una taza de café con leche y abrió su portátil. Mientras se conectaba a Internet, se puso a mirar por la ventana. Todavía quedaba sobre las casas de la ciudad una ligera bruma que se desvanecería pronto. Parecía que iba a hacer bochorno otra vez.

El pequeño apartamento de Cécile se encontraba en la sexta planta de un edificio al lado del parque municipal y ofrecía amplias vistas sobre Biena, el lago y las colinas de Chasseral.

Saskia dirigió la mirada a su portátil, vaciló un instante hasta que se decidió a buscar Beaumes-de-Venise por Internet. Entró en el portal de la comunidad, pinchó en la galería de fotos de los alrededores y suspiró. ¡Una región de ensueño! Leyó un artículo sobre la historia del pueblo, otro sobre los tipos de vides cultivadas, profundizó en las atracciones turísticas de la zona y finalmente, mediante otro enlace, encontró una página con una lista de los viticultores locales. Rougeon. Esa debía de ser la familia de la que le había hablado Cécile.

En la página principal vio una imponente casa señorial, rodeada de vides verdes. Al fondo se alzaban montañas azules. El ambiente le recordaba un poco a la Toscana, donde había pasado las vacaciones con David el año anterior. Se deshizo del recuerdo y empezó a navegar por la página web de la familia de viticultores. Una imagen mostraba campos de lavanda que se extendían hasta el horizonte, completamente floridos. Saskia pudo casi sentir el aromático olor de las plantas. Seguramente resultara emocionante estar allí en esa época. Buscó rápidamente la etapa de florecimiento de la lavanda francesa: de julio a agosto. De pronto se paralizó.

«Nous cherchons de tout de suite ou à convenir, aide… Se precisa para ahora, o según se acuerde, ayudante para la temporada de verano en nuestra fonda. Servicio, auxiliar de cocina, atención al cliente, etc. Conocimientos de alemán indispensables. Pago acorde con acogida en una familia.»

Saskia parpadeó y frunció los labios. ¿Era una locura responder al anuncio? Había poca esperanza de encontrar un puesto de trabajo en un periódico en época de crisis, y un cambio de aires, como le sugirió Cécile, seguramente le iría bien.

La espontaneidad de algunos de sus mejores artículos se la debía a ella, y ahora tampoco se lo pensó mucho: envió un correo electrónico con sus datos personales y una solicitud breve a la dirección indicada. Las posibilidades de que la escogieran para el puesto eran pocas; su mano tembló ligeramente al presionar en el botón de «enviar». ¿Se lo tendría que haber consultado primero a Cécile? Ya era lo suficiente mayor para tomar sus propias decisiones.

Saskia apagó su portátil y cerró la tapa, animada. ¡Ya vendría lo que tuviera que venir!

CAPÍTULO 2

Jean-Luc Rougeon miró su reloj. ¡Llegaba tarde a la estación! Las campanas de la torre de la iglesia más cercana habían tocado cinco veces y Baptiste Pelletier, uno de sus mejores clientes, no acababa de decidir qué vino moscatel quería introducir en su pedido.

Jean-Luc tamborileaba nervioso sobre el mostrador de madera que ocupaba casi toda la parte izquierda de la bóveda del sótano. Pronto aquel lugar se convertiría en un ir y venir de turistas sedientos, y no solo porque en la bóveda de muros de piedra se estaba fresco, sino porque Baptiste únicamente vendía lo mejor de lo mejor.

Jean-Luc odiaba la impuntualidad y tampoco daba buena impresión que el futuro jefe no atendiera sus propios compromisos. Pero el negocio era lo primero; la chica seguro que lo entendería.

¿Chica? No, Saskia Wagner ya no era una chica. Solo le había echado un vistazo rápido a la solicitud y se la había entregado directamente a Géraldine. En esos momentos él no tenía tiempo para mirarse los currículum con detenimiento. A pesar de todo, recordaba el año de nacimiento de la candidata. No era ninguna niña. Normalmente solo aceptaban a chicas estudiantes durante los meses de verano, porque en la actividad de la finca veían un cambio agradable que contrastaba con sus estudios y también estaban satisfechas con el sueldo.

¿Quizás una periodista esperara algo más? En realidad no era problema suyo. Estaban en un aprieto, porque Britt, que normalmente ayudaba en la finca los meses de verano, estaba en el hospital de Bruselas con una pierna rota. Así que asintió cuando Géraldine le propuso la semana anterior que lo intentaran como solución rápida con aquella Saskia.

—¿Y...? —Jean-Luc se impacientaba.

Baptiste levantó las cejas extrañado.

—¿Tienes prisa? —gruñó y siguió husmeando el moscatel. Giró la copa y observó interesado el color amarillo-dorado de su contenido—. Sí, me convence. Me llevo dos docenas. —Se permitió un gran trago y chasqueó los labios—. Rico, rico, muy buena calidad. Lo que se espera de vosotros. —Sonrió a Jean-Luc con picardía—. ¿Y qué hay del descuento, mon vieux?

Jean-Luc se rio.

—Baptiste, sabes de sobra que me resulta del todo imposible bajar más el precio. Los negocios no van muy bien desde que los californianos producen vinos de postre ellos mismos. Pero ¿qué te estoy contando?

Suspiró y el propietario del restaurante asintió.

—Sí, la competencia. Hemos dejado atrás los años dorados. Solo podemos salir a flote ofreciendo calidad. Aunque, por desgracia, los consumidores no lo valoran y prefieren comprar matarratas barato antes que estos tesoros. —Miró el líquido amarillo con ternura y vació la copa de un trago—. Me lo traes la semana que viene, ¿de acuerdo? Así puedes respirar un poco más antes de que lleguen los turistas.

—Ningún problema.

Se dieron un apretón de manos y con eso quedó sellado el negocio.

—¡Saluda a Soledad de mi parte! —le soltó Baptiste a Jean-Luc por detrás, cuando ya subía deprisa por las escaleras.

CAPÍTULO 3

Saskia volvió a mirar el reloj de la estación, casi las cinco y media. ¡La habían plantado! Resoplaba enfadada. Se colgó la bolsa de viaje del hombro y agarró el asa de la maleta de ruedas marrón. Al tirar de ella por el andén, daba bandazos de un lado a otro como un alcohólico. Empezó a mirar si había una oficina de información turística, y entonces entró en el sencillo, agradable y fresco vestíbulo de la estación y frunció las cejas al descubrir que los mostradores estaban cerrados. A través de una ventanilla polvorienta atisbó una parada de autobús en la acera de enfrente. Una mujer mayor, vestida totalmente de negro, estaba sentada al lado, en un banco, y rebuscaba algo en un bolso enorme. Saskia dejó el edificio de la estación, cruzó la calle y se dirigió a la zona de espera.

—Excuséz-moi, Madame…, ¿podría indicarme cómo llegar al viñedo de los Rougeon?

La mujer levantó la cabeza. Sus pequeños ojos se abrieron de par en par en la redondeada cara y empezó a sisear. Con sus brazos delgados empezó a gesticular de forma exagerada, como si quisiera espantar a una nube de insectos. Luego se santiguó varias veces y escupió en el suelo, justo delante de los pies de Saskia. Del susto, Saskia dejó caer su bolsa de viaje al suelo y dio instintivamente un paso atrás. Intentó comprender algo de lo que la vieja mascullaba. ¿Qué había asustado tanto a la viejecita?

—Madame… —empezó otra vez, pero la mujer movía la cabeza con un gesto de rechazo, hasta que se le soltaron unos mechones blancos de su moño y pareció que hubiera metido los dedos en un enchufe. En ese momento llegaba un autobús plateado con el letrero «transCoVe». La vieja se abrazó a su bolso y se fue tropezando escaleras arriba. Tras el cristal sucio de la ventana, Saskia todavía vio cómo la mujer gesticulaba alocadamente. No podía explicárselo y se encogió de hombros sin entender nada. Cuando el conductor del autobús la vio dudar y negar con la cabeza, cerró las puertas y se fue dejando atrás una nube de humo apestosa.

¡Eso era una bienvenida! Saskia dejó correr el aire y miró el horario de autobuses. Se hizo una idea de las paradas. En todo caso el viñedo de los Rougeon se encontraba en dirección opuesta, eso era seguro, y el siguiente autobús hasta allí pasaba en una hora. ¡Así que a pie!

Depositó la maleta pesada en una taquilla de la parte derecha de la estación. La recogería después. Aliviada por haber dejado el peso, con ánimo renovado siguió a mano derecha la calle, que serpenteaba hacia una colina. Poco después la camiseta de Saskia estaba empapada de sudor y tuvo que detenerse un momento para tomar aliento.

¡Qué poco cortés dejarla así plantada! ¿Debería llamar a la finca? Había grabado el número, pero le daba vergüenza hacer algo así ya el primer día. Después de todo, era adulta y podía valerse por sí misma. Y una pequeña excursión tras el largo trayecto en tren no le haría daño a nadie.

La temporada alta estaba cerca y el pueblo se daba un respiro antes de la avalancha que empezaría a mediados de julio, durante las vacaciones escolares. Las casas estaban construidas con piedra caliza de color tierra, que también ofrecía una base fértil a las vides que florecían colgadas al sol. El pueblo era conocido en todo el mundo por su vino moscatel dulce. En cada esquina de la población había bodegas que mediante sus anuncios escritos a mano invitaban a degustar las especialidades de la región.

En el centro del pueblo, Saskia encontró un mapa detallado. Se protegió la vista con las manos del resplandeciente sol y estudió el mapa con detenimiento. Ahí estaba la finca de Rougeon. Iba por buen camino. A la izquierda había sillas en la estrecha acera. Dos hombres mayores jugaban al Backgammon en una pequeña mesa de bistró o, tal y como lo llamaban allí, tables. Saskia se quedó mirándolos un rato y como no tenía prisa se sentó sin vacilar en una de las mesas libres a la sombra y pidió un vaso de Chose. Conocía ya de antes aquella bebida que se hacía a base zumo de limón exprimido con tónica y era ideal para saciar la sed.

El atractivo camarero, una mezcla de Alain Delon y Henry Cavill, le sirvió el refresco con una sonrisa radiante y además la miró con admiración. Se puso colorada y se apartó el pelo largo y rubio de su cara avergonzada.

—¿Turista? —preguntó sin entusiasmo. No parecía que fuera a darse por satisfecho con un simple Oui o Non.

—No, trabajaré aquí algún tiempo —repuso con su mejor francés y esperó que no la reconocieran enseguida por la pronunciación.

—¡Ah, suiza! —dijo el camarero, animado. Saskia asintió con amargura—. ¿Y dónde vas a trabajar? —siguió preguntando el joven, que se sentó espontáneamente en su mesa—. ¿Te molesta que nos tuteemos?

Saskia negó con la cabeza.

—En casa de los Rougeon —respondió y tomó el monedero.

—¡Oh! —dijo escuetamente el hombre mientras la miraba vacilando.

Ella frunció el ceño. ¿Qué significaba eso? Empezó a juntar el dinero para pagar su bebida. Sin duda era mejor ponerse en camino otra vez; quizás el trayecto hasta la finca fuera más largo de lo que parecía en el mapa.

—Laisse! —dijo el camarero tomándola por la muñeca—. Invita la casa. Una copa de bienvenida —murmuró y observó con interés su mano izquierda. Al no ver ningún anillo, sonrió todavía un poco más—. Soy Henri.

—Saskia —repuso ella y le tendió la mano.

Henri ignoró el gesto y la besó tres veces en la mejilla.

—Bienvenue à Beaumes-de-Venise, Saskia.

—Gracias, quiero decir, merci.

En ese momento una camioneta verde a la que le chirriaban las ruedas se detuvo ante el local y alguien bajó la ventanilla apresuradamente.

—¿Saskia Wagner? —preguntó una voz profunda.

Ella asintió y entornó los párpados. Había un hombre sentado tras el volante al que no podía ver muy bien porque tenía el sol de frente. Henri se levantó ágil y se apoyó desenvuelto en el vehículo.

—Salut, Jean-Luc, ¿qué tal?

El aludido gruñó algo indescifrable y a ella le pareció que lo más inteligente era tomar su bolso y levantarse.

—Adiós, Henri. Y muchas gracias otra vez por la bebida.

—¡Hasta pronto, guapa! —soltó el camarero, contento, y movió la mano para despedirse.

Saskia abrió la puerta del copiloto y subió a la camioneta. Para eso, primero tuvo que apartar a un lado a un perro de pelaje marrón que meneaba la cola, alegre.

—Buenas tardes, señor Rougeon —dijo y le tendió la mano al conductor.

—Jean-Luc —susurró.

Le dio un buen apretón de manos, pero soltó los dedos enseguida, como si ella tuviera una enfermedad contagiosa. Antes de colocarse unas gafas de sol de espejo, ella captó por unos instantes sus ojos oscuros. Lo que vio en ellos la desconcertó. ¿Era horror?, ¿sorpresa?, ¿rechazo? Era la segunda persona del pueblo que la trataba como si tuviera la peste. ¡Esto se podría poner bien! Tan pronto como arrancaron, sonó el teléfono de su nuevo jefe y empezó a discutir con alguien al otro lado de la línea.

Saskia se dio prisa por ponerse el cinturón de seguridad, pues Jean-Luc tomaba a gran velocidad las curvas cerradas, ¡y solo con una mano! De hecho deseaba volver a la estación para ir a buscar su maleta, pero ahora ya no se atrevía a pedírselo a su nuevo jefe. Aquel hombre la intimidaba y ella se preguntaba por qué. En otras circunstancias no habría tenido problema en hablar con extraños. Durante sus investigaciones o entrevistas había tenido que vérselas con gente difícil. Sin embargo, a Jean-Luc lo rodeaba el aura de una serpiente de cascabel enfurecida. Quizás no fuera lo más inteligente presentarse el primer día con exigencias.

Saskia lo examinó por el rabillo del ojo. Parecía alto: su cabeza estaba apenas a un par de centímetros del techo del vehículo. Si pillamos un bache, se va a dar un golpe, le pasó por la cabeza y sonrió al imaginarlo. Cuando sintió su mirada, volvió la cabeza hacia la ventanilla para que él no notara su alegría.

Dejaron el pueblo atrás y tomaron una carretera ancha que rodeaba una colina. A ambos lados del camino se extendían vides hasta donde alcanzaba vista. Los cultivos en bancales recordaban a campos de arroz chinos. Aun así, no vio a ningún trabajador agachado que plantara algo con el agua hasta las rodillas, pues allí el suelo era seco y polvoriento.

Saskia intentó seguir la conversación telefónica, pero el acento de Jean-Luc solo le permitía entender alguna palabra de vez en cuando. Se trataba claramente de negocios, pues de tanto en tanto aparecía la palabra «vin».

Su nuevo jefe llevaba vaqueros azules desgastados y una camisa del mismo tejido. Su pelo era negro como la pez; la piel bronceada era prueba de que pasaba mucho tiempo al aire libre, seguramente en su viñedo. Sus manos eran fuertes, con muñecas delgadas. Se percató de un anillo de oro sencillo en el dedo anular izquierdo. Estaba casado. Pobre mujer, su marido no tenía precisamente mucho encanto.

Con un giro rápido se salieron de la carretera asfaltada y siguieron por un camino de tierra. El vehículo dejó atrás una enorme nube de humo. Durante el trayecto el perro había puesto la cabeza sobre la pierna de Saskia y le babeaba abundantemente los pantalones de algodón. A ella le gustaban los perros y lo acarició entre las orejas; pareció que le gustaba, porque cerró los ojos con placer.

—Merde! —gruñó Jean-Luc y, enfadado, colocó su teléfono en el bolsillo de su camisa vaquera—. ¡Para ya, Gaucho! —ordenó, pero el perro no se inmutó.

—No pasa nada —repuso Saskia deprisa—. Me gustan los perros. Y el pantalón ya estaba sucio.

Jean-Luc le echó una mirada impenetrable y asintió.

—Por cierto, debo disculparme por mi impuntualidad. Me ha surgido algo.

—Ningún problema. Y ahora ya me ha… Quiero decir, ya me has encontrado.

Torció la boca. No sabía si se reía o estaba haciendo muecas. ¿Había dicho algo gracioso?

El trayecto a la finca resultó más largo de lo que había imaginado y se alegró de no haber tenido que hacerlo a pie. Al observar la espléndida región que los rodeaba, lamentó no disponer de vehículo propio. ¿Cómo exploraría la zona en sus días libres? A pie sería una ardua tarea. ¿Le pondrían a disposición un automóvil en la finca?

De pronto se puso a pensar en David. Había rechazado rotundamente su propuesta de tomarse un tiempo para aclarar los sentimientos del uno hacia el otro. Algo así no entraba en sus planes, le había dicho. Y, si quería seguir adelante con ello, era el principio del fin. Punto. Un triste final. Pero, si era sincera, la relación nunca se había sostenido sobre una base firme. Admitía que el estilo de vida de David, los restaurantes caros, los hoteles extravagantes de las vacaciones y el Porsche la habían impresionado, pero tan solo eran aspectos superficiales. Con el tiempo había anhelado más cercanía, sentimientos más profundos, y había tenido que admitir que su amor no era más que un romance pasajero que seguramente no iba a durar. Lo que acabó confirmándose, por desgracia; de lo contrario, no estaría ahora allí. Saskia se frotó la frente.

—¿Cansada? —Jean-Luc interrumpió sus pensamientos y se vio sorprendida.

—Sí, un poco —dijo con sinceridad—. El viaje ha sido largo.

Lo miró, pero él desvió la mirada rápidamente y se concentró en la carretera. ¡Estúpido, como si una sonrisa costara dinero!

Jean-Luc redujo la velocidad y rodeó una roca. Detrás se extendía un paseo de pinos que, después de una pequeña curva a la derecha, llevaba hacia lo alto de una colina. Allí reinaba un imponente edificio de arenisca de tejas rojas, flanqueado por algunos edificios más pequeños. Ya conocía la propiedad por las fotos de Internet, aunque estaba sorprendida de la enorme extensión de la explotación vinícola. Detrás de los edificios vio una construcción nueva de una planta con puertas enormes que llevaban el emblema dorado y rojo de los Rougeon. Después de pasar bajo un arco construido con piedra, a ambos lados del cual crecían laureles en tiestos de terracota, Jean-Luc siguió hasta un atrio de grava. Escalones de piedra llevaban a la puerta de entrada de la casa principal. Estaba abierta y dejaba entrever un vestíbulo espacioso. Un gran número de macetas de barro con lavanda y geranios llenaba el espacio. Impresionante. A Saskia se le iluminaron los ojos.

—Et voilà, ya hemos llegado.

Jean-Luc apagó el motor y abrió la puerta del vehículo. Ella hizo lo mismo. Gaucho saltó detrás enseguida y desapareció ladrando por el vestíbulo de la entrada.

Saskia tensó los hombros. Los siguientes meses los iba a pasar allí. Se alegraba de lo que tenía por delante. Era la misma excitación que solo sentía al comenzar una historia nueva. Se conmovió. Pero ¿estaba a la altura de las circunstancias?

—Tu viens? ¿Vienes?

Su nuevo jefe aguardaba ante las escaleras y siguió cada uno de sus movimientos con el rabillo del ojo.

«¿Por qué me clava la mirada de forma tan extraña?», se preguntó consternada. Normalmente, los hombres reaccionaban de forma totalmente distinta hacia ella y no podía explicarse de ninguna manera el comportamiento de Jean-Luc. Aunque quizás necesitara algo de tiempo antes de abrirse a extraños. Decidió no tomarse su comportamiento como algo personal y dejarle tiempo para que se acostumbrara a ella. Seguro que su humor mejoraría en algún momento.

Saskia tomó su bolsa de viaje y lo siguió hasta la entrada.

CAPÍTULO 4

—Vincent, ¿dónde demonios te has metido?

Philippe observaba furioso la mancha de agua bajo la ventana. La frotó con el zapato, pero la mancha gris no desaparecía. ¡El personal no estaba nunca disponible cuando se le necesitaba!

Atravesó la sala y se acercó a la fina cómoda de madera sobre la que colgaba un espejo de marco dorado. Por lo menos habían limpiado el polvo. Tomó una fotografía con marco plateado y observó a la niña de la imagen. Qué bonita era.

Acarició con cariño el cristal frío y tragó saliva. El dolor llegó repentinamente y Philippe gimió. Se tocó la cabeza, y la fotografía le resbaló de las manos, estalló en el suelo de parquet y se rompió con un horrible crujido.

CAPÍTULO 5

El despertador zumbaba por tercera vez. Saskia buscó el botón para silenciarlo y con gran parsimonia, soñolienta, se quitó la colcha de verano. Ya no estaba acostumbrada a levantarse tan pronto y se quedó un momento sentada en el borde de la cama. Su cabeza amenazaba con hacerse añicos y se lamentó en voz baja. Anduvo a tientas, descalza por el frío suelo de piedra hasta la ventana, y abrió las cortinas. La luz deslumbrante del sol la hizo estremecer.

Su habitación se encontraba en un ala lateral de la casa principal. Justo debajo empezaba el viñedo que desembocaba como una ola verde más allá de la colina que quedaba detrás. En esa época, en julio, las hojas de las vides estaban verdes y tiernas. Aunque era pronto, Saskia ya había visto entre las hileras a algunos trabajadores que estaban ocupados en la poda de los brotes.

Entornó los ojos, pero ninguno de los hombres tenía su altura, y solo a regañadientes se confesó a sí misma que estaba buscando a Jean-Luc con la vista.

Cuando entró en el vestíbulo el día anterior, se le acercó una mujer mayor, arreglada, con los brazos abiertos, que la besó tres veces en la mejilla y se presentó como la madre de Jean-Luc.

—Bienvenida, Saskia. Soy Soledad Rougeon, pero todos me conocen por Mama Sol. Espero que tu estancia con nosotros sea agradable.

Aunque sonreía, a Saskia no le pasó inadvertido que la anciana había abierto los ojos por un momento, horrorizada, cuando entró por la puerta. Otra vez alguien que se fijaba en su aspecto. Le examinó el vestuario a escondidas. ¿Saltaba a la vista una mancha monstruosa en sus pantalones? Aparte de babas de perro, tenía aspecto de persona respetable.

—Gracias, Mama Sol. Estoy segura de que me gustará mucho estar aquí.

La madre de Jean-Luc asintió satisfecha.

—¿Este es todo tu equipaje?

—Todavía tengo una maleta en una taquilla de la estación —repuso Saskia—. Si me deja la llave del auto, puedo ir a buscarla en un momento. Pesaba mucho para cargar con ella.

Soledad Rougeon frunció el ceño.

—¿Para cargar con ella? Pero ¿mi hijo no te ha...?

—Me retrasé —Jean-Luc interrumpió a su madre—, y recogí a la Demoiselle en un bar.

Saskia se mordió los labios. El tono sarcástico no le había pasado desapercibido. ¿Había cometido un crimen? Ella no había sido precisamente quien había llegado tarde. ¿Qué significaba ese comentario de desaprobación? ¡Qué grosería más inapropiada!

—Qué poco cortés, Jean-Luc —se dirigió Mama Sol a su hijo moviendo la cabeza—. Entonces irás tú otra vez a la estación a buscar la maleta de Saskia.

—Porque tampoco tengo nada mejor que hacer, ¿verdad? —repuso enfadado, le quitó de la mano la llave de la taquilla a Saskia y arrancó con tanto ímpetu que la grava de la entrada salió disparada a todos lados.

Saskia se quiso justificar, pero Mama Sol la tranquilizó poniendo la mano sobre su brazo.

—Deja al loup grognant. Ya se calmará.

Exacto, pensó Saskia, un lobo gruñón. Esperó, de todo corazón, no tener que verlo mucho.

A las ocho de la tarde se encontraron los empleados para cenar juntos. Saskia saludó a mucha gente, le dieron muchos besos y no tardó en dolerle la cabeza de tantos nombres desconocidos. Se sentaron unas quince personas alrededor de la enorme mesa de roble del comedor; iba llegando gente nueva constantemente y otros se marchaban. Muchos debían de ser trabajadores de la viña, ya que todos tenían la piel muy morena y llevaban pantalón de peto azul con el emblema de la explotación vinícola. En una esquina de la mesa había tres hombres sentados juntos que probablemente se ocuparan de la bodega, ya que bebían de todos los vasos y al terminar discutían con gesto animado. Delante de todos, presidía la mesa la familia Rougeon. Mama Sol y su esposo Ignace; a su lado, su hija Odette Leydier con su marido y los dos hijos, Magali y François.

Jean-Luc estaba sentado al lado de su padre y comía sin apetito el exquisito manjar. A su lado se sentaba una mujer que todavía no le habían presentado a Saskia. Probablemente su esposa. ¡Una verdadera preciosidad! Tenía el pelo largo, oscuro, que le caía por la espalda en ondas suaves, y los ojos ligeramente rasgados que le aportaban un aire salvaje. De vez en cuando la miraba con el ceño fruncido. ¿Era una mirada rabiosa? ¿Primero el jefe y ahora la jefa también? Saskia aguantó. Esto empezaba bien…, pero quizás estuviera equivocada. En definitiva, tan solo había deshecho la maleta y se había dado una larga ducha. Y no había nada de malo en ello. ¿Por qué motivo podría estar la mujer rabiosa con ella?

Jean-Luc no le dirigió la palabra a su mujer y clavó su mirada en el plato. Saskia supuso que se habían peleado y eso podría ser una explicación de su mal humor. Desvió la mirada del matrimonio; no le incumbía, ella ya tenía suficientes problemas.

A su derecha estaba sentada Nele, una estudiante holandesa; a su izquierda Chantal, una chica de Aviñón. Ambas iban a ser sus compañeras de trabajo. Nele ya le había explicado que a la finca llegaban autobuses que visitaban la bodega y se les ofrecía una cata final de los vinos de la casa que habían reservado. Su trabajo consistía en recibir a los visitantes y servirles distintos vinos. Fácil, como decía Nele. Era la segunda temporada que trabajaba para los Rougeon, y Saskia lo tomó como algo positivo. La holandesa estaba en forma; era pelirroja de pelo corto y ojos azules, de los que brotaba picardía. En cambio, Chantal era menuda, delgada y de pelo oscuro. Hablaba poco y normalmente se reía para dentro cuando un trabajador se dirigía a ella.

El estómago de Saskia gruñía impaciente y se llenó su plato con todas las exquisiteces que Henriette, la cocinera, había preparado para la jauría hambrienta. Tenía delante los platos tradicionales de la Provenza: cordero al romero, ratatouille, bullabesa, ensalada nizarda con aceitunas frescas y baguette. De acompañamiento bebían agua sin gas en jarras de cristal y por supuesto los vinos de producción propia.

Mama Sol invitó a Saskia a probarlo todo. Vino blanco para la ensalada, rosado para el entrante y vino tinto pesado para la carne. Después se sintió maravillosamente relajada. Se reía de cada chiste, ya que los hombres del peto daban lo mejor de sí mismos, aunque las gracias las entendía a medias. Cuando ella, achispada como estaba, contó uno, su mirada reparó en Jean-Luc, que la observaba con aire sombrío. De pronto soltó el tenedor en el plato, se levantó, de forma que su silla produjo un horrible ruido al rozar en el suelo de piedra, y se fue de la mesa sin disculparse. Los presentes se dirigieron miradas de asombro, pero dos minutos más tarde el ambiente ya estaba otra vez relajado y toda la gente se reía mucho.

Saskia disfrutó del ambiente de aquella gran familia. Ella, que había crecido como hija única y tras la muerte de sus padres se había encontrado sola en el mundo, se dejó caer ahora en aquel clan como en una caliente cama de plumas de pato. Todos eran encantadores con ella, a excepción de Jean-Luc y su esposa, pero a ellos los evitaría en la medida de lo posible. Estaba segura de que iba a ser una temporada maravillosa.

Saskia extendió sus brazos por encima de la cabeza y bostezó con ganas. De la cocina le llegaba el aroma a café recién hecho y cruasanes calientes. Se duchó deprisa, se puso un pantalón tres cuartos y una camiseta sin mangas. Se recogió el pelo con una goma. Un poco de rímel y brillo de labios rosa. Lista.

Ya había vajilla usada en la mesa cuando algo más tarde entró en el comedor. Nele estaba sentada sola al lado de las ventanas abiertas de la terraza, que dejaban ver el cuidado jardín, y leía el periódico.

—¿Soy la última?

Se sentó al lado de su compañera y se sirvió una taza de café de un termo. Nele dejó caer el periódico.

—Los trabajadores ya han comido todos y los Rougeon normalmente desayunan más tarde, pero Jean-Luc ya ha estado aquí. Chantal tampoco ha venido todavía; no acaba de llevar bien la puntualidad, como todos los franceses —añadió y se puso a reír.

Qué lástima, pensó Saskia, a pesar de todo le habría gustado desayunar con Jean-Luc. Pero ese pensamiento la dejó algo intranquila. Después de todo, era un hombre casado y ella acababa de romper su relación. Henriette entró por la puerta batiente de la cocina y colocó un cesto con cruasanes calientes sobre la mesa. El olor era tentador.

—Ah, la petite. Bien dormi? —preguntó y se limpió las manos en su delantal blanco.

—He dormido muy bien, gracias.

La cocinera asintió y empezó a ordenar la vajilla usada. Saskia tomó un cruasán y lo untó con mucha mantequilla y mermelada de fresa.

—Si sigo comiendo así, al final de la temporada no me cabrán los vestidos —anunció con la boca llena y Nele se rio para dentro.

—Sí, la comida es realmente excelente. Aquí siempre engordo un par de kilos y luego me paso el invierno en el gimnasio para quitármelos.

Saskia se rio asintiendo.

—Di, Nele —preguntó entre mordisco y mordisco—, ¿qué estudias?

Nele dobló el periódico, lo puso al lado del plato y se sirvió otra taza de café.

—Historia y Deporte —respondió—. En dos años, si Dios quiere, terminaré mi carrera y luego me gustaría enseñar.

—¿En serio? —Saskia asintió de forma aprobatoria—. Admiro a la gente que puede aportar algo a los demás. Por desgracia yo no tengo paciencia para eso. Una vez di una charla en un colegio de bachiller sobre la profesión de periodista, pero los niños ya habían perdido el interés a la media hora y la profesora tuvo que intervenir.

Nele se rio y Saskia se alegró de llevarse tan bien con su compañera nueva.

—¿Y qué planes hay para hoy? —preguntó tomando otro cruasán.

Nele miró su reloj.

—Géraldine empezará a danzar de un momento a otro y nos traerá el plan de hoy. La temporada alta todavía no ha empezado, pero no sufras, el Dragón nos va a ahogar de trabajo.

Saskia pensó si el día anterior le habían presentado a alguien con ese nombre, pero no lo recordaba. En ese momento se abrió la puerta de la cocina y Chantal entró tropezando en el comedor. Tenía la cara encendida y sus ojos la delataban. Nele le dio un golpe a Saskia con el pie por debajo de la mesa.

—Parece que nuestra querida Chantal haya disfrutado de otras cosas para el desayuno.

Saskia miró a Nele sin entender nada. Ella dibujó una sonrisa en los labios.

—Entiendo —repuso Saskia y sonrió satisfecha.

—Salut —dijo Chantal con voz melosa, se sentó y se quedó suspirando en las nubes. Nele puso los ojos en blanco de forma reveladora.

En ese momento Saskia tomaba su segunda taza de café, hasta que de pronto se oyó un alboroto de voces en el pasillo. Vio a través de la puerta abierta a Jean-Luc, que hablaba enfadado con su mujer. Ella llevaba un bloc de notas en la mano y jugaba nerviosa con un bolígrafo. Saskia no entendió ni una palabra de la conversación y Nele chasqueó la lengua nerviosa.

—¿Es esta su…? —Pero, antes de terminar de formular la pregunta, la esposa de Jean-Luc se apartó y dio un golpe con el bloc en la mesa de madera. Jean-Luc se precipitó mientras tanto hacia el jardín sin saludarlas. La puerta de cristal de la terraza retumbó peligrosamente al cerrarse de golpe detrás de él.

—Los que se pelean se desean —susurró Nele bromeando.

—Bon jour —dijo la mujer. Su voz temblaba ligeramente, como si tuviera que dominarse para no romper a llorar. Alargó a Saskia su mano delgada y cuidada—. Géraldine Rougeon.

Así que era ella, la mujer de Jean-Luc. Saskia correspondió al apretón de manos y tuvo la sensación de que no le gustaba a Géraldine.

No trates de convencerte de nada, se reprendió a sí misma. La mujer tiene problemas en su matrimonio; no me extraña que esté de mal humor. Y de esta forma, durante los siguientes minutos, intentó concentrarse en el trabajo que le asignó la esposa de Jean-Luc.

CAPÍTULO 6

Jean Luc entró en el local climatizado a través de una puerta corredera totalmente automática. Ariane, la secretaria de la Cooperativa Vinícola, estaba sentada en la entrada y llamaba por teléfono. Movió la cabeza amablemente, sin colgar el auricular, y señaló con la cabeza en dirección al pasillo. Él entendió por el gesto que ya lo estaban esperando.

A lo largo de las paredes del moderno edificio había vitrinas de cristal con que exhibían los productos de la empresa. A un lado los vinos blancos, un poco más adelante los rosados y por último los tintos. En medio se encontraban diversos diplomas y distinciones. Médaille d'Or Paris 2008, Médaille d'Argent Orange 2010 y muchas más. Debía reconocer sin envidia que era impresionante. Se quedó ante una puerta de madera lacada en rojo, esperó un momento, inspiró profundamente y entró.

CAPÍTULO 7

El carro de la compra se inclinó por la carga y se balanceó peligrosamente. Saskia intentó desesperadamente no tocar ninguno de los vehículos que se encontraban en el aparcamiento del supermarché. Ya que era la única que tenía carné de conducir, Géraldine la había enviado a hacer la compra. La lista de Henriette era larguísima. En ocasiones, Saskia había tenido que preguntar en el supermercado lo que significaba una u otra palabra, pues la letra de la lista recordaba a un jeroglífico egipcio. Abrió el maletero y empezó a colocar la compra. La furgoneta llevaba —como todos los vehículos de los Rougeon— el emblema rojo y dorado de la finca, y gracias a Dios estaba equipada con aire acondicionado. Ahora, a las diez de la mañana, el mercurio ya alcanzaba treinta grados. No tardó en aparecer el sudor en su frente.

—Salut, ma beauté! ¿Te ayudo?

Henri estaba detrás de ella, sentado en un descapotable, y mordía un palillo.

—¡Hola, Henri! —lo llamó animada y le tendió la mano. Pero el joven la ignoró como la vez anterior, la agarró por los hombros y le plantó tres besos en las mejillas. Luego cargó con la compra y la repartió por la furgoneta como si estuviera jugando al balonmano. Ella apretó la boca confiando en que no se rompiera nada.

Cuando terminó todos los recados y quiso despedirse de su ayudante, una camioneta frenó justo ante sus pies. Dio un paso hacia atrás, asustada. ¡Diablos, Jean-Luc!

—¡No te pagamos para coquetear! —vociferó. Se le formó una gran arruga entre los ojos. Henri sonrió a propósito, y para colmo le echó el brazo sobre el hombro a Saskia con familiaridad.

—Jean-Luc, deja disfrutar un poco a tus empleados —repuso burlón, e ignoró la mirada amenazadora de Saskia.

—Tan solo me ha ayudado —intentó justificarse ella, pero Jean-Luc ya había puesto la primera marcha y se había marchado del aparcamiento sin decir nada más—. ¡Qué arrogante! —murmuró y se libró del brazo de Henri.

—Está loco —añadió el joven encogiéndose de hombros, le dio los tres besos obligatorios en las mejillas y desapareció feliz, silbando entre los vehículos estacionados.

Saskia se sentó en el vehículo y buscó su teléfono. Necesitaba urgentemente apoyo moral, pero el teléfono de Cécile estaba desconectado.

—¡Fantástico! —gruñó enfadada.

Encendió el motor y salió del aparcamiento haciendo chirriar las ruedas.

CAPÍTULO 8

—Et après ça, il m'a dit, qu'il m'aime! Y luego me dijo que me quería.

Chantal estaba radiante y pelaba las patatas con la misma entrega que si fuera a ganar un premio.

—Ah, ¿en serio? —Nele le hizo ver que estaba muy interesada, y la joven francesa asintió apasionada—. Son muy buenas noticias, Chantal. Me encantaría que alguien me dijera algo así. —Se dirigió a Saskia, puso los ojos en blanco y murmuró—: Todos le dicen que la quieren para llevársela a la cama. ¡Fíjate cómo pela las patatas! Estoy segura de que está pensando en Alain.

Las jóvenes estaban en la cocina, ayudaban a Henriette a preparar la comida y charlaban entre ellas. Para la tarde se había apuntado un grupo pequeño. Nele le quería enseñar a Saskia después cómo tenía que tratar a los visitantes y todo lo que debía servir.

—Bien, guapas, gracias por ayudar. Ahora ya me las apaño sola.

Henriette se ató el delantal en su cintura mullida y echó la verdura limpia a un cazo lleno de agua. Saskia y Nele se lavaron las manos y se fueron de la cocina. Chantal se quedó atrás y sacó un taburete de madera de debajo de la mesa de la cocina como si no tuviera prisa.

—Le quiere hablar a Henriette sobre su nueva conquista —dijo Nele—. Siempre lo hace y, cuando el chico de turno la abandona, nuestra cocinera debe convertirse en su consultorio sentimental.

Bueno, mejor así que ponerme nerviosa a mí. ¡Ven! —dijo Nele con empeño—. Todavía tenemos algo de tiempo. ¡Vayamos a nadar!

Saskia ya había descubierto la piscina la noche anterior. Iluminada con lámparas submarinas verdes, la invitaba reluciente bajo la luz de la luna, pero se preguntó si al personal se le permitía utilizarla.

—De acuerdo. Voy a buscar mi bikini rápido.

Saskia caminó por los pasillos hasta su habitación y revolvió en la cómoda.

David se sentiría a gusto allí, le pasó por la cabeza y su buen humor se desvaneció repentinamente. Su teléfono había estado sonando constantemente durante las últimas horas, por eso lo puso en silencio. Echó una mirada rápida a la pantalla, otra vez seis mensajes de texto de David. Los borró sin leerlos. Lo quería tener en ascuas un tiempo; le sentaría bien.

Se quitó la ropa y se puso el bikini nuevo que se compró antes de iniciar su viaje. Se observó de arriba abajo en el espejo que estaba colgado en la pared, al lado de la cama. Estaba satisfecha de su figura, aunque encontraba sus caderas un poco anchas y el pecho un poco pequeño. Pero tenía las piernas largas, con buena forma, y una cintura estrecha. Tomó una toalla del cuarto de baño y a través de la puerta exterior fue a la piscina, que estaba en la parte de atrás del jardín. No reaccionó al silbido perfectamente reconocible que le soltó un trabajador al verla, sino que se envolvió la toalla alrededor del cuerpo. En Suiza, estas demostraciones de aprobación no eran corrientes, nada corrientes, cuando una tenía novio. Pero ¿en realidad seguía teniéndolo? ¿Era definitiva la separación de David? Dudó de sus sentimientos hacia él. Si era sincera, hacía bastante tiempo ya que dudaba, no solo desde su ruptura. Aunque en ocasiones lo añoraba y anhelaba sus caricias. Sobre todo por la noche, cuando se tumbaba sola en la cama y escuchaba atentamente el canto de las cigarras que oía a través de su ventana abierta. O durante la noche, cuando aparecía la luna en su habitación en forma de luz plateada; entonces sentía nostalgia de un cuerpo caliente a su lado. Pero esos momentos pasaban, la mayoría de las veces al amanecer, cuando el deber la llamaba. Entonces no le quedaba tiempo para sentimentalismos. Y de alguna manera la separación también era liberadora, ya que de esta forma no debía seguir prestando atención a los caprichos de David.

Saskia se deshizo de los pensamientos melancólicos y caminó por el jardín. La piscina relucía azul e invitaba con la luz del sol. Allí también había maceteros de terracota por todas partes con exuberantes flores. Un oasis de tranquilidad y relajación. En un rincón, a la sombra, en el suelo embaldosado con losas color tierra, había colocadas un par de mesas de bistró con las sillas a juego. En una de ellas había una toalla idéntica a la suya. Así que Nele ya estaba allí, pero no la veía por ninguna parte.

Saskia colgó su toalla sobre una de las sillas y se acercó al borde. Flexionó un poco su rodilla y comprobó la temperatura del agua con un dedo del pie. Fresca, pero no fría. Con un elegante salto de cabeza, entró al agua y salió de nuevo a la superficie resoplando. ¡Maravilloso! Con un par de brazadas enérgicas atravesó la piscina, se sumergió y buceó hasta el otro extremo. Era buena nadadora y sus brazos cortaban el agua de forma acompasada. Tras cinco largos se detuvo y nadó de espaldas dejando que el sol brillara en su cara.

—¿Te diviertes?

Sobresaltada, se dio la vuelta y tragó algo de agua de la piscina. Jean-Luc estaba agachado en el borde de la piscina y la observaba con los ojos entornados. Su pelo parecía húmedo, como si acabara de salir de la ducha. Un mechón oscuro le caía por la frente. De pronto Saskia tuvo la imperiosa necesidad de apartárselo de la cara con su mano.

Se ruborizó por sus pensamientos y balbuceó:

—Nele ha dicho que podíamos nadar aquí.

Su jefe elevó con su sonrisa la comisura de los labios y cruzó los brazos sobre el pecho.

Saskia carraspeó. ¿Por qué la defendía por lo que hacía? El carácter de Jean-Luc la llevaba a sentirse constantemente culpable. ¡No podía soportarlo!

Él no dijo nada, se quedó observando abiertamente su figura. Saskia se sintió muy desnuda con su bikini. Le hubiera gustado desaparecer, pero para eso tendría que salir de la piscina y pasar por delante de Jean-Luc. ¿Por qué no decía nada el muy estúpido?

—Salut, Jean-Luc, ¿qué tal va el negocio? —Nele apareció por el patio con dos vasos de limonada en las manos.

Jean-Luc dejó por fin de mirar a Saskia y se dirigió a su empleada.

—No podría ir mejor —dijo entre dientes, se dio la vuelta y desapareció por una de las puertas de la terraza.

—¿Qué mosca le ha picado? —Nele dejó los vasos y saltó a la piscina—. Estupendo, ¿verdad? —dijo riendo.

Saskia asintió. Estaba confundida. Había algo de ella que no le gustaba a Jean-Luc, pero no sabía qué.

CAPÍTULO 9

Jean-Luc se sentó suspirando ante su escritorio y puso los pies sobre la mesa. La conversación con la Cooperativa Vinícola no había sido satisfactoria. Dijera lo que dijera, Arnaud rechazaba cada una de sus propuestas sistemáticamente. ¡Era para volverse loco! Se abrió la puerta y entró su madre.

—¿Y...? —preguntó sentándose en una de las sillas que había delante del escritorio. Jean-Luc se dio prisa por apartar los pies de la mesa cuando se percató de su ceño fruncido.

—Están muy cabezones —repuso y empezó a revisar el correo.

—Mmm.

—¿Mmm? —repitió él—. ¿Cómo debo entenderlo?

—Bueno, o cedes o estás fuera. No tienes, «no tenemos», más posibilidades, ¿cierto?

Jean-Luc asintió. Observó a su madre durante unos instantes. No se le notaban los sesenta y cinco años de edad. Todavía tenía en sus ojos la picardía de una niña, aunque ese día parecían cansados, como si soportaran mucho peso. Su pelo todavía conservaba el brillo de la juventud, aunque ahora los mechones blancos le habían ganado terreno a los oscuros. Piel de color aceituna, pómulos elevados, delgada y ágil. De pronto vio en ella a la mujer joven. Incluso para la Provenza era una cara exótica. Podía entender a su padre, que se quedó prendado por ella, a pesar de la oposición de la familia Rougeon, que no quería a aceptar a una nómada. En aquella época una romaní no era presentable, pero Ignace Rougeon no hizo caso a los convencionalismos y se casó con ella a pesar de todo. ¡Qué escándalo! Dio que hablar al pueblo durante mucho tiempo. Soledad no hablaba muy a menudo de aquella época, que seguro que fue difícil para ella. Pero con los años los pueblerinos se acostumbraron a la exótica mujer en la finca. Otros acontecimientos que dieron que hablar terminaron pasando a primer plano.

La madre y el hijo eran muy parecidos, y no solo físicamente. A diferencia de Odette, la hermana de Jean-Luc, que tiraba más hacia los Rougeon, él no podía negar sus orígenes. Su temperamento, que sin duda había heredado de Soledad, no siempre lo había hecho feliz. Era propenso a fuertes arrebatos emocionales que a menudo solo podía controlar a base de esfuerzo. Con los años, los arrebatos fueron menos tempestuosos, aprendió a controlarlos y a imponer la razón a los instintos. Tan solo en ocasiones, como en ese momento, cuando se cometían injusticias le corría la rabia por las venas, y el impulso de romper algo se hacía insoportable.

—¿Qué opinas de Saskia? —Soledad cambió el tema de pronto. Jean-Luc le echó una mirada cortante. No obstante, su madre miraba por la ventana completamente desentendida del asunto y se acariciaba el brazo que le dolía, que con toda probabilidad anunciaba el siguiente mistral. Jean-Luc siguió su mirada. El sol ya estaba en su cenit, y los trabajadores del viñedo iban de camino al comedor.

—¿Qué quieres que opine de ella? —repuso acechante y se recostó. ¿Quería su madre dar algo a entender? De todas formas se quedó muda, por eso añadió—: Es agradable y seguro que hará bien su trabajo.

—Entonces tú también te has dado cuenta. Claro que lo has hecho. Menuda ironía —constató Soledad y se levantó de la silla—.

Sorprendente. Espero que eso no ocasione problemas. ¿O debo preocuparme?

Le echó una mirada temerosa, pero sin esperar su respuesta se fue del despacho.

—Merde! —gruñó Jean-Luc, se le había ido del todo el apetito.

CAPÍTULO 10

—¿Le sirvo un poco más? —Saskia sonrió delante del turista sudoroso, que le acercó el vaso otra vez, contento.

—Excelente, señorita, sencillamente excelente, ¡todo hay que decirlo! ¡Y qué servicio más atento, estoy muy impresionado!

Miraba descaradamente el pecho de Saskia, y a ella le habría gustado darle un bofetón.

—Los vinos se pueden comprar aquí directamente y hacer que se los envíen. ¿Qué le parecería una caja de moscatel de Rougeon? Estoy segura de que también lo disfrutará en casa.

Saskia entregó una lista de precios al turista y se dio prisa por librarse de él. El hombre estaba ya tan borracho que temió que le diera allí mismo una palmadita en el trasero por la excitación.

—Has pescado un admirador divino —se rio Nele sarcásticamente y descorchó otra botella—. Únicamente ten cuidado de que su dulce esposa no acabe contigo en un rincón oscuro, porque hace un rato que te está mirando fijamente algo mosqueada.

Saskia miró asustada a la seca mujer y se estremeció: ¡si las miradas mataran…!

—Pero yo no he hecho nada —repuso impotente.

Nele se rio.

—No te lo tomes en serio, con el tiempo te acostumbrarás. Muchos se emborrachan, tontean y luego no compran nada.

Saskia asintió. Tenía la sensación de ser una muy mala vendedora, pero al final de la cata de vinos el gordito compró incluso dos cajas y le guiñó un ojo con complicidad al sacar la tarjeta de crédito.

Una vez el minibús arrancó, Nele se sentó en una de las sillas y se apartó el pelo de la cara con un soplido.

—¿Te apetece una copa de vino? —Nele se sirvió un trago de rosado.

—¿Se nos permite beber durante el trabajo? —preguntó Saskia. El espacio donde acababan de hacer la degustación debía limpiarse con urgencia, y se mostraba reacia a descansar así por las buenas.

Nele se rio a carcajadas y le dio un golpecito al taburete que estaba a su lado para invitarla a sentarse.

—Cariñito, aquí beber vino es casi parte del trabajo. En realidad debes ser capaz de informar a los visitantes. ¿Cómo quieres hacerlo si no tienes idea de cómo sabe el vino?

Eso saltaba a la vista. Saskia aceptó agradecida el vaso lleno que Nele le ofrecía.

—Algo teñido, elegante y aroma afrutado, poco ácido y con taninos —recitó Nele en tono teatral y brindó con ella sonriente.

Saskia estaba impresionada, ella solo era capaz de decir si el vino le gustaba o no, y este precisamente le sabía extraordinariamente bien. Bebió un trago largo y agarró una baguette que había sobrado de la cata.

—Delicioso —dijo entusiasmada y puso los pies sobre uno de los barriles de vino que servían de mesa.

—Sí, el querido Jean-Luc hace bien su trabajo —la secundó Nele.

—¿No sería mejor que ahora ordenáramos todo? —preguntó Saskia. Bebió de su vino rosado e intentó descubrir su carácter.

—¡Yo también lo creo así! —se oyó desde la puerta de la entrada. Géraldine se dirigía enérgica hacia las dos chicas. Saskia dio un brinco, pero Nele no se inmutó y escupió un hueso de aceituna en el hueco de su mano.

—Hoy ha valido la pena, Géraldine. Hemos vendido algunas cajas a los teutones. Sobre todo Saskia ha tenido éxito, ¿no es cierto?

—Ella se rio halagada.

—Ya es algo —repuso la mujer de Jean-Luc—. A fin de cuentas estáis aquí para trabajar. O sea que ¿puedo fiarme de que en media hora esté todo listo? —dijo dando golpecitos a su reloj.

—No problem! —Nele se levantó y gimió—. ¿Ha reservado alguien más?

—Hay una visita inesperada de los representantes de una importante bodega de Aviñón —repuso Géraldine y levantó con la punta de los dedos un vaso donde había quedado pintalabios rojo—. Los voy a atender yo y quiero que me ayudes, Nele. Mientras tanto, Saskia puede quedarse en la cocina con Henriette. Lavar verdura no es ninguna vergüenza. No te importa, ¿verdad?

Le lanzó una mirada provocativa.

—No, no hay ningún problema —repuso Saskia.

No pasó por alto el sarcasmo y se preguntó por qué Géraldine la trataba tan despectivamente. En el caso de Jean-Luc todavía podía entenderlo, pero por lo que a su mujer se refería, iba a tientas.

—¡Entonces, pongámoslo todo a punto!

Nele sacó una bandeja de detrás de la barra de madera y colocó encima las copas de vino sucias. Saskia se dio prisa por vaciar los restos de comida en un cubo que después llevaron a los cerdos del granjero vecino.

—Bien, ahora me voy a cambiar. —Géraldine examinó la estancia con la mirada, luego se dio la vuelta dándose impulso sobre el tacón y desapareció por una de las puertas laterales.

—No la soporto —murmuró Saskia.

Nele se rio para dentro.

—Te acostumbrarás a ella. En el fondo no es mala; solo tiene miedo de que Jean-Luc pudiera interesarse por ti.

Saskia se volvió, perpleja. ¿Cómo se le pudo ocurrir semejante idea a su compañera de trabajo? Jean-Luc no mantenía en secreto su antipatía por ella. Y delante de su mujer no intentaría nada con una empleada. Era imposible que fuera tan tonto.

Movió la cabeza riendo.

—¡Estás chiflada! ¿Demasiado rosado quizás?

—¡No, demasiado poco! —gritó traviesa la holandesa y se bebió de un trago su media copa.

CAPÍTULO 11

Philippe Arnaud apoyó la cabeza en sus manos y cerró los ojos. Se frotó las sienes doloridas y luego sacó una caja de aspirinas. Normalmente separaba los negocios de la vida privada, pero con Jean-Luc no funcionaba así. No podía perdonarle lo que le había hecho a su hermana, y el odio por su cuñado devoraba un trozo de su corazón día a día. Sabía que debía perdonarlo, así lo enseñaba el Nuevo Testamento; pero, por mucho que Philippe se empeñara en llevar una vida cristiana, en este asunto le era imposible tener clemencia.

Se levantó y abrió la puerta de la recepción. Ariane levantó la cabeza y lo miró inquisitiva.

—¿Podrías convocar una reunión para la semana que viene, por favor? Quiero que estén todos. No se aceptarán evasivas o disculpas extrañas. Debemos actuar y tomar una decisión. No podemos seguir así con los Rougeon.

Ariane asintió y tomó nota. Se trataba otra vez de Jean-Luc. Se lo podría haber imaginado. Después de que esa misma mañana saliera corriendo, enfadado, parece que no llegaron a un acuerdo.

Suspiró. A ella le gustaban Jean-Luc y su familia. Y, a excepción de Philippe, nadie les echaba la culpa de lo que había sucedido en el pasado. Su jefe era muy realista por lo general y un inteligente hombre de negocios, y tan solo en ese asunto era terco como una mula. Ella ya había dejado de decirle las cosas como eran. Más de una vez había despotricado contra ella, diciéndole que eso no le incumbía y que sería mejor que se preocupara de sus asuntos.

Envió la invitación por correo electrónico a los miembros de la junta. El presidente de la Cooperativa Vinícola, Philippe Arnaud, convocaba al tribunal.

CAPÍTULO 12

Los días pasaron muy deprisa. Hacía dos semanas que Saskia vivía en Beaumes-de-Venise y cada vez se adaptaba mejor a la empresa de los Rougeon. El trabajo era duro. Como periodista no estaba acostumbrada a estar de pie de la mañana a la noche, pero el trato con los turistas y con los compañeros de trabajo le gustaba. Y sobre todo estaba impresionada por el entorno. Por las noches caía siempre rendida en la cama y hasta entonces había rechazado todas las invitaciones del atractivo Henri para tomar una copa de vino en el pueblo.

Aquel era su día libre. Mama Sol le había recomendado un par de atracciones turísticas que valían la pena. Saskia quería ir a ver las cuevas de los alrededores, las llamadas Beaums. Justo detrás de la finca había un camino que llevaba a las grutas de piedra que fueron habitadas durante el período celta. Estaba prohibido explorar aquellas grutas de varios kilómetros sin un guía local, pero Saskia no tenía pensado renunciar a su deseo de explorar. Nele tenía que trabajar, y Chantal solo había movido la cabeza riéndose cuando le preguntó si quería acompañarla. Pero eso a Saskia no le importaba. Mieux seule, que mal accompagné, como dicen los franceses. Mejor sola que mal acompañada.

Henriette le había preparado a la pequeña suiza el almuerzo para llevar, y a las ocho de la mañana Saskia salió a toda prisa. Soplaba el mistral en el valle del Ródano desde hacía un par de días y Mama

Sol se quejaba de sus huesos doloridos, aunque por su situación topológica Beaumes-de-Venise estaba protegida del frío viento del norte, cosa que no solo era favorable para las uvas.

Saskia siguió el estrecho camino a lo largo de los viñedos hacia arriba y en cada rincón encontraba motivos que valía la pena fotografiar. De vez en cuanto se cruzaba con grupos de ciclistas en mountain bike que bajaban la montaña a velocidades infernales.

Todavía no había alcanzado las grutas cuando oyó un alegre ladrido y Gaucho se le acercó corriendo y moviendo la cola.

—¿Qué haces aquí? —dijo sorprendida y le acarició el cuello. Buscó a su alrededor, pero no vio a nadie. Qué extraño, normalmente Gaucho acompañaba únicamente a Jean-Luc. Se encogió de hombros y se echó la bolsa al hombro. Quizás el perro también quería descansar del malhumor de su amo. No se lo podían tomar a mal. Tras hacerse una idea del mapa, las grutas ya no quedaban lejos. En cualquier momento el perro probablemente se fuera a marchar otra vez; hasta entonces estaba siendo una compañía agradable.

—¡Vamos, Gaucho, iremos a ver lo que los celtas garabatearon en las paredes!

Pasados diez minutos llegaron a las primeras grutas. Saskia se sentó en un banco que alguien inteligente había dispuesto para excursionistas cansados. Sacó una botella de agua mineral de su bolsa y le dio un poco a Gaucho en un recipiente de plástico, de donde sacó el melocotón que había traído.

—Santé! —le dijo cuando sumergió el hocico en el agua. Tras el tentempié se levantó otra vez.

—¿Entras conmigo, Gaucho? ¿O hay un cartel en alguna parte donde ponga «me tengo que quedar fuera»?

Sonrió satisfecha. El animal movía la cola, pero no daba muestras de seguirla a la gruta.

—Caramba, ¿un perro claustrofóbico? Vamos, chico, si seguro que dentro se está más fresquito.

Pero Gaucho no se movía ni un milímetro; por el contrario, se dio la vuelta y retrocedió un poco por el camino. Entonces se detuvo y ladró con fuerza. Saskia elevó las cejas, desconcertada. Se comporta de forma muy extraña. ¡Igualito a su amo y señor!

—Bueno, pues déjalo.

Se dirigió a la gruta, pero cuando apenas había puesto un pie dentro el perro ladró como un loco. Saskia se volvió y se tocó ligeramente la frente.

—¿Estás chiflado? ¡Fuera! Arrêt! —Pero el perro ladraba ahora con todas sus fuerzas—. Si fueras Lassie, pensaría que me quieres decir algo. Pero desde niña no he creído nunca que los perros fueran tan inteligentes. O sea que déjalo y vuelve a casa.

Se adentró en la gruta y los ladridos de Gaucho fueron a menos. Saskia miró a su alrededor interesada, aunque no podía evitar una sensación extraña. ¿De verdad quería el perro enseñarle algo o hacerle una advertencia? Había leído a menudo que los animales tenían un sexto sentido. Miró temerosa el techo de la gruta. ¿Qué ocurriría si en ese momento se desprendía?

—Tonterías —dijo casi en voz alta, pero se quedó quieta. Pensó un momento y dio media vuelta.

—De acuerdo, héroe —se dirigió a Gaucho, que había estado esperando, dócil, en la entrada y ahora saltaba y jadeaba—. Tú ganas. Pero no has hecho nada del otro mundo —añadió y pensó qué ridículo era discutir con un perro que no entendía ni el alemán.

Gaucho se volvió veloz como un rayo e hizo el camino de vuelta corriendo. Saskia se esforzaba por seguirlo y a los pocos metros empezó a jadear.

—¡Eh, no tan deprisa! —gritó y en ese instante el perro desapareció terraplén abajo—. ¡Genial! ¿De atleta de los cien metros lisos a montañista?

Saskia colocaba cuidadosamente un pie tras el otro. Allí el suelo estaba lleno de gravilla. De vez en cuando se soltaba una piedra y rodaba por la escarpada pendiente abajo. Los setos de lavanda silvestre eran lo único a lo que se podía sujetar. Las nudosas ramas le cortaban la carne y le provocaban dolor.

—Como cuando llegue ahí abajo no me espere una olla llena de oro, tú te vas por tu camino y yo por el mío, Gaucho —dejó salir de sus labios. Saskia iba deslizándose más sobre las nalgas que de pie, pendiente abajo, y se le iba levantando la piel de las manos y de los codos. Finalmente llegó al fondo del valle. Al buscar al perro a su alrededor, descubrió a una persona pegada a una roca grande, tendida en el suelo.

—¡Ay, Dios mío! —se le escapó.

Se precipitó sobre el cuerpo inerte y comprobó horrorizada que se trataba de su jefe. Los ojos de Jean-Luc estaban cerrados; su piel parecía de cera. Salía sangre de una herida abierta en la cabeza; un brazo estaba torcido de forma muy poco natural. Gaucho lamía la cara de su amo con fervor. Su lengua se volvió roja. Saskia se mareó. Tiró enérgicamente del collar del animal y le ordenó que se echara. Esta vez el perro obedeció enseguida y puso la cabeza sobre las patas.

—¿Jean-Luc? —Tocó ligeramente a su jefe en el pecho. Él gimió, sus párpados vibraron y abrió los ojos.

—¿Saskia? —murmuró él abatido y quiso incorporarse, pero volvió a caer dando un grito.

—¿Qué ha ocurrido? —preguntó sobresaltada y se quitó la bolsa de los hombros. Sacó la botella de agua y la sostuvo en los labios de Jean-Luc. Tragó un par de veces, pero casi todo se le fue por la comisura de los labios y goteó en su camiseta.

—Un ciclista, lo quería esquivar, me he metido en un agujero y luego me he caído. Creo que me he roto el brazo.

Saskia asintió.

—Debo buscar ayuda —dijo—. Sola no puedo llevarte pendiente arriba.

—Mi teléfono.

Jean-Luc miró al bolsillo de su pantalón. Saskia sacó su teléfono, pero luego movió la cabeza.

—No será posible, se ha roto. Y por desgracia yo no llevo tampoco. —Se levantó y miró a su alrededor—. ¿Puedes moverte? Sería mejor que te pusieras a la sombra.

Señaló la roca. Jean-Luc asintió. Saskia lo agarró por debajo de los brazos y tiró de él cuidadosamente un par de metros hasta una roca. ¡Dios santo, el hombre pesaba unos cien kilos!

Mientras tanto, Jean-Luc se mordió los labios, se le formaron perlas de sudor en la frente. Debía de sentir un dolor intenso. No era de extrañar, pensó Saskia; además de la herida de la cabeza y el brazo roto, seguro que tenía magulladuras por todo el cuerpo y probablemente una conmoción cerebral también.

Por fin lo consiguieron y se quedaron sentados en la sombra con la respiración fatigosa. Saskia sacó de su bolsa un colorido pañuelo que normalmente usaba para protegerse del sol, y lo presionó en la herida sangrienta de la cabeza de Jean-Luc.

—¿Puedes mantenerlo así? —Elevó el brazo que no estaba herido y asintió, lo que provocó que dejara escapar un fuerte gemido—. ¿Cómo es que estabas por aquí? —preguntó ella mientras pensaba si se atrevía a colocar en su sitio el hueso del brazo roto, pero desechó la idea enseguida; probablemente lo empeoraría todo.

—Tierra… —susurró—. Alguien quiere vender un terreno y quería verlo.

—Entiendo. Escucha, Jean-Luc, ahora voy a ir a buscar ayuda. Dejo la bolsa aquí. Hay suficiente agua en la botella. Ve bebiendo algo para no volverte a desmayar, d'accord?

Él asintió obediente y Saskia se levantó. Si se daba prisa estaría en una hora en la finca. Quizás podría detener a un ciclista y enviarlo con el aviso.

—Entonces, hasta ahora. Me daré prisa.

Jean-Luc le tomó la mano.

—Gracias —le dijo en voz baja.

—¡Gracias a la querida Lassie! —repuso Saskia y trepó pendiente arriba.

CAPÍTULO 13

—¿Roto? ¿En serio? Bueno, qué lástima, aunque no puedo hacer nada al respecto. No, no tiene nada que ver con la crueldad. ¡Se trata de negocios! Sí, está bien, pero nosotros no somos ninguna institución social y tenemos que pensar en nuestros miembros. Eh..., quiero decir, ha tenido oportunidad de sobra de ceder. Ahora ha llegado el momento de aceptar las consecuencias. No, imposible. ¡Esta es mi última palabra! Bien, hasta la semana que viene, adieu.

Philippe colgó el teléfono con un golpe violento. ¡Lo que faltaba! Ahora los demás querían dar marcha atrás, y él debía continuar el plan establecido. Pero ¿era acaso culpa suya que el muy estúpido hubiera tenido un accidente? Debería ir con más cuidado.

Jean-Luc encontraba siempre una excusa. Quizás todo fuera una maniobra para ablandarlo. ¡Aunque él no iba a irse con el rabo entre las piernas! Jean-Luc Rougeon había arriesgado demasiado y ahora era el momento de pagar. Llevaría la carta de expulsión personalmente a la explotación vinícola para asegurarse de que llegaba.

Philippe se masajeó la frente y pulsó el interfono.

—Ariane, ¿está listo el escrito? Bien, lo entregaré personalmente a los Rougeon. Retrase, por favor, mi siguiente cita una hora, gracias.

CAPÍTULO 14

Saskia olisqueaba en la copa y ladeaba la cabeza.

—¿Cereza? —Y, cuando Mama Sol asintió e hizo un movimiento de negación con la mano, añadió Saskia—: ¿Avellana?

Soledad Rougeon resplandecía.

—¡Exacto! Cereza y avellana. ¡Cada vez lo haces mejor!

Saskia sonrió orgullosa. De hecho no era tan difícil encontrar los diversos aromas. Cuando en otoño volviera a Suiza, seguro que impresionaría mucho a David con el nuevo talento que había adquirido. El pensamiento le sobrevino de forma totalmente espontánea y su sonrisa desapareció por unos instantes. Ya no eran pareja. ¿Cómo había podido olvidarlo?

Al no responder a los muchos mensajes de texto que David le había enviado al principio, un día dejaron de llegar de repente. Y, cuando Cécile llamó hacía dos días, su amiga del colegio le contó que David tenía pareja otra vez. Saskia aguantó. No es que le importara mucho, pero la rapidez con la que él la había sustituido le había sentado bastante mal.

—¿Ocurre algo, niña? —Mama Sol la observaba atenta.

—No, nada —repuso Saskia a la ligera. No quería sincerarse con la anciana; además, ella ya tenía suficiente con sus cosas.

Habían rescatado a Jean-Luc mediante un operativo espectacular y al final lo habían llevado al hospital de Aviñón. Como se suponía, se había roto un brazo y tenía una conmoción cerebral.

La herida de la cabeza necesitó varios puntos de sutura; pero, tal y como le había comunicado el médico a la familia, había tenido suerte. Géraldine estaba fuera de sí y empezó a soltar un sinfín de maldiciones. Primero cargó contra Chantal, por no ser lo suficientemente rápida en reunir un par de cosas de Jean-Luc, y después amenazó por teléfono al médico con demandar a todo el hospital si Jean-Luc no recibía las mejores atenciones.

Su jefe iba a salir ese mismo día del hospital y, al ver un automóvil que se detenía, Saskia se levantó para comprobar si el convaleciente había llegado. Mama Sol le hizo una señal de que la seguiría.

Saskia se dio prisa por llegar a la entrada principal. Pero el automóvil en cuestión no era más que un vehículo de empresa de la Cooperativa Vinícola, del que bajó un hombre correctamente vestido con traje y corbata. Llevaba un sobre en las manos y al subir las escaleras daba la impresión de ser una persona decidida. Poco antes de entrar en el portal, se volvió y dejó vagar la mirada por el zaguán. Estaba en ello cuando vio a Saskia y se quedó blanco como la leche. El sobre se le escurrió de las manos y planeó por la gravilla. El desconocido se balanceó amenazadoramente, como si estuviera a punto de desmayarse.

¿Qué le ocurría? Saskia se dio prisa por ayudarlo.

—Monsieur, ¿se encuentra bien?

Se agachó, recogió el sobre y se lo extendió al desconocido. El hombre le clavó la mirada, como si hubiera visto un fantasma, y aún siguió palideciendo. Saskia frunció las cejas. ¿Estaba bebido? No se sentía cómoda bajo aquella mirada insistente.

—Mon dieu, Virginie! —gritó el extraño sin creer lo que veía, y la rodeó por los hombros con manos temblorosas. Luego empezó a hablarle deprisa. A Saskia le dio mucho miedo.

¡Está loco! Dio un paso atrás y el hombre intentó atraparla.

—¡Haga el favor de dejarme en paz! —gritó asustada, se dio la vuelta, corrió por el camino y desapareció en un edificio lateral.

Philippe Arnaud se quedó clavado como una piedra en la entrada y siguió observando a la joven.

—Philippe, ¿a qué debemos el honor de tu visita? —Soledad Rougeon bajó los escalones y le extendió la mano a su vecino—. Estás completamente pálido, ¿has visto un fantasma?

Philippe despertó de su estupor.

—¡La verdad es que sí! —Jadeó y tomó la mano que le tendía. Le dio un fuerte apretón de manos, pero seguía mirando el camino de entrada.

Soledad reprimió un quejido.

—¿Quién era? —preguntó intrigado y finalmente soltó la mano.

—¿Quién? —Se frotó los codos—. ¡Maldito mistral!

—La chica rubia. Al principio he pensado que se me había aparecido Virginie. —Se rio desorientado—. ¡Es desconcertante! ¿Quién es?, ¿qué hace aquí? ¡Dímelo por favor, tengo que saberlo!

Soltó un gallo y Soledad lo tranquilizó poniéndole una mano sobre el brazo.

—Tranquilízate, Philippe. Se llama Saskia Wagner, es suiza y trabaja aquí los meses de verano. —Ella rio pensativa y añadió—: Sí, desconcertante, ¿verdad? La primera vez yo también me asusté un poco.

Philippe sacudía la cabeza con incredulidad y hacía girar, nervioso, el sobre que tenía en las manos.

—¿Es para nosotros? —preguntó Soledad y miró el sobre con expectación.

Los sobres blancos por lo general significaban malas noticias; sobre todo, cuando los traía el remitente en persona.

—Sí, quiero decir, no. No es para vosotros —Philippe estrujó el sobre y lo guardó en el bolsillo de su chaqueta.

—Entiendo. Hace tiempo que no gozábamos de tu presencia. Si no recuerdo mal, desde que ocurrió el accidente.

Soledad sabía perfectamente que Philippe acababa de mentir y entendió que eso estaba relacionado con el encuentro con Saskia. Por un lado, estaba contenta del aplazamiento —solo podía tratarse de un aplazamiento—; por otro lado, la intranquilizaba que Philippe todavía estuviera tan obsesionado con Virginie. Y, al pensar en su comportamiento en el pasado, temió que quizá trasladara esa obsesión ahora a Saskia. Temió que todo se volviera a repetir. Ella no lo soportaría otra vez.

—Entra, Philippe, y bebe un vaso de moscatel conmigo.

Se agarró a su brazo, pero su vecino no quería moverse de los escalones de la entrada y miraba constantemente por encima del hombro. Por lo visto, habría preferido seguir a Saskia. Un hecho que intranquilizaba sumamente a Soledad.

CAPÍTULO 15

—¡Ahora vaya con cuidado, idiota!

Géraldine le soltó un bufido al conductor de la ambulancia y este se acobardó ante el insulto. Esquivó el siguiente bache para no poner furiosa a la mujer que llevaba detrás.

—Ya está bien, Géraldine, deja al pobre hombre tranquilo. Hace todo lo que está en sus manos y yo no soy de mantequilla.

Jean-Luc iba sentado en la ambulancia, escayolado, con un gran esparadrapo en la frente, todavía algo pálido, y maldecía al departamento de obras públicas, que no arreglaba los baches en la carretera de entrada a Beaumes-de-Venise.

Estaba enfadado consigo mismo. ¿Cómo podía haber sido tan estúpido para caerse por esa pendiente? Precisamente ahora, en la temporada alta, se notaría su ausencia en la tensa situación que estaba atravesando la explotación vinícola y tendría un efecto negativo. Philippe y la Cooperativa Vinícola lo vigilaban de cerca: Géraldine se tomaba libertades que no se debían permitir; su padre luchaba contra una enfermedad que finalmente lo dejaría en los huesos, y también estaba Saskia, que le rondaba por la cabeza desde que llegó. La única persona en la que podía confiar al cien por cien era su madre, pero se hacía mayor.

A veces Jean-Luc estaba cansado y deseaba tirarlo todo por la borda y olvidarse. Hubo un tiempo en el que se sentía fuerte e imbatible y afrontaba fácilmente cualquier reto. Sí, en ocasiones había querido ponerse a prueba para medir sus fuerzas. Pero desde el accidente de Virginie, había dejado ese modo de vida —¿fue el impulso juvenil?— y había entendido que todo podía terminar en cualquier momento y en el lugar más insospechado. Con el movimiento de una mano ahuyentó los turbios pensamientos. Géraldine lo miraba compasiva.

—¿Te duele? —Le pasó la mano por el brazo sano.

—¡Déjalo! —Le soltó un bufido—. No ha cambiado nada. ¿Por qué no lo reconoces de una vez por todas?

Géraldine se estremeció y se mordió los labios.

—Tenemos suerte con el tiempo —intentó cambiar de tema, pero Jean-Luc no la seguía y se quedó reflexionando en silencio.

Géraldine enmudeció. Quizás debería darle aún más tiempo a Jean-Luc. Pero ¿no lo había hecho ya? ¿Dos años no eran suficientes? Anhelaba su cariño en sus noches de soledad. Pero él rechazaba cada intento de acercamiento, a veces de forma muy hostil. Y, desde que esa rubia había llegado a la finca, era todavía peor. Géraldine también sabía por qué y se echaba la culpa. Era una ironía del destino que ella misma hubiera contratado a Saskia. La ley de Murphy: se decidió por la candidata que precisamente no había enviado ninguna foto. Debió de ser un shock para Jean-Luc cuando fue a recoger a la suiza.

Gracias a Dios, Saskia solo se quedaría durante el verano y desaparecería otra vez en otoño. Entonces Géraldine tendría vía libre. Seguro que Jean-Luc se daría cuenta alguna vez de qué méritos de su prima eran también suyos. No era tonto. Se propuso mostrarle el camino para que se diera cuenta. Y ya sabía cómo hacerlo.

CAPÍTULO 16

—Entonces me tocó y de pronto me empezó a hablar como una cotorra.

—¿Y no dijo nada más?

—Bueno, estaba bastante desesperado, pero por desgracia no he entendido nada.

Saskia levantó los hombros a modo de disculpa.

—Sí, a veces tienen un dialecto muy feroz. Y llegamos nosotras con nuestro francés de escuela correcto y no sirve de nada —la secundó Nele, y Saskia asintió con la cabeza.

—Vite, vite, mesdames! —Henriette interrumpió su charla y se dieron prisa por acabar de lavar la verdura.

Oyeron cómo un vehículo se detenía en la entrada. Saskia echó un vistazo por la ventana de la cocina. Jean-Luc salía de la ambulancia agarrado al brazo de Géraldine y llegó cojeando hasta la entrada.

—Ya está otra vez aquí —dijo.

—No es tan fácil acabar con él —repuso Nele y probó la bullabesa que se estaba cociendo en una gran olla ante ella—. ¡Divino! Debo sonsacarle la receta a Henriette.

Saskia hubiera preferido ir corriendo al vestíbulo y preguntarle a Jean-Luc cómo se encontraba. Pero temía que Géraldine se lo pudiera tomar mal. Saskia todavía no creía que la esposa de Jean-Luc estuviera celosa de ella, pero sí sabía lo que pasaba por la cabeza de los demás. Ya habría ocasión de hablar con Jean-Luc. Seguro que estaba cansado del viaje y quería acostarse.

Entró al comedor por la puerta batiente y ayudó a Chantal a poner la mesa para el mediodía. La pequeña francesa lloriqueaba en silencio. Tenía los ojos rojos e hinchados. Casi seguro que Alain había roto con ella. Así que la abnegación al pelar patatas no había servido de nada.

Saskia estaba tumbada en la cama y tecleaba en su portátil. Quería escribir un artículo sobre su estancia en la Provenza y venderlo en otoño a un periódico. Los reportajes de viajes estaban de moda en ese momento. Y, por mucho que le gustara el trabajo en la finca, era periodista. A veces, cuando Géraldine no estaba, Mama Sol le dejaba utilizar el equipo informático del despacho y así podía seguir en contacto con Cécile y con sus otros amigos, al menos por e-mail. Hablar por teléfono era demasiado caro. De hecho, le fastidiaba un poco la añoranza, pero ella veía su puesto allí como una prolongación de las vacaciones que quería disfrutar al máximo.

Miró su reloj. Todavía le quedaban cuarenta minutos de su descanso; era suficiente. Antes había visto cómo Géraldine se marchaba de la finca con la furgoneta. Una oportunidad fabulosa para consultar el correo electrónico.

Saskia cerró su portátil y saltó de la cama. Caminó descalza por el pasillo y abrió con cuidado la pesada puerta de madera del despacho. Metió la cabeza. Bien, no había nadie.

Era un espacio acogedor, lleno de muebles de madera rústicos, tan típicos de la Provenza. De las paredes colgaban las etiquetas enmarcadas de los vinos de la casa y distintos certificados. El suelo brillante de parqué estaba cubierto con alfombras de color. Plantas verdes en tiestos de cerámica acababan de redondear la imagen. Olía a papel viejo y a lavanda.

Saskia se sentó frente a la pantalla y se agachó para encender el equipo informático. Cuando estaba en ello, vio a través de la mesa un par de piernas largas en vaqueros azules que se extendían en el sofá de delante.

—Merde! —se le escapó.

Jean-Luc levantó una ceja sorprendido.

—Buena elección de palabras para una periodista —dijo seco.

Saskia se puso colorada.

—Tu madre me ha dado permiso para utilizar Internet de vez en cuando —balbuceó abochornada y se puso a pensar otra vez que no dejaba de justificarse constantemente ante ese hombre—. Pero puedo venir más tarde si te molesto. —Se incorporó.

—No hay problema. Haz lo que quieras —repuso Jean-Luc y se buscó una posición más cómoda para el brazo escayolado. Saskia estaba algo indecisa tras el escritorio y pretendía ser sarcástica en su respuesta—. No me molestas, en serio, solo estoy dormitando un poco.

—Bien, gracias entonces.

Se sentó de nuevo y encendió el equipo. Al leer el e-mail de Cécile se puso a reír en voz alta.

—¿Un mensaje divertido de tu novio? —preguntó Jean-Luc.

—No, no tengo novio —replicó Saskia espontáneamente—. Cécile me ha escrito. Me da recuerdos para ti y para toda la familia.

—Me alegra oírlo —repuso Jean-Luc.

Saskia lo miró asombrada. ¿A qué se refería esa afirmación?, ¿a que no tenía novio o a los saludos de Cécile? También creyó percibir un matiz de satisfacción en su voz. ¿O se estaba riendo de ella?

Apagó el equipo y se levantó. Ya contestaría a su amiga más tarde.

—Ah, ¿ya has terminado? Te has dado mucha prisa. —Jean-Luc intentó alcanzar una botella de agua que estaba en una mesita, pero no llegaba con el brazo bueno—. ¿Puedes ayudarme, por favor?

Se tendría que ayudar a sí mismo o llamar a su insolente esposa. Saskia dudó un instante. Le salió la niña boba y se dirigió al sofá.

Le alcanzó la botella y él rozó los dedos de ella con su mano y casi dejó caer la botella al suelo. Saskia se contuvo —el hombre la ponía francamente nerviosa—. Cuando iba a marcharse del despacho, Jean-Luc la sujetó por el brazo.

—Espera.

Ella se quedó inmóvil. Casi se le salía el corazón por la boca.

—¿Sí? —dijo con voz ronca—. ¿Quieres que te traiga algo más?

—Siéntate, por favor —le pidió dando golpecitos a su lado.

Saskia aceptó su invitación con recelo. El sofá era estrecho y, al sentarse, sus cuerpos entraron más en contacto de lo que ella deseaba.

—Todavía no te he dado las gracias como debía. Lo quise hacer al llegar, pero Géraldine está al acecho. —Se rio y contagió a Saskia—. O sea que muchas gracias. Sin ti los buitres habrían acabado conmigo.

—Ah, ningún problema. Tan solo... —repuso ella, pero Jean-Luc le puso un dedo en los labios y la hizo callar.

—Hay que saber aceptar un elogio —dijo y la miró con atención.

A Saskia le pareció que él buscaba algo en su cara. Estaba como electrizada por el contacto con él, pero justamente esa mirada la ponía realmente nerviosa. ¿Tenía Nele razón y Jean-Luc se interesaba por ella de verdad? Pero ¿qué ocurría con Géraldine? ¿Era posible que ambos mantuvieran una relación abierta? No le cabía en la cabeza. Géraldine parecía una mujer muy dispuesta al compromiso. ¿Qué diablos estaba ocurriendo con su jefe? ¿Era tan solo agradecimiento lo que reconocía en sus ojos? En ese momento se abrió la puerta y entró «el Cancerbero». Al ver a Saskia sentada al lado de Jean-Luc, sus ojos se convirtieron en dos estrechas rayas y con voz helada preguntó:

—¿Desocupados?

Saskia se levantó de un salto y estiró los hombros.

—Ni mucho menos, estamos con las listas de trabajo.

—Bien, al fin y al cabo no estamos aquí para disfrutar.

—Tampoco se le ocurriría a nadie. O sea que, si me das permiso, me voy a cambiar y al trabajo.

—Como si estuvieras en tu casa, pequeña —repuso Géraldine con desprecio.

Saskia se puso colorada. Hacía al menos quince años que la habían llamado «pequeña» por última vez, y ya tenía una respuesta mordaz en la punta de la lengua cuando oyó una sonora risa detrás de ella. Jean-Luc se sujetó la barriga y gimió.

—Mon dieu! ¡Esto duele, no me hagas reír tanto! —se quejó él.

Saskia también tuvo que sonreír satisfecha. Era una situación un poco grotesca; en eso tenía razón. Se comportaban como dos gallos de pelea, o mejor dicho, como dos gallinas de corral. Únicamente Géraldine, al parecer, no lo encontró tan divertido, y se quedó con una mueca amarga ante el escritorio.

Saskia opinó que era mejor marcharse cuanto antes, y pasó de largo ante la mujer de Jean-Luc. Debía darse prisa si no quería llegar tarde.

—¿«El Cancerbero»? un nombre ideal —se burló al correr por el pasillo, y se alegró en secreto de poder contárselo a Nele.

—¿Lo encuentras correcto? —Géraldine se acercó al escritorio y ordenó el correo según la urgencia.

—¿El qué? —preguntó Jean-Luc sorprendido.

—Mezclarte con una empleada. —Echó su melena a la espalda con un movimiento nervioso.

—Primero, querida, no me he mezclado con nadie, y segundo, si así fuera, no sería de tu incumbencia.

Jean-Luc se incorporó, sacó de su pantalón una caja de analgésicos y se tragó una pastilla.

—Solo lo digo —replicó Géraldine e intentó apaciguar sus celos.

—No me des dolores de cabeza. Te he preparado para llevar el negocio y no para controlar mi vida privada.

Tras estas palabras, Jean-Luc miró hacia la puerta cerrada del despacho y se rio.

«Está pensando en Saskia», le pasó a Géraldine por la cabeza. Le resultaba casi imposible expulsar a gritos su frustración; por eso bajó la cabeza y se mordió los labios hasta hacerse daño.

—Sí, de acuerdo, tienes razón, disculpa —dijo dominándose—. ¿Hay novedades de Philippe?

—Hasta ahora no —repuso Jean-Luc—. Mi madre me ha dicho que estuvo aquí para traernos la carta de expulsión, probablemente; pero le pareció que después de una copa de vino cambió de opinión y se fue.

Contrajo los hombros y torció la cara de dolor.

—Entonces tendremos un breve respiro antes de que caiga la guillotina definitivamente, ¿verdad?

—Sí, es lo más probable.

—¿Y no ves ninguna posibilidad de retrasarlo? —Cuando Géraldine vio cómo se le oscurecía la cara a Jean-Luc con la pregunta, añadió deprisa—: Quiero decir, ¿de llegar a un acuerdo?

—No —gruñó de mala gana—. No es y no fue nunca mi error. Si Philippe no lo reconoce, no puedo ayudarlo. Yo no voy a pagar por algo que no he hecho. Algo de lo que nadie es responsable. —Se levantó del sofá a duras penas—. Voy a relajarme un rato, estoy algo mareado. Si surgiera algo, ya sabes que estaré en mi habitación.

Géraldine asintió y Jean-Luc se fue del despacho por la puerta que daba al jardín.

Ella siguió mirando cómo cojeaba por el camino de adoquines; le habría gustado correr tras él. El deseo de fundirse en sus brazos era tan poderoso que le faltó poco para romper a llorar. Maldición, debía actuar deprisa antes de que Saskia y su primo se acercaran más. Géraldine descolgó el teléfono.

CAPÍTULO 17

Philippe Arnaud observaba la fotografía moviendo la cabeza. ¡Un milagro!, pensó. Un milagro fuera de lo común. Abrió el cajón del escritorio y sacó la imagen enmarcada que mostraba a su hermana Virginie junto a él en una salida en kayak. Los hermanos estaban bronceados y sonreían felices a la cámara. La imagen fue tomada seis meses antes de la boda de Virginie con Jean-Luc. Tenía las dos fotos juntas en el escritorio y su mirada iba de aquí para allá. ¡Sorprendente, de veras sorprendente! Virginie tenía los pómulos algo más marcados que Saskia, y su pelo era más oscuro, pero por lo demás las podrían haber tomado por gemelas univitelinas.

Desde que hacía un par de días tuvo esa «aparición» en casa de los Rougeon, no se la podía quitar de la cabeza y contrató a un detective privado para que lo averiguara todo sobre la extranjera rubia.

Nombre: Saskia Wagner
Nacionalidad: suiza
Profesión: periodista, en estos momentos desempleada
Fecha de nacimiento: 16 de febrero de 1986
Dirección: C/ Cécile Garnier, Rue Franche 4, CH-2504 Biena
Antecedentes: ninguno
Padres: Wagner, Hans-Peter, Wagner-Müller, Edith, ambos fallecidos
Hermanos: ninguno

Philippe no creía en las casualidades. Por eso debía de haber algún motivo por el que Virginie hubiera ido a parar a Beaumes-de-Venise. ¿Le estaba dando el cielo una segunda oportunidad? ¿Virginie? ¡No, Saskia! Estaba muy confuso. El dolor de cabeza seguía golpeando en su frente y volvió a echar mano de las pastillas. Se tragó una sin agua y miró por la ventana los viñedos envueltos en la bruma de la tarde. El calor se extendía por las colinas y, por efecto de los espejismos, se parecían a un mar verde. En el otro lado estaba situada la finca de los Rougeon, y allí estaba ahora Virginie —no, ¡Saskia!—, ocupada quizás en ese momento en vender vino a turistas idiotas.

Philippe frunció el ceño. No era un trabajo adecuado para una persona tan delicada. No debería trabajar, sino más bien seguir concentrándose en su arte. En casa tenía un cuadro sin terminar en el caballete. Era una vergüenza que se hubiera casado con Jean-Luc y que lo hubiera dejado todo por ese proletario. Debía hacer algo de inmediato para que la pobre chica no siguiera cayendo en desgracia. Pero tan solo él, Philippe, entendía lo que a ella la movía. Él la quería y, además, era la única persona que se preocupaba por ella. Ese bárbaro, ante el que había cedido en un momento de debilidad, no sabía cómo valorar a una mujer así. Esta vez le haría caso, sí, debía hacerle caso. Ella era inteligente, pero estaba obcecada; él le enseñaría el camino correcto. Y, si era necesario, también «por la fuerza». A fin de cuentas, todo era por su bien. El teléfono lo distrajo de sus pensamientos y automáticamente Philippe descolgó el auricular.

CAPÍTULO 18

—De veras se lo digo. No deja de hablar de usted. Exacto, a ella le sabe mal, pero por orgullo no quiere dar el primer paso. Ya la conoce. ¿Encantadora? Sí, de hecho lo es, y muy inteligente y cariñosa. Incluso ha hablado de tener hijos y de dejar al fin su profesión. Como le ocurre a mucha gente, ha entrado en razón al salir al extranjero. Le puedo enviar un plano por e-mail para que pueda llegar. Sí, no hay ningún problema. No, eso no lo haría. Simplemente sorpréndala. No hay de qué, señor Hunziker. Hay veces en que hay que mostrarle el camino a la suerte. Y Saskia se ha ganado mi corazón de tal forma que debía intentarlo, ¿lo entiende? Pero no le diga que le he hablado de ella. Muy bien, hasta pronto. Puede ponerse en contacto conmigo en todo momento por teléfono. De nada, adiós.

Géraldine colgó el auricular con una sonrisa de satisfacción. Había sido una idea genial llamar al exnovio de Saskia, del que le había hablado Cécile. Y era evidente que su artimaña estaba funcionando a la perfección. Ahora solo hacía falta esperar, pero tal y como se había acalorado el joven no tardaría mucho en ocurrir.

—¡Vaya! No solo vuestra rama familiar de los Rougeon es inteligente, Jean-Luc —murmuró con una sonrisa de satisfacción en los labios.

CAPÍTULO 19

—¿Saskia? —Soledad se hizo sombra en los ojos con la mano y exploró el jardín.

—¡Aquí detrás! —sonó desde una esquina y Mama Sol siguió a la voz.

—¡Bobadas! No puedes colocar el cebollino al lado del perejil. ¡Esto lo sabe todo el mundo!

—¿Ah no? ¿Y por qué no? Queda gracioso. Lo encrespado junto a lo recto.

Saskia le quitó a Nele el tiesto de la mano.

—¡Pero son incompatibles!

—¿Quién lo dice?

—Yo.

Nele hizo un gesto de malestar.

—Bien, bruja de las hierbas. Quizás también deberíamos esperar hasta la luna llena, cubrirlas con un manto blanco y bailar alrededor de las plantas.

Saskia le lanzó a su amiga a la cabeza un terrón de tierra de plantar y se rio.

—Ríete de mí si quieres, pero es cierto.

—Sí, claro, de ti me lo creo todo, ¡cariño!

Las dos mujeres siguieron bromeando mientras Soledad Rougeon sonreía satisfecha. Ambas se habían ensuciado, pero parecía que se estaban divirtiendo mucho plantando el huerto de las hierbas de Henriette.

Esa misma mañana un autobús de turistas de las proximidades de París había encargado una considerable cantidad de vinos, y eso se debía en gran parte a Nele y a Saskia. Ambas se llevaban bien y reflejaban ese cierto encanto al que sobre todo los ancianos apenas podían resistirse. Con un poco de suerte, Nele volvería a venir el próximo año. Quizás por última vez, ya que después ya habría acabado sus estudios. Pero, por lo que a Saskia se refería, Soledad no estaba segura de si la volvería a ver, y lo lamentaba mucho. Le había tomado cariño a la suiza. Probablemente, si Jean-Luc... Pero eso solo lo sabían las estrellas.

—¡Hola, Mama Sol! —gritaron ambas al unísono y se rieron entre dientes como niñas.

—Salut les gamines. Les enfantes s'amusent?

—¡Sí, nos lo pasamos bomba! —contestó Saskia riendo—. Creo que casi nos ha dado una insolación.

—Espero que no sea así —dijo Mama Sol y se sentó en la caja de madera en la que habían llegado los plantones.

—Escucha, Saskia. ¿Podrías llevar a Jean-Luc a Carpentras al médico? Normalmente se encarga Géraldine, pero tuvo que ir al banco inesperadamente y puede que tarde bastante rato. Odette y su marido todavía están en París, y yo ya no conduzco a gusto.

Tiró de una rama de romero de un ramo y la olisqueó.

—Claro, ningún problema. —Saskia se miró de arriba abajo—. Pero primero tengo que ducharme. ¿Cuándo quiere salir?

—En media hora, así que tienes tiempo de sobra.

Saskia asintió y se levantó.

—¡Pero bueno! Los trabajos más agradables los consigue siempre ella, y yo solamente puedo seguir arreglando el jardín —dijo Nele de morros.

—Mala suerte. Sácate el carné de conducir de una vez, vaga —dijo Saskia riendo.

Nele resopló.

—Por lo menos ahora nadie me ordenará qué y dónde tengo que plantar y podré desarrollar mis ideas de jardinería como me plazca.

—Ten cuidado de que lo verde quede arriba, ¿de acuerdo?

Nele amenazó a Saskia con el rastrillo.

—¡Desaparece, chistosa!

En su habitación, Saskia se quitó la ropa sucia. Su piel tenía un tono bronceado que resaltaba sus ojos azules. Se puso bajo la ducha, dejó que el agua cayera como la lluvia sobre su cuerpo y se lavó el pelo. Se dio prisa porque Jean-Luc odiaba la impuntualidad.

Cuando apareció en el vestíbulo, ya la esperaba hablando por teléfono. Le hizo una seña rápida con la cabeza en dirección al patio, donde estaba la furgoneta con la que Saskia iba siempre a hacer la compra, y juntos subieron los escalones.

Jean-Luc apenas cojeaba ya, y la herida de la cabeza también estaba sanando bien. Aunque le iba a quedar la marca de la cicatriz; ya se había peinado dejándose un mechón negro en la frente que ocultaba la herida.

Este hombre es vanidoso. Saskia se aguantó la sonrisa. Le abrió la puerta del vehículo y subió sin dejar de hablar por teléfono.

Su francés había mejorado notablemente en las últimas semanas; ahora lo entendía casi todo en las conversaciones. Qué rápido se acostumbra una al idioma, pensó. Era verdad que con Nele hablaba casi siempre en alemán, pero con el resto se entendía en francés.

Jean-Luc terminó la llamada y después se quedó mirando silencioso por la ventanilla del vehículo. Parecía que no le apetecía nada iniciar una conversación. Sin embargo, volvió la cabeza de repente.

—¿Te gusta estar aquí con nosotros?

Saskia lo miró sorprendida. Claro que le gustaba, ¿no lo había notado?

—Sí, claro. ¡Me encanta! —respondió.

Jean-Luc no dijo nada más y desvió la mirada.

—Mmm —murmuró él y se quedó otra vez en silencio.

Como siempre, se quedaba sin saber de qué iba la historia. A veces le parecía que se iba a romper el hielo entre ellos, tal y como ocurrió en el despacho, pero la mayoría de las veces él no la miraba, o bien la evitaba. No sabía qué le molestaba más, que le prestara atención o que la ignorase.

Hicieron el trayecto lleno de curvas entre Beaumes-de-Venise y Carpentras. De vez en cuando se cruzaban con una caravana o un automóvil extranjero con remolque. Las vacaciones escolares ya habían empezado y el pequeño pueblo se inundaría pronto de turistas.

—¿Podrías detenerte, por favor? Creo que me encuentro mal.

Jean-Luc estaba pálido, tenía sudor en la frente.

—Por supuesto.

Saskia puso el intermitente y giró a la derecha hacia un pequeño aparcamiento. Corrió alrededor del vehículo para abrirle la puerta a Jean-Luc y ayudarlo a salir de la furgoneta.

—Puedo, gracias —murmuró, dio un par de pasos hasta un banco de piedra y se sentó. Dejó caer la cabeza sobre el pecho e inspiró y espiró profundamente.

—¿Todo bien? —preguntó preocupada—. ¿Quieres un trago de agua? —Y, cuando asintió, sacó una pequeña botella de Evian de su bolso, de las que siempre llevaba. La abrió y se la alcanzó.

—Parece que siempre estés ahí cuando necesito líquido —intentó bromear.

Bebió otro trago y después se secó la frente con el dorso de la mano.

—Probablemente sean solo el calor y las curvas.

Se incorporó y se tambaleó peligrosamente. Saskia lo sujetó del brazo enseguida para que no se cayera. Ahora estaban muy cerca el uno del otro y se dio cuenta por primera vez de que a Jean-Luc se le formaba un aro negro alrededor del iris de sus ojos marrones. Notó cada uno de sus músculos a través del fino tejido de la camiseta y también el calor que él mismo desprendía. Esperaba que no tuviera fiebre. Instintivamente le tocó la frente y se asustó de su propio gesto. El mismo Jean-Luc pareció haberse quedado perplejo al principio, pero luego inclinó la cabeza y la besó. Primero, muy suavemente, rozó a duras penas sus labios con los de ella; pero, al quedarse quieta, lo hizo con más fuerza y le pasó el brazo sano por la cintura. Saskia estaba demasiado sorprendida como para decir algo. Sus piernas amenazaban con doblarse. Ella rodeó su cuello con los brazos y le devolvió el beso con mucha pasión, pegándose a su cuerpo. Sintió claramente la reacción de él, y se le endurecieron los pezones. Le hubiera gustado arrancarle la ropa del cuerpo. Finalmente se paró a pensar. ¡No, está casado! Con la respiración entrecortada se soltó de él y miró al suelo avergonzada.

—¡Lo siento! —jadeó Jean-Luc y se separó de ella.

Saskia se estremeció, como si hubiera recibido un bofetón.

—Está bien. No te preocupes, nadie se enterará por mi parte —balbuceó y volvió a la furgoneta tropezando. ¡Qué humillación! Que se preocupe él mismo de cómo vuelve a entrar en el vehículo.

El resto del trayecto lo pasaron en silencio. De vez en cuando le echaba alguna mirada al copiloto, pero él había clavado la vista en el paisaje y apretaba con fuerza los labios.

¿Le confesaría a Géraldine lo del beso? En ese caso, ella ya podía ir recogiendo sus cosas. El Cancerbero no aceptaría competencia alguna. Quizás fuera más inteligente renunciar al puesto. Su relación con Jean-Luc no había mejorado por el beso. Ella lo había disfrutado y él también; lo había notado claramente. Pero se prohibió seguir pensando en ello. No había futuro para ambos. Él estaba atado y no pondría en juego su matrimonio por un romance de verano.

Saskia luchó contra las lágrimas y parpadeó con fuerza cuando la carretera empezó a borrarse.

—¿Todo bien? —preguntó Jean-Luc.

—Sí, claro, ¿por qué iba a ir algo mal?

—Sí, claro —repitió él en voz baja.

Finalmente llegaron a Carpentras y ella giró de forma rápida para entrar en el aparcamiento de la consulta del médico.

—Mientras tanto, puedes ir a ver la ciudad —le propuso Jean-Luc—. Ya me las apañaré yo solo. Nos vemos en una hora aquí, ¿de acuerdo?

Saskia asintió en silencio. Se quedó sentada hasta que Jean-Luc desapareció dentro de la consulta, y luego no pudo contener las lágrimas.

CAPÍTULO 20

«La Cooperativa Vinícola le invita a usted y a su personal a la fiesta anual "Fête des Beaumes". Nos encontraremos todos el miércoles a las 18:00 horas en la Plaza Mayor. Para aquellos a los que no les vaya bien ir a pie, hay preparado un servicio de transporte. Esperamos la máxima asistencia posible, ¡y ganas de pasarlo bien!

Philippe Arnaud, presidente de la Cooperativa Vinícola.»

Jean-Luc dobló la tarjeta en papel tintado y frunció los labios. No había contado con que Philippe invitaría a los Rougeon a la fiesta de la gruta. Algo había tenido que ocurrir para que su cuñado cambiara de opinión. ¿Tenía algo que ver con que se hubiera roto el brazo? Conocía a Philippe. No iba a tener clemencia así de repente; sobre todo, con él. Pero ¿por qué se comportaba con tanta amabilidad? Había algo extraño en todo esto.

Jean-Luc se levantó y abrió la puerta que daba al jardín. Su madre estaba tumbada en una hamaca a la sombra de un pino nudoso y leía un libro.

—¿Mamá?

Soledad volvió la cabeza y colocó la novela rosa en una mesilla de acero forjado en la que había una garrafa de agua.

—Oui?

—Nos han invitado a la fiesta de la gruta —Jean-Luc meneó la invitación.

—¿De veras? Me sorprende, francamente.

—Yo tampoco me lo acabo de creer. ¿Tienes alguna explicación?

Soledad sacudió la cabeza.

—No, ni idea. ¿Crees que hay una artimaña detrás de todo esto?

—No lo sé —contestó Jean-Luc—. En todo caso no es típico de Philippe.

—¿Vamos? —preguntó su madre con curiosidad.

—Sí, ¿por qué no? Tengo curiosidad por saber lo que ha planeado. Y nuestros empleados también se alegran mucho de ir cada año. No estaría bien que faltáramos por orgullo.

Soledad se rio.

—Ya averiguarás lo que tu cuñado está tramando. —Se incorporó de forma menos elegante que hacía un par de años, pero todavía bastante ágil para su edad—. Entonces informaré al personal. Las chicas seguro que necesitan tiempo para decidir lo que se van a poner.

Dejó los ojos en blanco y Jean-Luc asintió con la cabeza.

Pensó en Saskia. Desde el beso, hacía todo lo posible por evitarlo. No se lo podía tomar a mal. ¿Qué le había ocurrido? Géraldine tenía razón, no convenía tener un historia con una empleada, aun cuando el parecido con su mujer fallecida fuera asombroso. ¿Buscaba en ella a Virginie? No, por mucho que se pareciera físicamente, Saskia era de una naturaleza muy distinta. Mucho más positiva, abierta y vivaz. En cambio, su difunta esposa había vivido en un mundo de sueños. Un mundo de colores, pinceles y lienzos. Tuvo una salud muy delicada, debía guardar reposo con frecuencia y evitar hacer esfuerzos. Sobre todo, las semanas anteriores a su accidente había palidecido y estaba más delicada que nunca. Jean-Luc le imploró que se dejara examinar por un médico. Pero ella siempre lo despachaba con una sonrisa y le decía que eran cosas de mujeres.

—¿Piensas en ella? —le preguntó Soledad sin tapujos. Jean-Luc asintió—. A ella no le gustaría que te quedaras solo.

Jean-Luc miró a su madre sorprendido. Hablaban muy poco sobre Virginie, y Soledad hasta ahora nunca había manifestado nada acerca de su vida amorosa.

—No, probablemente no, pero... —la interrumpió y giró la invitación en las manos.

—El cielo siempre nos envía un ángel cuando dejamos de creer en él —dijo su madre y le pasó la mano por el pelo a su hijo, cosa que no fue fácil ya que él medía treinta centímetros más que ella.

—Gracias, mamá. Eres la sabiduría en persona. —Jean-Luc se rio y ella lo amenazó con el dedo.

—¡Hijo, no te rías de tu anciana madre! Siempre te puedo hacer poner de rodillas y azotarte el trasero.

Jean-Luc le mostró la escayola.

—Pero, mamá, no vas a pegar a tu pobre hijo ahora que está lesionado. —Luego se puso serio otra vez—. ¿Tienes noticias de papá?

Soledad suspiró.

—Odette me ha llamado antes. Los médicos dicen lo mismo en París. Alzhéimer en estado avanzado. No se puede hacer mucho más que procurar que pase lo mejor posible el tiempo que le queda. Nos aconsejan llevarlo a una residencia.

—¿Y qué quieres hacer tú?

—¡Prefiero que se hiele el infierno antes que dejar a mi marido en una residencia! Él ha sido un buen marido todos estos años y no voy simplemente a dejar que lo traten como a un alma en pena, aunque con el tiempo no me reconozca.

Jean-Luc abrazó a su madre como pudo con un solo brazo.

—No habría esperado otras palabras de una mujer como tú. Todos vamos a ayudar a organizar el tiempo que le queda de vida a papá de la forma más humana posible.

—Gracias, hijito.

Soledad se aclaró la garganta e intentó mostrarse alegre, pero Jean-Luc descubrió sus lágrimas detrás de la sonrisa. Su madre se apartó deprisa, tomó el libro de la mesilla y desfiló hacia la casa principal.

La siguió con la mirada lleno de admiración. Era una mujer fuerte y no se dejaría desmoralizar.

CAPÍTULO 21

—¿Una fiesta? —Saskia puso las copas de vino en el lavavajillas y pulsó el botón de inicio.

—¡No, no es una fiesta, es «la fiesta»! —A Nele le ardían las mejillas.

—¿Y quién va a asistir?

—¡Pues todos!

—¿Los Rougeon también?

—¡Claro, toda la tropa!

—Yo no iré.

Nele dejó caer la mandíbula.

—Dime, ¿estás chiflada? Claro que vendrás. Allí van todos los chicos guapos, y todo es gratis: comida, bebida y... —Nele dejó los ojos en blanco, sugerente.

—¿Chicos? Pensaba que tenías pareja en casa. —Saskia miró confusa a su compañera.

—Sí, tengo. ¿Y qué? No se va a enterar. Y, además, un poco de morreo y de magreo con moderación no le viene mal a nadie. —Se rio para dentro al percatarse de la cara de horror de Saskia—. Vamos, no seas más papista que el papa.

—Soy protestante —repuso Saskia.

—Por eso, sois más liberales, ¿no? Entonces todo arreglado. Diablos, tengo que lavar mi top verde, que me queda muy sexi. ¿No crees?

Saskia asintió rindiéndose. ¿Una fiesta con los Rougeon? ¿Con Jean-Luc? ¿Era buena idea? Durante los últimos días había conseguido evitarlo, pero ¿iba a funcionar también en una fiesta? Nele ya había anunciado que todos los viticultores debían ir con sus empleados. Se juntarían, seguro, unas cien personas. Era de suponer que el riesgo de cruzarse constantemente con él y con su mujer era menor. Y, la verdad, no le apetecía mucho quedarse sola en la finca mientras todos los demás se divertían.

—Bien, me apunto.

—Ponte sobre todo tu falda corta, ¿de acuerdo? Yo daría cualquier cosa por tener unas piernas como las tuyas, cariño. Los chicos te van a rodear, ya lo verás.

CAPÍTULO 22

Philippe se frotó las manos. ¡Iban a venir! Jean-Luc había confirmado. Ya no faltaba mucho para volver a verla. ¡Virginie, su Virginie!

—Todos aquellos que no quieran o no puedan ir a pie, que se dirijan a Baptiste. Él os llevará a la gruta en el jeep. Los demás que vengan conmigo.

Philippe dejó vagar la mirada entre los asistentes. Pero no podía distinguir a los Rougeon; tan solo a Chantal, que estaba con los trabajadores, colgada del brazo de un joven atractivo. Ya que el lugar de la fiesta estaba cerca de la explotación vinícola de Jean-Luc, lo más probable era que la familia hubiera ido con su propio vehículo hasta allí directamente y se hubiera ahorrado dar la vuelta por la Plaza Mayor. Philippe quedó decepcionado porque se había propuesto hacer el camino hacia la gruta junto a Virginie. Pero ahora debía tener paciencia todavía un rato.

—Alors les gats, allons-y!

El gentío se puso en marcha entre gritos. Sobre el pueblo se extendía un cielo azul metálico. Todavía se mantenían los treinta grados. Algunos habían aprovechado la ocasión para saciar su sed y estaban, por lo tanto, de excelente humor. Seguramente iba a ser una fiesta magnífica, pensó Philippe y una extraña excitación se apoderó de él.

CAPÍTULO 23

Saskia se sentó entre Nele y Henriette e intentó mantener su copa de vino derecha. El vehículo daba saltos por el camino de piedras, y todos se movían a un lado y otro con brusquedad.

—Acábate la copa, querida. No me gustaría encontrar manchas de vino en el pantalón, si es posible. —Nele frunció el ceño y se apartó a un lado.

Saskia vació su copa de rosado de un trago y tuvo que reprimir un eructo. Delante de ella estaban sentados Mama Sol y Jean-Luc; Géraldine estaba sentada al lado de Hervé, el capataz que llevaba la furgoneta. La mayoría de los trabajadores habían venido desde la Plaza Mayor. También Chantal, que seguía a Alain y a sus amigos como un perrito faldero.

—Et voilà! —Hervé aparcó la furgoneta en un prado en el que ya había otros vehículos aparcados. Se bajaron todos, y Saskia se quedó asombrada. Habían colocado mesas y bancos ante la enorme entrada de una gruta. Los farolillos de colores se balanceaban por el suave viento del sur, y sobre el fuego daba vueltas un cochinillo. En un camión frigorífico ruidoso, que llevaba el emblema de la Cooperativa Vinícola, los ayudantes se esforzaban en amontonar las bebidas. Al lado había cestos llenos de baguettes y detrás había un hombre que echaba carbón a una barbacoa cuyas brasas ya ardían.

Los viñedos se extendían a izquierda y derecha de la gruta, más allá de la colina. Volvió la mirada y bajo ella pudo ver el valle del

Ródano en toda su extensión. Creyó casi reconocer el mar en el horizonte, pero probablemente solo fuera un espejismo.

—¡Fantástico! —gritó impresionada.

—Sí, ¿verdad? Espera a que lleguen los demás. Habrá músicos también, y cantaremos y bailaremos. ¡Me encanta esta fiesta!

Llevada por la exaltación, Nele besó a Saskia en la mejilla. Su compañera le contagió la alegría desbordante y ahora también ella se alegraba de haber venido esa noche. De Jean-Luc y Géraldine no se sabía nada de nada, cosa que todavía le gustaba más.

—¿Te enseño la gruta? —preguntó Nele—. Todavía van a tardar un rato en llegar desde la Plaza Mayor.

Saskia asintió contenta.

—Sí, me gustaría mucho. En mi última excursión a las Beaumes no pude ver mucho.

—¡Entonces ven! A esta hora todavía no hay peligro de tropezarnos con una parejita de besucones en algún rincón.

Le guiñó el ojo a Saskia, y ella pensó en Jean-Luc y Géraldine. ¿No iban a…?

En la gruta hacía un fresquito agradable. En las paredes había soportes de hierro en los que ardían antorchas. Una ligera corriente de aire corría por el túnel y hacía danzar sombras extrañas en las paredes de la gruta. Saskia se preguntó estremecida si allí habría murciélagos.

—Aquí se han encontrado pedazos de cerámica, pedernales afilados, cuchillos y puntas de flecha que prueban que las cuevas estuvieron habitadas. Normalmente, los celtas vivían en los altiplanos, que se llaman Courens o Sant-Hilaire. Allí construyeron cabañas con la técnica de la «piedra seca». Pero probablemente utilizaran las grutas para esconderse de los enemigos o para celebrar sus rituales. —Saskia escuchaba atentamente las explicaciones de Nele—. En la orilla del Salettes también se encontraron utensilios. El nombre de la fuente Théron es de origen celta. Se dice que los habitantes de estas tierras eran los cavaros. La zona de asentamiento humano se llama Aubune, esta palabra también procede del celta. «Alp» significa «montaña», o sea que vuestros Alpes también los bautizaron los celtas.

Los ojos de Nele brillaban de orgullo, como si ella misma hubiera sido partícipe de las excavaciones.

—¿Te aburro? —preguntó de pronto la holandesa insegura, pero Saskia lo negó con vehemencia. Siguieron las antorchas hacia el interior de la gruta. Nele prosiguió—: Los aubunesianos que se asentaron aquí se dedicaban a comerciar con Marsella. Prueba de ello son los fragmentos de cerámica celta y galogriega que se han encontrado por la región. También se encontraron singulares sarcófagos, que son unas grandes ánforas en las que se colocaban los cadáveres antes del entierro.

De repente Saskia empezó a tiritar de frío, pero Nele no pareció darse cuenta. Estaba en su salsa. Sin duda, contagiaría de entusiasmo a sus futuros alumnos.

—Alrededor del año 120 a. C. los romanos conquistaron el país. Hicieron construir termas públicas. Se encontró un edificio de ladrillo, conservado casi en su totalidad, con la inscripción «VIRORUM». Se dice que se trataba de los vestuarios para los hombres.

Se rio para dentro y Saskia se imaginó a los romanos con sus túnicas blancas y mojadas. El techo de la gruta era cada vez más bajo y llegó un momento en que ambas jóvenes solo podían avanzar agachadas. De pronto dejaron de ver las antorchas en las paredes. Ante ellas había una oscuridad impenetrable.

—Por aquí ya no podemos seguir —dijo Nele innecesariamente—. A partir de este punto solo se puede avanzar con un guía experto. En alguna parte ahí dentro debe de haber estalactitas y estalagmitas. Se cree también que estamos sobre un mar subterráneo, pero no conozco a nadie que lo haya visto. Lo mejor será que demos media vuelta. Estoy sedienta y hambrienta. Esto de dar conferencias reseca la garganta.

Se rieron, y el eco retornó de forma inquietante.

—Algo terrorífico, ¿no crees? —dijo Nele y agarró a Saskia del brazo en un abrir y cerrar de ojos.

Ella chilló asustada.

—¡Déjalo ya, me has dado un susto de muerte!

Nele se rio ruidosamente.

—No se debe temer a los muertos, solo a los vivos —sentenció y al oír sus palabras Saskia sintió un incómodo hormigueo por el cuello. Dieron la vuelta y retrocedieron por el camino. Saskia reconoció un dibujo borroso en una de las paredes y se detuvo. Cuando se volvió hacia Nele, había desaparecido. De pronto se sintió observada. Un escalofrío le recorrió la espalda. Se volvió despacio. En un nicho, apoyado tranquilamente en la pared de roca, estaba Jean-Luc examinándola con los ojos entornados.

¡Diablos, y encima esto! ¿Estaba Géraldine también? ¿Se habían buscado los dos un sitio apartado para sus asuntos amorosos? No se veía al Cancerbero por ninguna parte. Probablemente estuviera vigilando la Boca del Infierno.

—Salut —dijo Saskia nerviosa y quiso seguir su camino.

—Saskia, espera —Jean-Luc se apartó de la pared y se acercó a ella. Olió su aftershave, aromático, masculino. Súbitamente, se puso a pensar en el beso—. ¿Me evitas? —preguntó él.

—¿Yo? No, ¿por qué? ¿A qué viene esto? —tartamudeó ella. ¡Maldita sea! ¿Dónde se había metido Nele?

—Me daba la sensación —repuso él e intentó rascarse por debajo de la escayola—. ¡Maldito yeso! —rechinó.

Saskia sonrió.

—Lo recuerdo. De niña me rompí el brazo una vez. También era verano y, al sudar, el picor casi me enloquecía. Me rascaba debajo de la escayola con las agujas de punto de mi madre. Pero por desgracia se me rompió una. El médico no dejó de sacudir la cabeza mientras volvía a escayolarme el brazo.

Jean-Luc se rio, se acercó y Saskia se puso un mechón de pelo, nerviosa, detrás de la oreja. Le hubiera gustado salir corriendo, pero ya no era una adolescente. En un momento u otro debía tratarse a fondo lo sucedido. Se aclaró la voz.

—Jean-Luc, en cuanto a lo del beso…, creo que tendríamos que olvidarlo todo. Yo… A fin de cuentas somos adultos y sabemos lo que está bien y lo que no. O sea que borrón y cuenta nueva, ¿de acuerdo?

Jean-Luc enmudeció; tan solo se quedó mirándola. El corazón de Saskia latía salvaje en su pecho. ¿Por qué no decía nada? Tenía que estar contento de que ella no le hiciera una escenita por lo sucedido. ¡Cielo santo, no fue más que un beso!

—O sea que lo quieres olvidar —de repente rompió el silencio. Ella movió los hombros.

—Sí, así es —respondió decidida.

—¿Estás segura?

Acarició con el dedo su brazo desnudo. Saskia jadeó. ¡Maldita sea! Esto no era lo que ella se había imaginado de una conversación profunda. Retrocedió un paso y respiró hondo.

—Jean-Luc, por favor. Los dos sabemos que esto no nos lleva a nada. Además, también está Géraldine y no creo que tolerara esto.

Jean-Luc detuvo su movimiento y la miró aturdido.

—¿Qué tiene que ver Géraldine con todo esto? —preguntó él irritado.

Saskia movió la cabeza con incredulidad. ¡Qué valor! ¿Cómo podía ser alguien así de descarado? ¿Se estaba riendo de ella? Aunque la sangre le hervía, intentó permanecer tranquila. Luego soltó entre dientes:

—Ya sé que vosotros los franceses sois un poco más abiertos en este sentido, pero no creo que Géraldine esté de acuerdo en que su esposo bese a otra.

Se formaron lágrimas en sus ojos y se odió por ello. ¿Tenía la intención de convertirla en su amante? La tristeza dejó paso a una súbita rabia descontrolada. Ya podía esperar, ¡ella no se dejaría humillar así!

Jean-Luc frunció el ceño, desconcertado, y luego su rostro se serenó repentinamente y empezó a reír.

—Di, crees que yo y… —El resto de su frase se perdió en un estruendo que pareció llegar de la entrada de la gruta.

Jean-Luc se despistó un momento. Saskia aprovechó la ocasión y se apresuró a salir al aire libre. Fuegos artificiales estallaban en el cielo oscuro y llovían en forma de cascada azul hasta el suelo. No quería ni verlo. ¡Solo que desapareciera!

Jean-Luc siguió mirando a Saskia perplejo. ¿Cómo demonios se le podía ocurrir que estuviera casado con su prima? Movió la cabeza; era muy necesario aclarar algunas cosas.

CAPÍTULO 24

Otro cohete estalló en un cielo cada vez más oscuro; explotó con un trueno y dejó caer una brillante lluvia dorada. ¡La fiesta estaba inaugurada! Philippe dio muchos apretones de manos, aceptó los agradecimientos de los invitados, sonriente, y buscó a Saskia con la mirada. Debía de estar en alguna parte. La holandesa y el resto de los Rougeon estaban sentados cerca de la hoguera, en un largo banco de madera. Faltaba Jean-Luc. ¿Era posible que estuviera con ella?

¡Oh no!, pensó Philippe de pronto horrorizado, eso no lo había previsto. Jean-Luc también veía a Virginie en la suiza y quizás en ese mismo instante estaba intentando ganársela. ¡El desastre se repetía!

A Philippe se le quedaron las manos heladas y a la vez se puso a sudar como el cochinillo del asador. ¡No podía ser verdad! ¿Iba a perder a Virginie por segunda vez? Se le resecó la boca, se atragantó. Asintió de forma mecánica cuando un hombre grueso, de pequeña estatura, le dio un golpecito en el hombro en señal de reconocimiento.

Philippe se pasó la mano por su pelo ralo, y un mechón que hábilmente se había puesto sobre la incipiente calva se soltó y quedó de punta. Las chicas que cotilleaban a su alrededor se avisaron unas a otras con el codo y empezaron a reírse.

—Disculpa, Toma, pero tengo que solucionar un asunto urgentemente. Que te diviertas esta noche. Nos vemos.

Philippe se marchó deprisa, evasivo. El tipo bajito se quedó mirando atónito al hombre que salía corriendo.

CAPÍTULO 25

—¡Estamos aquí! —Nele saludó con la mano a Saskia, que se encontraba indecisa en la entrada de la cueva—. ¿Dónde te habías metido? —preguntó mientras se apretujaba con un suspiro en el banco de madera—. He tenido que reservarte el sitio unas veinte veces. Armand especialmente parecía alucinar conmigo. —Señaló con la cabeza hacia la mesa de al lado.

Saskia divisó a un joven de aspecto mediterráneo, con mirada seductora, que miraba a Nele con languidez.

—He ido a echar un vistazo —repuso Saskia y ella misma notó lo mal que había sonado esa excusa.

—¿Todo bien, cariño? Estás pálida. ¿Tanto te he asustado?

—¡No, no! —se defendió e intentó estar animada—. Debe de ser el cambio de temperatura. En la gruta he pasado frío y aquí fuera hace bochorno. Esto acaba conmigo.

Nele asintió.

—Toma —dijo compasiva—, bebe un poco de vino, seguro que te entona. —Le llenó a Saskia una copa con vino tinto y brindó con ella.

—¡Por nosotros y por la Provenza! Que siempre permanezca en nuestros corazones.

Quizás más tiempo de lo que yo desearía, pensó Saskia y brindó con su amiga.

CAPÍTULO 26

Philippe andaba sin rumbo entre los asistentes y trataba de controlarse otra vez. ¿Qué estaba haciendo? Los asistentes ya cuchicheaban sobre su extraña conducta. Se esforzó en caminar en línea recta y sin correr. Finalmente descubrió la cabellera rubia de Saskia entre la gente y le apareció una sonrisa en el rostro. Estaba sentada junto a la holandesa en uno de los bancos de madera y bromeaba con Henri, el camarero del pueblo. Observaba a la suiza sin perder detalle.

Tenía un carácter más vivaz que Virginie, pero su parecido lo volvió a dejar muy aturdido. Un enorme nudo en la garganta le hacía respirar con dificultad. Era sencillamente adorable. ¡Esos luminosos ojos, el cuello blanco y el cabello de un ángel!

Philippe se abrió camino entre la multitud. El ambiente estaba animado, y el vino gratis ya estaba haciendo su efecto. Cuando consiguió llegar a la mesa de los Rougeon, gracias a Dios, no se veía a Jean-Luc por ninguna parte.

—Ah, Philippe —sonrió Soledad—. Muchas gracias por la invitación. Está todo organizado a la perfección, como siempre. Y este año, además, también tenemos suerte con el tiempo.

Los asistentes se volvieron hacia el aludido. A Saskia se le salían los ojos de las órbitas.

—¡El loco! —se le escapó. Las conversaciones de la mesa cesaron abruptamente.

—Oye, ¿estás chiflada? —siseó Nele y la pisó con fuerza en el pie por debajo de la mesa—. Este es Philippe Arnaud, el presidente de la Cooperativa de Explotación Vinícola... y nuestro anfitrión.

A Saskia le ardía el rostro.

—¡Santo cielo! —cuchicheó.

Henri rio irrespetuoso y se encendió un cigarrillo; el resto de los asistentes miraron al plato disimulando. Entretanto, Philippe Arnaud permaneció junto la mesa, sorprendido, y se mordió el labio.

Saskia hubiera preferido que se la tragara la tierra. ¿Cómo podía meter la pata de tal forma?

Soledad no sabía bien adónde mirar. ¿Habría oído cómo su empleada ofendía a Philippe? Le dirigió una mirada de preocupación, o eso le pareció a Saskia, y le ofreció al anfitrión sentarse a su lado.

Saskia se sentía confusa. ¿Entendía Mama Sol el motivo por el que había calificado así al jefe de la Cooperativa de Explotación Vinícola? Pero ¿cómo lo sabía? Cuando apareció en la finca, ella no estaba presente. Tras unos instantes, que a Saskia le parecieron una eternidad, los invitados reanudaron la conversación y en cuestión de segundos estaban otra vez animados.

Nele se dirigió a Saskia:

—Menuda metedura de pata, cariño. ¿A qué viene eso de que el hombre está loco? —Miró rápidamente a Arnaud—. Guapo no es, lo admito. Y ese ridículo mechón que lleva en la cabeza y que parece una cresta de gallo no lo favorece precisamente, pero insultarlo directamente por eso no son los mejores modales.

—Pero este es el que quería manosearme —susurró Saskia con insistencia.

—¿Él?

—Sí, él.

Nele levantó las cejas.

—¿En serio?

—Si te lo digo, es por algo.

La holandesa se rio entre dientes y Saskia le dio un codazo.

—Vamos —dijo Nele—. Busquemos algo de comer; así saldrás de la zona de peligro.

Saskia casi le dio un beso a Nele por la propuesta. Después de disculparse con un murmullo, se levantaron de la mesa y fueron hacia la hoguera para ponerse a la cola que se había formado delante del cochinillo asado.

—Que sepas que es el cuñado de Jean-Luc —le dijo Nele de nuevo a su amiga mientras hacía equilibrios con un plato de cartón en la cabeza.

—¿En serio? —repuso Saskia desconcertada—. ¿Entonces era el hermano de Géraldine? No se parecen en nada.

—Sí, pero no se soportan. Tiene algo que ver con el accidente. No sé nada más al respecto, todo ocurrió antes de que yo llegara.

—¿Qué accidente? ¿El de Jean-Luc?

—No, el de Virginie.

Saskia había oído ese nombre en algún momento; pero, antes de que pudiera seguir preguntando, Henri se les acercó y empujó a Nele. El plato de cartón se le cayó de la cabeza y ella empezó a golpear en broma al joven, que la esquivaba con destreza.

—¡Idiota! —gritó riendo y fue a buscar un plato nuevo.

—¿Vamos a pasear después? —se dirigió Henri a Saskia con una sonrisa agradable.

Ella no estaba para ligar, pero tampoco quería dejar al joven tirado. Después de todo, él era el único que la trataba con educación, aunque en ocasiones le resultaba molesto.

—Quizás más tarde —respondió vagamente—. Primero quiero comer algo. El vino ya se me ha subido a la cabeza y necesito con urgencia llevarme algo al estómago. Si no, ofenderé al mismísimo dios del vino, Baco.

CAPÍTULO 27

Philippe seguía la conversación de la mesa solo a medias y esperaba a Saskia con ansiedad. La descubrió en la cola de los que esperaban su turno para comer cochinillo. En su opinión, Henri se le acercaba demasiado. Philippe frunció el ceño enfadado. Tendré que hablar seriamente con Virginie después, le pasó por la cabeza. No era propio de una Arnaud mezclarse con semejante chusma. ¡Y además en público!, Saskia. Movió la cabeza confundido. ¡Se llama Saskia!

—Naturalmente —murmuró él a media voz.

—¿Cómo? —Soledad lo miró con curiosidad.

—Ah, nada. Estaba pensando en voz alta.

Soledad arrugó la frente; Philippe se comportaba de forma más que extraña. Tan solo esperaba que no tuviera nada que ver con Saskia. No le había pasado por alto que no dejaba de seguir a la suiza con la mirada. Y tampoco se quitaba de la cabeza el comentario fuera de lugar de Saskia. Decidió reunir a sus empleados pronto para hablarles. Por mucho que Soledad detestara repetir rumores y chismorreos, seguramente fuera más inteligente contarle a Saskia lo ocurrido hacía dos años. Y explicarle los temores que tenía acerca de la reacción de Philippe.

La mirada de Soledad vagaba buscando a alguien entre el gentío. ¿Dónde diablos se había metido su hijo?

CAPÍTULO 28

—¿Quieres un vaso de vino? —Géraldine estaba esperando al lado de la roca grande en la que Jean-Luc se había sentado. En las manos sostenía dos copas y una botella de vino.

—Sí, claro, ¿por qué no?

Sus ojos se iluminaron. Se sentó a su lado y descorchó con destreza la botella de vino.

—¡Por el futuro! —gritó y brindó con él.

Jean-Luc asintió, pero no dijo nada y miró hacia abajo del valle del Ródano, donde la noche ya había roto. Una tras otra se encendían las luces en los pueblos y parecían perlas que brillaran sobre terciopelo negro. En el horizonte brillaba tan solo una clara línea rosa, rojiza, que se hundió despacio en un mar de tonos azules. La templada brisa era agradable y allí, algo apartados de la gente, se oía el canto de las cigarras, que iban en busca de pareja.

—¿Por qué no te diviertes? —dijo Jean-Luc rompiendo el silencio y echándole una rápida mirada a su prima.

—Ya lo hago —repuso ella y rodeó con los brazos sus piernas desnudas.

—Sabes exactamente a lo que me refiero. —Jean-Luc se sirvió otra copa de vino.

—Y tú sabes perfectamente por qué no puedo —repuso Géraldine apagada.

Jean-Luc asintió. Él lo sabía desde que fueron juntos a la escuela de viticultura de Aviñón. Su prima había sido siempre para él tan solo una amiga y él no podía corresponderle con sentimientos más profundos. Tampoco después de la muerte de Virginie. No era tan estúpido como para no darse cuenta de sus tímidos y también constantes intentos. Pero uno no puede ordenarse a sí mismo querer a alguien, del mismo modo que tampoco se podía obligar a no querer a alguien.

Suspiró. No era que no valorara a su prima; siendo realista, una unión entre ellos era seguramente lo más inteligente. Sobre todo para la explotación vinícola. Géraldine era inteligente y sería una compañera fiel en la dirección del negocio. Pero la empresa no lo era todo y él no la amaba.

En el fondo de su corazón, Jean-Luc era un romántico. Creía haber encontrado en Virginie a la mujer perfecta, que le servía de apoyo a su carácter inestable cada vez que lo necesitaba, por ejemplo, cuando le entraban ansias de viajar. Aunque no era todo lo fuerte que parecía. En el fondo había sido siempre una niña consentida, a la que —primero sus padres y, tras la muerte de ellos, Philippe— apartaron de todo lo mundano para que pudiera seguir viviendo en su mundo de sueños. Cuando ella se decidió por él, a pesar de la oposición de su hermano, lo hizo el hombre más feliz del mundo. Pero lo que empezó siendo un cuento de hadas terminó en tragedia. Desde entonces Jean-Luc no había mirado a otra mujer, hasta…

—¿Es por Saskia?

La pregunta llegó repentinamente y lo hizo rabiar, porque se sintió sorprendido.

—¡Tonterías! —dijo, sin embargo, algo más cortante de lo normal.

Una sonrisa melancólica se dibujó en los labios de Géraldine.

—Nunca has sabido mentir, Jean-Luc —dijo ella y le dio una palmadita amistosa—. ¿Te acuerdas cuando escondimos la rana en el bolso de Madame Pépignants y cómo enseguida pensó en nosotros? Yo ya podía dar todas las explicaciones que quisiera, pero tú te quedaste ahí y balbuceaste algo sobre protección de especies en peligro de extinción.

Jean-Luc se rio.

—Sí, es verdad. Luego tuve el placer de poder cortar la hierba del jardín abandonado del conserje.

—Y a mí me hicieron limpiar el servicio de las niñas.

Empezaron a reír al recordarlo. Jean-Luc se puso serio de nuevo. Se bebió el último trago de su copa y se levantó.

—De veras no te he querido herir nunca, Géri —dijo preocupado. Una sombra se deslizó rápidamente por el rostro de Géraldine cuando él utilizó el antiguo mote cariñoso—. Pero uno no puede forzar los sentimientos.

Ella también se incorporó y se alisó la minifalda.

—Ya, lo sé, no le des importancia. Soy una chica mayor y me las sabré arreglar yo solita.

Jean-Luc suspiró aliviado.

—Bien. Estoy contento de que lo hayamos aclarado de una vez por todas. —Abrazó a su prima en señal de amistad—. ¿Volvemos? —preguntó y recogió su copa del suelo.

—¡Sí, vayamos a divertirnos!

Saskia no estaba lejos de la roca y sostenía en las manos dos platos llenos. Cuando Jean-Luc y Géraldine se dieron la vuelta y regresaron al lugar de la fiesta, Saskia se ocultó a la sombra de un pino grande. Casi no se atrevió respirar cuando los dos pasaron por delante de ella, pero gracias a Dios no se dieron cuenta de su presencia. Los observó un momento, tiró la comida al suelo y corrió sollozando por el camino que llevaba más allá de la colina.

Probablemente Jean-Luc le había confesado a su mujer lo del beso y al parecer Géraldine lo había perdonado inmediatamente. ¡Saskia se sentía realmente estúpida!

CAPÍTULO 29

¡Era para volverse loco! Cada vez que Philippe pensaba que debía aprovechar la oportunidad de alejarse, se le acercaba alguien para darle las gracias. En realidad no había ningún peligro inmediato, ya que Henri estaba ligando con la joven Séverine, y Jean-Luc estaba sentado tranquilo junto a su madre, pero no se veía a Saskia por ninguna parte. ¿Se habría ido a casa? La furgoneta de los Rougeon seguía aparcada en el mismo sitio y ya estaba demasiado oscuro para volver a pie. Pero ¿dónde diablos estaba?

Encendieron los farolillos y se extendió una luz cálida. Algunos jóvenes habían formado un círculo alrededor del fuego y tocaban la guitarra y cantaban. La holandesa se besuqueaba con mucho descaro con Armand. Philippe torció el gesto. Ejercería mala influencia sobre Virginie. Ya era hora de que liberase a su hermana del entorno inmoral en el que se encontraba.

—Yo controlo las provisiones de vino —se dirigió a su capataz, que estaba ocupado en amontonar las botellas vacías en cajas de madera.

—Déjalo, Philippe, para eso ya tenemos personal —repuso este.

—No, no me supone un esfuerzo.

El capataz se encogió de hombros.

—Bien, entonces trae enseguida una caja de rosado. Parece que es el que más le gusta a la gente.

Philippe asintió y desapareció deprisa entre los vehículos aparcados.

CAPÍTULO 30

Saskia jadeó. Había ido corriendo todo el camino hasta el altiplano y al llegar allí se dejó caer en un banco bajo un pino achaparrado. El viento allí arriba era fresco y enfriaba sus mejillas ardientes.

—Qué chiflada estoy —murmuró moviendo la cabeza.

Pero ¿qué esperaba? Cuanto más se decía que ella solo era una diversión para Jean-Luc, un pequeño romance que tan pronto como acabara el verano desaparecería de su vida, más soñaba con él. ¡Era paradójico! Y, cuanto más se decía que su jefe era un casanova calculador que mosconeaba a las empleadas y con el que se tenía que tener cuidado, más le parecía a ella que se trataba de un oscuro y audaz héroe. Un pirata negro que lo arriesgaba todo por su amor y que liberaba a su princesa de la esclavitud de los villanos. ¿Podían salvarla a ella todavía? ¿Desde cuándo se entregaba a tales fantasías románticas? No era propio de ella.

Saskia se sorbió los mocos y buscó un pañuelo, pero su falda no llevaba bolsillos, y simplemente se pasó la mano por la nariz.

Toda chica honrada lleva un pañuelo consigo. Oyó la advertencia de su madre como si estuviera sentada a su lado, y su recuerdo hizo que se le escaparan las lágrimas. Echaba mucho de menos a su madre en ese momento y habría dado cualquier cosa por tenerla presente. Mamá la habría consolado porque se había enamorado del hombre equivocado y le habría asegurado que la persona adecuada estaba por llegar.

Saskia se secó las lágrimas. Quizás lo mejor fuera que se marchara enseguida. Ya inventaría algo. Alergia a la lavanda o intolerancia al vino. Era imposible permanecer allí hasta el otoño y contemplar cómo Jean-Luc y Géraldine se besaban. Te puedes enamorar de la persona equivocada, pero ver a la persona cómo es feliz con otra era pura tortura. ¡Y ella no se iba a someter a semejante cosa!

Saskia se irguió. La decisión estaba tomada. Mañana mismo hablaría con Mama Sol y le pediría el finiquito. Le sabía mal dejar a un lado a Nele, la finca y a toda la gente que había sido tan amable con ella, pero no debía alargar el sufrimiento.

Cobarde, dijo una leve voz en su cabeza. ¿Huyes otra vez de los problemas?

—Sí, ¿y qué? —gritó en medio de la noche—. ¡Me da igual! ¡Y sí, soy una cobarde!

Se dio la vuelta para regresar por el mismo camino. Pero, entretanto, había oscurecido por completo y apenas se distinguía el estrecho camino. Un paso en falso y caería rodando por la pendiente como Jean-Luc. Pero en este caso no habría ningún Gaucho que jugara a ser su salvador. Colocó con cuidado un pie delante del otro y palpó por el camino la pared de roca con la mano izquierda.

Un kilomètre à pied, ça use, ça use… Le vino de pronto a la memoria la vieja canción infantil y, para distraerse, empezó a tararearla en voz baja para sí misma. «Un kilómetro a pie, desgasta, desgasta…». No, en alemán sonaba extraño. Por lo menos habría podido pulir su francés. En su profesión hablar idiomas era una condición indispensable. Los conocimientos que había adquirido le irían muy bien para el futuro. ¿Qué debía de estar haciendo David ahora? De pronto se puso a pensar en su exnovio. Al fin y al cabo su relación no había ido del todo mal. A fin de cuentas no tenía trabajo y las cuatro tareas del hogar… ¿Era posible que se hubiera excedido en su reacción?

—No —dijo en voz alta—, es un idiota arrogante y solo se aprovechaba de mí. ¡Y yo fui lo bastante tonta para permitírselo!

—¿Hola?, ¿hay alguien ahí?

Saskia se detuvo. Ante ella apareció una sombra. Apretó los ojos.

—Estoy aquí —repuso arrastrando sus palabras. Conocía la voz, pero no podía identificarla en ese momento.

—¿Virginie?

Otra vez ese nombre. Qué gente tan extraña vivía allí. O se asustaban la primera vez que la veían, o bien le cambiaban el nombre. Cuando al final reconoció quién se le estaba acercando, suspiró profundamente. Philippe Arnaud... El que faltaba.

—¿Qué hace usted aquí?

—Esa misma pregunta podría hacérsela yo a usted —repuso Arnaud. En su tono de voz ella notó que se reía al hablar. Bien, por lo menos no estaba enfadado.

—Pero, por favor, llámame Philippe —añadió. Mientras, se le había acercado y resoplaba fuertemente—. Es bonito el paisaje aquí arriba, ¿verdad?

—Sí, maravilloso. Solo algo oscuro.

Se rio.

—De hecho, nos deberíamos haber traído todos una linterna de bolsillo. ¿Qué haces aquí tan sola?

Saskia pensó si debía inventarse algo. Pero ¿por qué? De hecho no tenía nada que ocultar.

—Había demasiado barullo —repuso y se frotó los brazos. El viento era más fresco y de pronto empezó a sentirse helada.

—Entiendo, ¿y ahora?

El aftershave de Arnaud le entró por la nariz. Demasiado dulce para su gusto. Olor a flores pasadas. De algún modo era un tipo de persona algo inquietante. ¿Por qué se interesaba tanto por ella? ¿Quería aprovecharse de la situación y seducirla? Saskia movió la cabeza. Ahora se dejaba llevar por la fantasía. A pesar de todo decidió que lo más inteligente era volver con los demás. Aun cuando eso significara encontrarse con Jean-Luc y su mujer.

—Querría volver al lugar de la fiesta —respondió a la pregunta—. Me está dando frío.

Arnaud se quitó la chaqueta deprisa y se la puso a Saskia sobre los hombros.

—No te opongas —le ordenó cuando se dio cuenta de que iba a protestar—. No quiero que te constipes. Podemos volver juntos, ¿de acuerdo? Pero debemos ir con cuidado. El terreno no es del todo seguro, hay piedras sueltas. Dame la mano; te sujeto por si tropiezas.

A Saskia le resultó incómoda la propuesta, pero comprendió que él tenía razón y le tendió la mano vacilante.

Los dedos de Philippe se unieron suavemente a la mano de Saskia. Lo recorrió un agradable escalofrío; se reía feliz. La tengo otra vez, celebraba interiormente con júbilo. Ha vuelto a mí.

CAPÍTULO 31

—¡Déjalo ya, Armand! —dijo Nele entre dientes cuando el joven intentó desplazar la mano por debajo de su top.

El joven la miró consternado.

—Pensaba que…

—Entonces has pensado mal —repuso enfadada y se levantó. Se sacudió el polvo de los shorts y se quitó un par de briznas de hierba del pelo.

—¿Adónde vas? —El francés la miraba desde abajo como un perro fiel.

—Voy a buscar a Saskia. Nos vemos, adiós. —Nele se dio prisa por volver al lugar de la fiesta y dejó atrás a un decepcionado Armand.

—Saloppe! —le gritó él, descortés, por detrás y se encendió enfadado un cigarrillo.

Nele buscaba a su amiga con la mirada. La había dejado tirada vergonzosamente. Pero, llevada por el ambiente animado, había ido con Armand a las grutas. Ahora estaba arrepentida. Se había comportado como una mujerzuela, pero en el último momento había entrado en razón. Una aventura pasajera siempre le dejaba un sabor insípido en el recuerdo. Y, además, Niels la esperaba en casa.

Apareció una sonrisa en su cara en el momento en que se puso a pensar en su pareja. No era un Brad Pitt, pero era leal, sincero y con los pies sobre la tierra, y siempre había mostrado comprensión por su necesidad de libertad. Él sabía que Nele no iba a llegar demasiado lejos, y ella lo quería por la confianza que él le tenía.

—¿Has visto a Saskia?

Jean-Luc se volvió y movió la cabeza.

—¿No estabais juntas?

—En realidad, sí —repuso Nele con timidez—, pero luego decidió llevarse un plato con cochinillo a la roca grande. Y desde entonces no la he vuelto a ver. Pensaba que estaba contigo.

Bajo la media luz de los farolillos, Jean-Luc se percató de cómo Nele le hacía guiños de complicidad. ¡Oh no!, esperaba que Saskia no se hubiera dado cuenta de cómo había abrazado a Géraldine. Eso solo serviría para confirmar su teoría del matrimonio entre él y su prima.

Él se había propuesto aclarar con Saskia de inmediato ese malentendido, aunque al final, cuando regresó a la mesa su madre, un par de vecinos lo habían entretenido con una discusión sobre nuevos métodos de cultivo. Sin embargo, ahora la conversación con Saskia para aclararlo todo no podía retrasarse ni un minuto más. Se incorporó disculpándose y se dirigió a Nele.

—Será mejor que la busquemos. Esperemos que no se haya perdido. Nos dividimos. Tú haces el camino hacia atrás y controlas la gruta de paso, y yo tomo el camino al altiplano.

Nele asintió y se puso en marcha.

Mientras, ya había salido la luna y emanaba una pálida luz. Bajo su efecto, los árboles parecían siluetas de papel. Jean-Luc conocía la zona como la palma de su mano y apenas se desviaría del camino, ya que a esas horas no había ciclistas. La música y las risas se oían cada vez menos conforme se alejaba por el antiguo camino. El viento fresco de la noche le hacía temblar de frío. Seguro que no había ocurrido nada, se tranquilizó, aunque apretó el paso.

CAPÍTULO 32

—¡Cuidado! —Arnaud apretó su mano cuando Saskia tropezó detrás de él y estuvo a punto de caerse.

—¡Ha faltado poco! —Echó una mirada de reojo al precipicio, que se encontraba a un paso de él, y el corazón le latió con fuerza.

Arnaud le echó un brazo protector sobre el hombro.

—Sí, aquí se va uno directo abajo —dijo mirando también a la profundidad del vacío absoluto. A los pies del desfiladero, un extraño farol iluminaba una bifurcación—. Hay un proyecto aprobado para instalar una balaustrada, pero hasta ahora el Gobierno no ha puesto ni un céntimo.

A Saskia le repugnaba la confianza con que Arnaud la tocaba, y dio un paso atrás para que el brazo resbalara de su hombro.

—¿Seguimos? —preguntó. Su voz sonaba tomada.

—Sí, mis ganas de aventura se han esfumado —intentó distender la situación, pero él no reaccionó a su broma. Prosiguieron el camino con mucho cuidado.

—Saskia, ¿puedo preguntarte algo? —Arnaud se detuvo de golpe.

—Sí, claro.

—Eres periodista, ¿verdad?

Ella se detuvo. ¿Cómo lo sabía? Aunque Philippe Arnaud era de todos modos algo raro, y por eso no le sorprendió tanto que conociera su profesión. Y Beaumes-de-Venise era seguramente uno de los pueblos más conocidos por no poder guardarse los secretos mucho tiempo. Sacudió la cabeza con malestar y dijo:

—Correcto, ¿por qué?

—Veamos, la Cooperativa de Explotación Vinícola tiene pendiente desde hace tiempo un proyecto que ahora queremos retomar. Nos gustaría crear una página de Internet nueva, que acerque la Cooperativa y sus productos a un mayor público. Se entiende que debería elaborarse en dos, o mejor, tres idiomas. Francés, alemán e inglés. Por lo demás, también querríamos elaborar un folleto para presentar nuestros vinos y la región. Nuestra clientela procede sobre todo de Alemania y Suiza, y estamos intentando por todos los medios establecer contacto con las oficinas turísticas y las bodegas de allí. Los traductores son carísimos en Francia y los medios económicos de la Cooperativa son limitados. El sector del vino se ha visto muy disminuido en los últimos años. Alemania, por ejemplo, ha importado un treinta por ciento menos de vinos franceses este año. —Hizo una pausa, quizás para dar más efecto a sus palabras—. En resumen, quiero preguntarte si estarías interesada en ayudarnos en este proyecto. Te pagaríamos un sueldo adecuado y tendrías la posibilidad de volver a trabajar en tu profesión. ¿Qué opinas?

Saskia estaba desconcertada. Era una oferta inesperada y solucionaría de una vez casi todos sus problemas: se iría de la finca de los Rougeon y podría permanecer en la Provenza.

Al parecer, Arnaud interpretó su silencio de manera equivocada, pues añadió precipitadamente:

—Por supuesto te proporcionaríamos un vehículo de empresa y una pequeña vivienda. Y sobre el sueldo creo que también nos pondríamos de acuerdo.

¿Apartamento y vehículo propio? Ahora Saskia estaba perpleja, ¡esto cada vez sonaba mejor!

—Es una oferta muy atractiva, Philippe, muchas gracias, y la aceptaría de inmediato, pero estoy atada a mi relación laboral con los Rougeon y no puedo escapar sin más. De todos modos hablaré con ellos mañana y seguro que entenderán que no puedo dejar escapar una oferta así... Ni quiero.

Géraldine saltará de alegría cuando se entere, le pasó a Saskia por la cabeza. Y Jean-Luc tampoco estará descontento si me voy.

—Sí, claro, lo entiendo y eso me da a entender que eres una empleada leal y no quieres irte sin dar la cara. No creo que te pongan impedimentos. —De pronto Arnaud parecía muy excitado y se frotó las manos nervioso—. ¿Entonces puedo entenderlo como un «sí» con condiciones?

—Sí, puedes —repuso Saskia con una sonrisa satisfecha.

Vociferó algo que ella interpretó como un grito de alegría. Luego la abrazó entusiasmado y le dio tres besos en las mejillas.

—Me sabe francamente mal interrumpir este íntimo tête-à-tête, pero hay gente que se preocupa por ti. Aunque en realidad no haga falta, por lo que veo.

La voz de Jean-Luc había sonado dura como el acero. Philippe y Saskia se soltaron el uno del otro asustados.

—No es lo que parece Jean-Luc —intentó defenderse Saskia.

—Claro, eso no lo es nunca —repuso frío como el hielo—. Entonces, dime, ¿qué es?

Sus palabras rozaban el sarcasmo. Saskia notó cómo se encendía de rabia. ¿Qué se había creído ese idiota? ¿Qué derecho tenía a reprenderla? Mejor que se fuera por donde había venido.

De pronto había dejado de querer justificarse.

—Preocúpate mejor de tus asuntos, Jean-Luc. ¡Ahora no estoy trabajando, y lo que haga en mi tiempo libre no es de tu incumbencia! —Para darle fuerza a sus palabras, se colgó del brazo de Arnaud y dijo amistosamente—: Vamos, Philippe, me habías prometido una buena copa de vino. Debo enjuagarme el mal sabor de boca que de pronto estoy notando.

—Sí…, claro, la copa prometida —tartamudeó él, desconcertado, y le dirigió a Jean-Luc una mirada triunfante al pasar a su lado.

En un primer momento pareció que Jean-Luc se quería lanzar sobre ellos, pero se limitó a tragar saliva y los dejó pasar sin molestarlos.

CAPÍTULO 33

Soledad suspiró decepcionada, pero Géraldine apenas podía esconder su alegría. Saskia estaba avergonzada en el despacho de los Rougeon y se mordía el labio. Acababa de traer su renuncia al puesto de trabajo.

—Mi querida niña —empezó Mama Sol, y Saskia permaneció serena ante el sermón—, comprendo que la oferta de Philippe es muy tentadora y también puedo entender que ese trabajo vaya mejor contigo que las tareas que realizas aquí. Pero a fin de cuentas solicitaste nuestra vacante y, según el contrato, debes respetar el plazo de avisar de tu marcha con un mes de antelación. —Géraldine y Saskia miraron a la anciana igual de horrorizadas—. Aunque… —prosiguió Soledad y levantó la mano de manera defensiva cuando las dos mujeres la quisieron interrumpir— no se debe detener a los viajeros.

El rostro de Géraldine se aclaraba por momentos y respiró aliviada.

—Y entendiendo tu situación, Saskia, pero primero debo buscar a alguien que te sustituya. Y hasta entonces seguirás ocupándote de tu trabajo, ¿estamos de acuerdo?

Saskia asintió diligente.

—Claro, Mama Sol, me quedaré aquí hasta que hayas encontrado a alguien. Lo siento de veras, pero la oferta es demasiado atractiva y simplemente debo aceptarla. Espero que lo entiendas…, que lo entendáis.

—Sí, claro que lo entendemos —repuso Soledad resignada.

Quizás, en realidad, lo mejor era que Saskia dejara la finca. Géraldine había demostrado claramente que no le gustaba la suiza. Ambas se llevaban como el perro y el gato. Pero ¿qué intenciones tenía Philippe con esa maniobra? Soledad ya tenía noticia de ese proyecto desde hacía tiempo. Jean-Luc había trabajado en él hacía dos años. Pero tras la muerte de Virginie se había dejado de lado y con el tiempo se pusieron tareas más urgentes sobre la mesa.

Soledad no era tan estúpida como para creer que Philippe quería emplear a Saskia únicamente porque era una buena periodista. Había motivos muy distintos que no le gustaban. Aunque no era su obligación actuar de árbitro. La suiza era adulta y responsable de sus actos.

Soledad había recibido el día anterior un rapapolvo de Jean-Luc. Vio cómo Saskia había vuelto a la fiesta del brazo de Philippe y por eso le pidió a su hijo que le contara a su empleada la historia de Virginie, para que por lo menos supiera a lo que se atenía. Pero Jean-Luc reaccionó como un perro rabioso; le echó una bronca y le dijo que eso no era asunto suyo. A continuación desapareció enfurecido y no se dejó ver durante el resto de la noche.

Suspiró de nuevo. ¡Como si no tuviera suficientes problemas! Odette había vuelto a telefonear el día anterior por la noche, ya tarde. Ignace, que estaba siendo examinado en París, había desaparecido, y su hija tuvo que informar a la policía. Por suerte, Magali y François no se dieron cuenta de que a su querido abuelo lo habían encontrado en calzoncillos y zapatillas de estar por casa cerca de Trocadero. Parecía que los medicamentos cada vez hacían menos efecto. Según los médicos, Ignace se encontraba ya en el llamado «estadio final» de su enfermedad. La memoria a largo plazo se había visto afectada. A menudo confundía a Magali con Odette, a Odette con Soledad, o bien olvidaba que tenía una familia. Además, ya tenía dificultades para vestirse solo, realizar tareas cotidianas y hablar. No sería fácil volver allí. A lo mejor ya debía ir haciéndose a la idea de contratar a una enfermera. Los médicos ya la habían prevenido de que quizás posteriormente sería indispensable la asistencia de día y de noche. Y ahora, además, lo de Saskia… Era el cuento de nunca acabar.

—Gut, ma petite —se dirigió de nuevo a la suiza—. Llamaré enseguida a la oficina de la comunidad; quizás podamos encontrar ayuda en el pueblo. También le puedo preguntar a Chantal; tiene muchas primas en Aviñón, pero es una lástima porque ninguna de ellas habla alemán. Pero a falta de pan, buenas son tortas, ¿no es así? —Se rio animada—. Y tú… ¿estás segura de que nos quieres dejar?

—Sí, Mama Sol, lo estoy —repuso Saskia con certeza, aunque con un tono de voz pesaroso.

CAPÍTULO 34

—¡Estás chiflada! —A Nele le resplandecían los ojos ante Saskia, las manos sobre las caderas—. ¡Con el desgraciado ese no se me ocurriría ir, ya has dicho tú misma que le faltaba un tornillo!

Se apartó enfadada el pelo de la frente con un soplido.

—Ya lo sé —repuso Saskia cortada. Nele daba directamente en la diana. Seguía teniendo malas vibraciones cuando Arnaud se encontraba cerca de ella, pero a fin de cuentas solo tenía que trabajar con él y no compartir ni la mesa ni la cama.

—En serio, no te entiendo. Estábamos tan bien juntas, ¿no crees? —la voz de Nele tembló y a Saskia le supo mal de verdad.

—Ah, cariño —repuso ella y no se dio cuenta de que estaba utilizando el mote cariñoso que Nele normalmente utilizaba para ella—. No voy a desaparecer de la faz de la tierra. Te llamaré muy a menudo y te vendré a ver hasta que ya no me soportes más. Imagínate: ¡apartamento y vehículo propio! Podemos ir a la playa cuando tengas libre y luego celebrar una fiesta en casa. Suena bien, ¿verdad?

—¿A la playa? —De pronto Nele pareció interesada—. ¿En serio?

Saskia asintió.

—Bien, este es un argumento. Bueno —Nele estaba de morros, aunque la picardía ya se veía otra vez en sus ojos—, pero a Armand no lo invitamos a la fiesta.

Saskia se rio.

—¡Con ese salvaje no pondrás nunca un pie en mi casa!

Se levantó y abrazó a Nele.

La holandesa la apretó con fuerza contra ella y luego la sostuvo a la distancia de sus brazos.

—Es por Jean-Luc, ¿verdad? —preguntó seria.

Saskia se puso rígida y se deshizo de su abrazo.

—No quiero hablar de ello.

Nele se encogió de hombros y luego movió la cabeza.

—Los que se pelean se desean —dijo poniendo los ojos en blanco, y a Saskia le dio la sensación de que eso ya lo había oído alguna vez.

CAPÍTULO 35

—Y hay que lavar todas las cortinas, limpiar las ventanas y ventilar las habitaciones bien. Tiene que estar todo perfecto. ¿Puedo fiarme de usted?

La voz de Philippe había adquirido un matiz exigente, y las dos mujeres, vestidas con una bata de trabajo verde, asintieron enseguida.

—¿Revisamos también los vestidos de los armarios?

Philippe le echó una mirada heladora a la fornida empleada doméstica.

—¿Lo he ordenado? No, ¿verdad? O sea que no se meta en lo que no le importa. Ya me ocuparé yo mismo de eso.

Y para que el servicio de limpieza no cayera en la tentación de hacer tonterías, Philippe retiró enseguida todas las llaves de los armarios y cómodas, y las guardó en el bolsillo de su chaqueta. Nadie tenía permiso para tocar las pertenencias de Virginie. Eran sagradas, del mismo modo que ella había sido una santa.

CAPÍTULO 36

Jean-Luc estaba de un humor de perros. Chantal había tenido la mala suerte de cruzarse con él esa mañana. La reprendió de tal manera por una insignificancia que se fue llorando hacia Henriette. La bondadosa cocinera la apretó contra su pecho generoso y la consoló hasta que la francesa volvió a reír. Luego le hizo un chocolate caliente y ahuyentó a un irritado Jean-Luc de la cocina cuando entró en su territorio, malhumorado, buscando nuevas víctimas.

Él ya sabía que era insoportable, pero no podía hacer nada por remediarlo, y decidió calmarse haciendo una ronda de inspección por las vides.

—¡Gaucho, ven aquí! —gritó y se puso de camino a los viñedos.

Saskia estaba en la ventana de su habitación y observó a su futuro exjefe desaparecer en el viñedo.

«Es por Jean-Luc», había dicho Nele. Claro que era por él, solo por él. Pero ¿tenía que admitirlo? No, no quería hacerse la rubia tonta que en su inocencia rondaba a un hombre casado y que necesariamente debía llevarse una decepción.

Saskia no entendía a las mujeres que iniciaban romances con hombres casados. A menudo había sacudido la cabeza al oír historias de ese estilo, cuando ocurría algo semejante en su círculo de amistades. «¿Cómo se puede ser tan tonta?», pensaba una y otra vez. Esto solo puede salir mal. Y ahora era una de ellas. Pero no se dejaría llevar por sus sentimientos. Se podía reprimir todo, si una quería, incluso el amor.

Se pasó la mano por los ojos. Esperaba que Mama Sol encontrara deprisa a una sustituta para ella.

CAPÍTULO 37

Jean-Luc se agachó y examinó el lado inferior de la hoja de una vid. Fuerte, verde oscuro y jugosa. Ningún síntoma de parásitos ni del temido mildiu. Si el tiempo caluroso se mantenía, se prometía una cosecha excelente. Los aguaceros de primavera habían sido ligeros y esperaba que el otoño no fuera una excepción. Alain y los demás hombres estaban ocupados en podar los brotes que habían crecido abundantemente. De esta forma, la vid ponía sus fuerzas en los frutos y no en el follaje. Gaucho iba ladrando entre las hileras, arriba y abajo, y cazaba lagartos que tomaban el sol en las piedras calientes. Todo iba bien, a no ser por esos celos.

Cuando la noche anterior vio a Saskia junto a Philippe, lo habría arrollado cual ola gigante y oscura, y lo habría dejado sin respiración. Le habría gustado aplastar a su cuñado como lo hacía la pesada filoxera y le habría arreado en su cara arrogante. Pero estaba claro que no lo había hecho y había esperado que Saskia entrara en razón al contarle la historia de Virginie. Pero no consiguió hacerlo. Por la mañana su madre le había anunciado que la suiza había solicitado marcharse. Quería aceptar un trabajo en la Cooperativa de Explotación Vinícola, supuestamente para llevar temas de marketing.

¡Qué imbecilidad! Tan solo era un pretexto de Philippe para tener a Saskia cerca de él. ¿O es que ella no se daba cuenta? Por favor, si quería caer realmente en desgracia, entonces debía hacerlo.

¿Por qué le importaba tanto esa mujer? Al final de la temporada iba a volver a su país y nunca más sabrían de ella.

¿Lo quieres realmente así?, preguntó una suave voz en su cabeza.

¡No, eso no lo deseaba por nada del mundo! Saskia le había tocado en un lugar que él pensaba que ya no existía. Cada vez que la veía deseaba tocarla, quería olerla, escuchar y saborear. El beso casi lo había dejado tirado en el suelo y deseaba algo más con ella. La quería de arriba abajo y para él solo. Le daba miedo el deseo que sentía por ella, porque temía perder el control. Así debía de sentirse un viciado que estuviera a tan solo un palmo del objeto deseado y que tuviera la seguridad de que nunca podría alcanzarlo. Pero ahora era demasiado tarde para eliminar el abismo que había entre ellos. Y quizás eso era lo mejor.

Jean-Luc Rougeon, el hombre que se había propuesto no caer nunca en el desaliento, estaba cediendo y se sentía como un miserable cobarde.

CAPÍTULO 38

—¿Hola? ¿Quién es? ¿David qué más? ¡Ah! Señor Hunziker.

Géraldine detuvo la camioneta. La conversación no se oía bien, crujía y crepitaba en su móvil como si alguien estuviera moliendo piedras.

—¿Dónde?, ¿en París?

El exnovio de Saskia llamaba desde el aeropuerto de París y quería informarse del camino hacia la explotación vinícola. Quería hacerle una visita a Saskia. A Géraldine se le dibujó una mueca en la cara. ¡Maldita sea! Ahora se complicaba todo y podía peligrar la marcha de Saskia. También existía el riesgo de que Philippe o Jean-Luc perdieran los estribos si el ex de Saskia aparecía repentinamente. ¡Los hombres y sus venganzas!

Tanto que le había gustado la idea hacía un par de días de que David Hunziker volviera a aparecer en juego, y ahora su presencia iba a hacer más daño que otra cosa. Él era el as en la manga que siempre se podía sacar.

—Ah, señor Hunziker, qué agradable saber de usted. ¿De veras? Sí, eso sería una sorpresa. ¿Solo dos días? Oh, no va a ser posible. Saskia está acompañando a la dueña de la explotación vinícola en una compra y estarán tres días en el sur. Sí, mala suerte francamente, lo siento. Llame con un poco de antelación la próxima vez y entonces lo podré coordinar mejor. Sí, así lo haré. Seguro, nosotros también lo lamentamos. Bien, estamos en contacto. Adieu.

Géraldine terminó la llamada. Incluso había tenido suerte. Arrancó el automóvil y tarareó algo para sí misma, feliz. Quizás debiera ir de compras. Un vestido de verano nuevo o ropa interior sexi. A fin de cuentas no sabía nunca cuándo podía necesitar esas cosas.

CAPÍTULO 39

Philippe estaba tumbado en la cama y se movía intranquilo de un lado a otro.

—Me quieres para ti solamente y por eso intentas separarnos. Simplemente no puedes soportar que quiera a otro y que ya no sea tu princesita, ¿verdad?

La furgoneta del priorato bajaba a toda velocidad por la estrecha carretera hacia Carpentras, y en las curvas cerradas se acercaba peligrosamente al precipicio. La noche estaba oscura como la boca del lobo; tan solo los faros lanzaban conos de luz amarilla en la oscuridad. En las curvas, en las que las ruedas eran más rápidas que el haz de luz, los ojos se hundían en la inmensa nada. Philippe empezó a sudar.

—Estás confusa, lo puedo entender —dijo con miedo, intentando que su hermana no se irritara todavía más—. En realidad es una decisión de mucho peso la que habéis tomado. ¿Qué ha dicho el médico? ¿Qué probabilidades hay? ¿Más de un cincuenta por ciento?

Virginie presionaba sus labios con dureza y no parecía que le quisiera dar información al respecto.

—Detente, yo seguiré conduciendo —ordenó Philippe. Aunque su voz había perdido toda autoridad.

—¡No me digas lo que tengo que hacer! —chilló Virginie—. Lo has hecho siempre durante toda mi vida. ¡Estoy harta! ¡Es definitivo!

¡Quiero que desaparezcas de mi... de nuestra vida! —soltó un gallo de la rabia.

Philippe se agarró al reposabrazos para no ir de aquí para allá. Intentó, desesperado, enganchar el cinturón de seguridad. Aunque cuanto más tiraba menos lo podía mover. Ya casi no podía aguantar el vómito.

—¿Cómo te atreves a decirme si puedo o no puedo tener un hijo? ¡Cómo. Te. Atreves!

Su hermana gritaba hecha una furia y gesticulaba con los brazos en el aire. Philippe palideció al tratar de pegarse todavía más al asiento. Le hubiera gustado gritar muy alto, pero un miedo repentino le paralizó el habla. Él únicamente le había propuesto que pensara en la posibilidad de abortar. Ahora que ella volvía a tener problemas en el riñón, un embarazo era altamente peligroso. Y ella también era consciente de que la enfermedad era hereditaria. ¿De verdad quería asumir eso? ¿Traer un niño al mundo con esa condena? Pero en vez de escuchar los argumentos, su hermana alucinaba completamente. Él no la conocía así, y horrorizado tuvo que reconocer que de hecho ya no era su princesa, su ángel, su santa.

Jean-Luc, ese demonio del infierno, la había pervertido. Había enterrado y destruido poco a poco el amor que sentían el uno por el otro. ¡Y pagaría por ello! Sí, el maldito bastardo pagaría por ello, pero primero tenía que hacer entrar en razón a Virginie. Si seguía conduciendo así, acabarían cayéndose por el precipicio.

—Tranquilízate, por favor —dijo Philippe y le puso a su hermana el brazo sobre el hombro de forma conciliadora.

—¡No me toques! —chilló y se sacudió la mano como si se le hubiera posado un insecto asqueroso. En ese momento soltó el volante y la furgoneta empezó a dar bandazos con mucho riesgo. Finalmente volvió a controlar el vehículo, pero siguió conduciendo por la carretera como una loca y apenas frenaba en las curvas. Los neumáticos chirriaban peligrosamente, a Philippe se le erizaron los pelos de la nuca. Iba a matar a los dos.

—Por favor, te lo suplico, conduce más despacio. Estás confundida y no es de extrañar, pero podemos hablar de todo.

—¿Hablar? —Virginie rio amargamente poniendo los ojos en blanco—. ¡Siempre quieres hablar! ¡Quieres meter baza en todo! ¡Pero esto a ti no te incumbe! ¿Me oyes? ¡Nada de nada! ¿Te crees que no lo sabía? ¿Crees que soy tan estúpida? Lo he sabido siempre. Lo he notado cada vez. Y he jugado contigo, solo te he mostrado lo que quería. ¿Me oyes? ¡Siempre he tenido el control!, ¡miserable repugnante!

Escupía las palabras con sinceridad y se reía maliciosamente. De pronto pasó la mano derecha por el regazo de su hermano hasta la manilla de la puerta y la abrió, mientras el vehículo se acercaba al despeñadero.

—Fuera, enfermo. ¡Ya no te soporto más! ¡Me das asco! —chilló e intentó empujarlo fuera del vehículo.

La puerta abierta del auto se bamboleaba de aquí para allá. Philippe quiso agarrar de nuevo la manilla de la puerta. Él gritó al ver la pared de roca a solo un par de metros. Virginie miró hacia delante y sus ojos se abrieron. Instintivamente giró el volante hacia la izquierda y la fuerza centrífuga lanzó a Philippe fuera del vehículo. Chocó dolorosamente contra la pared de roca y se quedó tumbado y aturdido. Luego oyó los frenos chirriar, un ruido metálico y un estruendo. Segundos después una violenta explosión sacudió el bosque, y una columna de fuego rojo se elevó en la noche oscura.

—¡Virginie! ¡No!

Philippe se despertó bañado en sudor. Jadeaba. Tenía cada músculo de su cuerpo a flor de piel. Su corazón latía violentamente y amenazaba con reventar. Cada noche y desde hacía dos años, soñaba lo mismo. Revivía la noche de la desgracia una y otra vez. ¡Cada maldita noche!

Se volvió hacia la pared y lloró.

CAPÍTULO 40

Saskia estaba en la puerta y echó una mirada melancólica a su habitación. Ya había tirado las sábanas, que parecían un montón de basura, a los pies de la cama de hierro forjado. Y eso eran precisamente.

Contra lo que cabía esperar, Mama Sol había encontrado deprisa una sustituta para ella. Marie-Claire, la prima de Chantal, ocuparía el puesto de Saskia hasta terminar la temporada. La chica de diecinueve años incluso hablaba algo de alemán. Un golpe de fortuna para la finca.

En veinte minutos Arnaud iba a ir a buscar a Saskia. Todavía le quedaba tiempo de dar una vuelta por la casa por última vez. Dejó la bolsa de viaje y la maleta en el vestíbulo y deambuló por los espacios que iba a dejar. En el comedor, la vajilla del desayuno estaba recogida; Chantal ya estaba poniendo la mesa grande para la comida. Nele había ido con Géraldine y Mama Sol en automóvil hasta Carpentras y no iba a volver hasta el mediodía. La casa estaba silenciosa, solo se oía de vez en cuando a Henriette trastear con las ollas en la cocina.

Saskia ya se había despedido de todos la noche anterior en la cena con el grupo, en la que cayó alguna lágrima. Sobre todo Nele, que había luchado con valentía para no llorar, y su sonrisa se parecía más a la máscara de un payaso; sin embargo, más tarde no pudo reprimir el llanto. Saskia le tuvo que prometer por lo más sagrado que la llamaría a menudo o que vendría a verla. Ya habían organizado una excursión a la playa. En tres días iban a ir a la Costa Azul. Eso hacía más soportable el dolor de la despedida.

Géraldine no había intentado siquiera disimular su alegría por la partida de Saskia. Le dio la mano para despedirse y soltó de sus labios un par de fórmulas de cortesía. El Cancerbero había ahuyentado al enemigo; las aguas volvían a su cauce. Jean-Luc no estuvo presente en la cena. Por una parte Saskia se alegró, ya que habría sido una situación embarazosa para ambos. Por otra parte…

—Ah, da igual —murmuró cansada.

Fue al jardín y echó un vistazo por la piscina, que resplandecía lisa como un espejo en el sol de la mañana. Gaucho dormía a la sombra de un pino y contraía de vez en cuando las patas. Se agachó y acarició el pelaje del perro. Este irguió la cabeza, adormecido, y movió la cola ligeramente, pero no se dignó a levantarse. Saskia sonrió. Le gustaría haber sido perro.

Se sentó en una de las mesas de bistró y sacó el teléfono del bolsillo. Hacía dos días había recibido un SMS de David que no entendía. Le deseaba buen viaje y esperaba que la próxima vez la pudiera encontrar en mejor momento. Leyó el mensaje de nuevo y movió la cabeza. ¿De qué viaje hablaba? Saskia pensó si debía preguntarle, pero decidió no hacerlo y borró el mensaje. Era mejor no recalentar algo que ya no sabía bien.

Jean-Luc se encontraba en su despacho tras la cortina y observaba a Saskia por la ventana. Ella no debía de verlo, pero a él le hubiera gustado salir corriendo y suplicarle que se quedara. Pero no le apetecía quedar en ridículo. Ella se había decidido, y él lo iba a respetar —no, ¡lo debía respetar!—. Nunca había ido detrás de una mujer y no lo haría ahora por primera vez.

Suspiró y volvió al escritorio. Estuvo largo rato observando la carta que llevaba el emblema de la Cooperativa Vinícola. Philippe tan solo había esperado la confirmación de Saskia e inmediatamente después había retomado su guerra personal.

Jean-Luc sacudió la cabeza. ¿Cómo había conseguido su cuñado convencer de sus intenciones a los otros miembros de la Cooperativa? Él siempre había supuesto que la amistad de tantos años con los Rougeon les era más importante que las ansias de victoria de Philippe. Pero bueno, si no querían su uva, ya podían irse a freír espárragos. Él no empeoraría su vino a propósito, solo por adecuar su precio al de la competencia. Los Rougeon mantenían su calidad desde hacía años y seguirían trabajando para mantener ese estándar. Estrujó la carta y la lanzó a la papelera. Philippe se merecía la guerra que estaba buscando por todos los medios. Mejor naufragar a toda máquina que avanzar por el océano a media vela.

Saskia oyó la bocina desde el jardín. Había llegado el momento. Miró un instante a la ventana del despacho. ¿No había nadie detrás de las cortinas? El latido de su corazón se aceleró. La bocina sonó otra vez y se levantó. No, a Jean-Luc seguro que le daba igual que se marchara, porque si no, se habría despedido de ella.

—O sea que, Gaucho, mantén las orejas alerta. —El perro movió la cola asintiendo.

Saskia atravesó el vestíbulo, tomó la maleta y la bolsa de viaje, y bajó las escaleras hasta la entrada. Arnaud ya estaba delante del vehículo y le abrió la puerta del copiloto caballerosamente, luego colocó su equipaje en el asiento de atrás.

—¿Vamos?

Saskia asintió. El nudo de la garganta le dolía de forma insoportable y notó el ardiente deseo de volver hacia Jean-Luc y pedirle que la dejara quedarse. Pero su orgullo no se lo permitía. Estaba casado y ella no podría consentir una relación de amantes. Respiró hondo y subió al automóvil.

—¡A surcar nuevos mares!

Los edificios de la Cooperativa estaban a tan solo unos diez minutos de la finca de los Rougeon en línea recta, aunque debía rodearse una ancha colina que se elevaba entre las dos propiedades.

Arnaud intentó entablar conversación con Saskia un par de veces, pero al responder esta con monosílabos cesó en sus intentos, cosa que a ella le pareció muy bien. No le apetecía ponerse a charlar, y dejó la mirada perdida con melancolía.

Siguieron el camino de tierra hasta la carretera asfaltada que bajaba al pueblo, giraron poco antes de la señal indicadora de población y se desviaron por un camino.

Saskia todavía no conocía ese trayecto y, contra lo que se esperaba, el entorno desconocido le despertó interés. A izquierda y derecha había hileras de vides, como en casi toda la región; a lo largo del camino, entre ellas, vio a trabajadores que iban pasando por en medio provistos de tijeras. De vez en cuando alguno los saludaba y Arnaud devolvía el saludo.

Tras veinte minutos de trayecto alcanzaron una imponente puerta, al lado de la cual había una caseta de guarda. Un hombre con uniforme y gorra de visera estaba sentado dentro y hojeaba una revista. Al ver el vehículo, levantó la mano para saludar y tras algunos segundos se abrió la puerta en silencio y atravesaron la impresionante entrada. La carretera de detrás estaba recién asfaltada y brillaba en negro satén bajo el sol de la mañana. Arbustos de lavanda, que estaban en pleno florecimiento por la estación, bordeaban el camino. Saskia abrió la ventanilla, y el calor penetró en el vehículo climatizado un momento, aunque también el aroma a lavanda, y respiró profundamente.

Siguieron a lo largo de un paseo a la sombra de unos chopos cuya dirección de crecimiento se orientaba hacia el sur. Beaumes-de-Venise no estaba expuesta al mistral como otras regiones de la Provenza, aunque tampoco allí debían de librarse de sus efectos. El camino se dividía ante un monolito macizo, en el que estaba grabado el nombre de la Cooperativa de Explotación Vinícola. A la derecha se erigían edificios nuevos de color tierra, en los que Saskia supuso que se encontraban la bodega y los espacios de transformación. Ante un edificio más plano había dos vehículos aparcados y un cartel verde en el que se leía «accueil», que llevaba a los visitantes y socios comerciales a la entrada.

Sin embargo, Arnaud giró a la izquierda. La mirada de Saskia se posó en un edificio blanco con aires de castillo. Voladizos y torrecillas que se extendían en un cielo despejado le daban un aire de fábula y el típico encanto provenzal. A diferencia de la propiedad de los Rougeon, no había antepatio. Condujeron directamente hasta la entrada del edificio del siglo XVII decorado con ventanas azules. Todo se veía cuidado y limpio.

A Saskia la invadió la sensación de que Philippe Arnaud daba mucho valor al prestigio. En el fondo nada reprochable, pero en toda la propiedad había un ambiente aséptico, como si se hubiera atravesado el umbral de un hospital. De pronto se quedó helada.

—Et voilà, ya hemos llegado. —Arnaud bajó del auto y le abrió afablemente la puerta del vehículo—. Espero que te sientas bien aquí —dijo con amabilidad y sacó su equipaje del automóvil.

—Gracias, seguro que sí —repuso Saskia y se abanicó. El calor era insoportable y además se reflejaba de la arenisca clara del edificio.

—Vamos, entremos, dentro se está más fresco. —Arnaud abrió la puerta de la entrada.

Saskia había supuesto que el interior —a juzgar por la edad del edificio— sería oscuro y sombrío, pero sorprendentemente lo encontró inundado de luz y claridad. Las paredes, así como los techos de madera, estaban emblanquecidas y solo de vez en cuando se veía una viga oscura de la construcción original. Cerca de la entrada había un conjunto de sillas blancas, y Arnaud colocó el equipaje de Saskia en una de las butacas.

—¿Justine? —llamó. Enseguida apareció una joven con uniforme blanco y negro.

—Monsieur, Madame. —La joven observó a Saskia atenta.

—Justine, te voy a presentar a Madame Saskia Wagner. A partir de hoy será invitada en nuestra casa.

Ahora seguro que hace una reverencia, pensó Saskia, pero la empleada solo le tendió la mano y movió la cabeza cortésmente.

—Para cualquier cosa que desees, dirígete a ella con toda confianza —dijo Arnaud a Saskia—. Ella se hará cargo.

—Gracias, así lo haré. Philippe, una pregunta... —Saskia tragó—. ¿Ha habido quizás un malentendido? Me dijiste que yo tendría vivienda propia, ¿verdad? Pero ahora me has presentado como invitada. ¿He entendido algo mal?

Arnaud se rio.

—No, no, no me has entendido mal. Te enseño tu apartamento enseguida. Se encuentra en la parte de atrás de la casa y dispone de entrada independiente. Espero que, suponiendo que quieras, comamos juntos de vez en cuando. Nuestra cocina no tiene nada que envidiar a la de Henriette.

—Entiendo. Sí, seguro que me podré organizar —repuso Saskia arrastrando las palabras.

¿Arnaud no se estaría haciendo ilusiones de que ella y él...? Porque, si no, iría de mal en peor. Además, él no era su tipo de ninguna manera. Ante aquella idea, hizo una mueca y se propuso acabar de inmediato con todas las confianzas. Al fin y al cabo, allí únicamente quería trabajar y nada más.

Se abrió la puerta de la casa y entró una pareja de ancianos cargados con bolsas y sacos.

—¡Philippe! ¿Ya estáis aquí? —dijo el hombre, desconcertado, y miró a Saskia sonriente. Su hasta ahora agradable rostro se petrificó. Dejó caer al suelo las bolsas de plástico que llevaba en las manos. Decenas de tomates rodaron por la entrada de casa y Justine los intentó atrapar como un recogepelotas en la pista central. La anciana también clavó los ojos boquiabierta en Saskia y agarró con fuerza sus bolsas de la compra, como si la visitante se las quisiera arrebatar.

Saskia frunció el ceño. ¿Por qué se quedaban mirándola todos siempre tan horrorizados? ¿Le habían crecido cuernos? Automáticamente se acarició su largo pelo.

—Adèle, Vincent, ¿puedo presentaros a Madame Saskia Wagner? Nuestra nueva empleada. Saskia, estos son Adèle y Vincent Thièche, los padres de Justine. Trabajan en la casa desde siempre.

Arnaud sonrió imperceptiblemente y Saskia tuvo la sensación de que disfrutaba de la extraña situación.

El anciano perdió su rigidez del primer momento y le tendió una arrugada mano.

—Madame —dijo educadamente e intentó no mostrar su perplejidad de forma tan evidente—, enchanté.

—Yo también me alegro de conocerlo —repuso Saskia con cierta reserva.

Se dieron la mano. Adèle, mientras, no se había movido ni un milímetro y murmuraba para sí misma algo que a Saskia le recordó a una plegaria. Su marido le dio un golpe con brusquedad y finalmente también ella le tendió la mano, aunque más bien vacilante y temerosa. ¿Se habían vuelto todos locos en ese lugar?

Finalmente Arnaud los liberó a todos de tan extraña situación y tocó a Saskia en el brazo.

—¿Quieres ver tu apartamento ahora y deshacer la maleta? Es casi hora de comer. Le he dicho a Justine que nos prepare una comida ligera. Algo de jamón con melón y una ensalada de cangrejo. Después te enseñaré tu nuevo lugar de trabajo.

—De acuerdo. —Saskia tomó aire y lo siguió hasta el vestíbulo. Sentía a su espalda la mirada de ambos empleados y escuchó un par de palabras que Adèle le dijo entre dientes a su marido. Impossible, incroyable, fantôme: imposible, increíble, espíritu.

Saskia se sentía en ese momento como si estuviera actuando en una mala obra de teatro, pero todavía no sabía seguro qué papel interpretaba.

CAPÍTULO 41

Saskia siguió a Philippe a través del largo vestíbulo hasta la parte de atrás del edificio. Una escalera de piedra con peldaños planos llevaba a las habitaciones superiores, pero Arnaud abrió una puerta de madera muy decorada al lado de la escalera. Entraron en un espacio pequeño, parecido a un invernadero, en el que había un conjunto de sillas de ratán azul. Ante la ventana de cristal de la altura de una persona, había una hilera de cactus de las formas y colores más diversos. Era una habitación preciosa, que invitaba a leer y relajarse, aunque allí también sentía ese ambiente aséptico que la hacía estremecer.

Arnaud interrumpió los pensamientos de Saskia.

—Si quieres te enseño la casa luego, Vir... Saskia. Tenemos todo el tiempo del mundo, ¿no es cierto?

—Sí, claro. Por cierto, es un edificio muy bonito. ¿Fue construido realmente en 1678? He visto el dato del año sobre la entrada.

—Sí, antes de que mi familia comprara la propiedad era un convento, lo que se denomina priorato. La casa fue reconstruida y reformada varias veces para adaptarla a las necesidades de hoy en día. Espero que te gusten las antigüedades; en tu apartamento hay muchas. —Se rio y salió por la puerta de cristal al jardín—. Hay otra entrada que lleva directamente a la cocina, y que te enseñaré más tarde. El camino a través de la habitación de los cactus es más corto y también más bonito. ¡Ven!

Saskia sonrió satisfecha. ¿La habitación de los cactus? Maravilloso: allí las habitaciones tenían nombre propio.

Salieron al aire libre. Losas de piedra planas llevaban por un césped perfectamente cortado, que recordaba a un campo de golf, hasta una casa de una planta, adosada a la vivienda principal. Allí el jardinero seguramente cortaba el césped con las tijeras de la manicura, pensó Saskia y se tuvo que contener para no reírse. De algún modo le parecía todo surrealista. Se aclaró la garganta e intentó reír en el momento en que Arnaud se volvió sorprendido.

—Bonito, muy bonito —dijo en señal de reconocimiento.

El jardín descendía suavemente en dirección a un espacio con grava, en el que había diversos tiestos grandes de plantas. A diferencia de los maceteros de terracota de los Rougeon, allí eran de bronce. Los años habían cubierto el metal con una pátina verde que formaba un simpático contraste con los exuberantes geranios en flor plantados allí. Bajo un sauce llorón había una mesa y un par de sillas. ¡Era todo perfecto! Demasiado perfecto, pensó Saskia. No se veía un alma por ninguna parte. Ningún perro que alborotara por los alrededores, ninguna risa ni el tintineo estrepitoso de vajilla que escapara por una ventana abierta. Era silencioso y tranquilo, como en un cementerio. Saskia se quedó helada de nuevo, a pesar del calor. ¡Bah, qué tonta eres! Se dijo. La tranquilidad también es algo de agradecer y además hay que dar una oportunidad a todo y a todos.

—Bien, este es tu nuevo apartamento. —Arnaud abrió la puerta con una llave antigua de hierro y se la entregó después con una grácil reverencia.

—Gracias —dijo Saskia riendo.

—Seguro que lo quieres ver y para eso no me necesitas a mí. Vincent te traerá enseguida el equipaje y podrás refrescarte. —Miró el reloj—. Digamos..., ¿en una hora en el vestíbulo? Entonces tendremos tiempo suficiente antes de comer para dar una vuelta por la casa. Suponiendo que quieras, claro.

—Sí, estaría muy bien.

—Bien, hasta luego.

Él le sonrió como si hubiera ganado la lotería, giró sobre sus talones y se marchó. Saskia se quedó mirándolo. Qué tío más raro, pensó. Luego se dio la vuelta y examinó su nuevo hogar.

Philippe estaba en el primer piso, en la ventana, y observaba con la mirada vacía la puerta tras la que Saskia había desaparecido. Acarició cariñosamente el top de seda entretejido con hilos de lamé de oro. Estará preciosa con él, pensó y lo olió, pero el aroma se había ido. Compraré el perfume en Carpentras y se lo regalaré, pensó. Luego colgó la prenda en el armario otra vez y lo cerró cuidadosamente.

CAPÍTULO 42

Saskia se había tumbado en la cama blanca y se miraba las uñas de los pies. Sobre ella se arqueaba una tela de gasa fina color amarillo claro. Se sentía como una princesa. Pero el examen del apartamento la había dejado muy sorprendida.

Del pequeño recibidor salían cuatro puertas. La primera llevaba al cuarto de baño, en el que había una bañera antigua sobre cuatro pies de hierro forjado. Aunque, mirándola de cerca, se descubría que no era antigua, sino moderna y funcional. El lavamanos reluciente y las toallas de mano a juego con el suelo de piedra de color teja daban la sensación de no haber sido utilizados nunca. Detrás de la segunda puerta había una pequeña cocina con todos los adelantos: nevera, microondas, horno y vitrocerámica. Los armarios contenían la típica vajilla provenzal azul y ocre. Allí el suelo también era de color teja, con el que el mobiliario de madera clara combinaba de forma excelente. La tercera puerta daba al salón. Una chimenea construida con piedra natural dominaba el confortable espacio. Delante había un conjunto de sillas con estampados de flores y mesillas de madera al lado.

Las paredes estaban pintadas de rojo claro y a juego las cortinas hasta el suelo en un tono más oscuro. El espejo del tamaño de una persona en la pared de atrás era lo único feo de todo el apartamento.

Sin duda una mujer había arreglado esos espacios y además con tendencia a lo kitsch. Pero, aunque quisiera, Saskia no podía explicarse por qué alguien había elegido un espejo tan monstruoso. Para su gusto, el mobiliario pecaba de todas maneras de opulento. A ella le gustaba más sencillo, sin grandes florituras. Al lado de la puerta de la terraza que llevaba al jardín, había incluso una chaise-longue. Solo faltaba un sirviente con librea que sirviera copas. Detrás de la última puerta, Saskia encontró al fin la alcoba. Estaba pintada de amarillo y blanco, y no pudo evitar la sensación de que se encontraba en un salón de muñecas. En la pared había colgadas pinturas sobre la Provenza, de algún pintor aficionado. No reflejaban bien la extraordinaria luz de la región y hacían un efecto de tosquedad e ingenuidad. A primera vista a Saskia no le gustaron. Se agachó y estudió la firma. En todos aparecía la misma: VA. ¿Pintaba Vincent quizás? Pero no, se llamaba Thièche. En esa habitación también había colgado un espejo sobredimensional de gran tamaño. Arrugó la nariz. O bien había vivido antes allí una mujer que estaba enamorada de sí misma, o alguien a quien le gustaba observarse en sus juegos sexuales. Se rio para dentro. Ella habría decorado esos espacios de forma muy distinta.

—Pero a caballo regalado, no le mires el diente —recitó y volvió la cabeza.

Había un teléfono inalámbrico en una de las mesillas de noche y, al presionar la tecla correspondiente, sonó la señal para marcar. ¡Qué suerte! Esperaba que Arnaud recibiera una factura separada para ese teléfono, porque si no podía ser que experimentara una sorpresa desagradable a final de mes.

Saskia marcó el número de Cécile, pero la interrumpió una llamada en la puerta del apartamento. Saltó de la cama y caminó hasta la entrada. A través de la mirilla vio a Vincent, que esperaba delante con su equipaje. Cielo santo, qué horror, que el anciano le tuviera que traer la maleta; a fin de cuentas ella —del mismo modo que él— también era empleada y no necesitaba un trato especial.

—Voilà, Madame, votre baggage —dijo amablemente y la miró de nuevo tan sorprendido que Saskia se puso muy nerviosa.

—Muchas gracias, Monsieur Thièche —repuso con evidente alegría para que él no notara su inseguridad—. Aunque yo no soy ninguna Madame. Llámeme Saskia, ¿de acuerdo?

El anciano sonrió.

—Con mucho gusto. Entonces yo soy Vincent.

Sonrió satisfecho y Saskia asintió sonriendo también. El hombre le gustaba.

—¿Está todo a su gusto, quiero decir, a tu gusto? ¿Lo tienes todo? Si faltara algo, dilo sin vacilar. Philippe ha ordenado que cumplamos todos tus deseos.

Saskia frunció el ceño. ¿Era Arnaud tan atento con todos sus empleados? En caso afirmativo, la gente debía de pelearse para trabajar para él.

—Todo perfecto, gracias. Sois todos muy amables conmigo. Me siento como una princesa.

Vincent se estremeció al oír esas palabras, y su sonrisa desapareció.

Saskia levantó las cejas sorprendida. ¿Había dicho algo malo? Repasó para sí misma la frase en francés. No, de hecho era todo correcto.

Al parecer Vincent se percató del gesto, pues miró su reloj y anunció:

—Debo darme prisa porque, si no, no tendré lista la comida a tiempo. Nos vemos luego, seguro. Bienvenida una vez más. Es bonito tener a una joven en casa otra vez. —Se dio la vuelta y recorrió de prisa el camino de regreso.

¿Otra vez? ¿Qué quería decir con eso? ¿Había vivido otra empleada antes allí? Saskia decidió preguntarle después a Arnaud. Ahora llamar a Cécile y luego inaugurar el cuarto de baño, y lo quería hacer con una larga y ardiente ducha.

CAPÍTULO 43

—¿Cómo te lo imaginas? Nuestros medios financieros no nos permiten una planta de etiquetaje y embotellado. Sin mencionar el almacenaje, distribución y la logística entera.

Soledad se pasó la mano por los ojos cansada. Estaba sentada en el despacho con Géraldine y ante ellas sobre el escritorio había expedientes, facturas y documentación fiscal.

—Sí, lo sé —repuso Jean-Luc disgustado—. Pero no nos queda otra solución, si no queremos seguir produciendo únicamente nuestros vinos.

Su madre le echó una mirada llena de reproches.

—No debes gritarme por eso; mi oído funciona todavía a la perfección.

Jean-Luc masculló una disculpa y miró al suelo, turbado.

—¿Y qué ocurriría si nos uniéramos a otra cooperativa? —propuso Géraldine ojeando las cifras de ventas de los últimos años—. Con ello por lo menos la logística estaría asegurada.

Jean-Luc hizo un gesto de rechazo con la mano.

—Eso ya lo he aclarado. La de Carpentras no está interesada, porque ellos mismos tienen que vérselas con dificultades en la venta. Y Châteauneuf-du-Pape está demasiado lejos. Si hiciéramos un trato con ellos, el transporte correría de nuestra cuenta, y esos gastos a su vez tendríamos que compensarlos a través del precio final, lo que no favorecería mucho las ventas. Un círculo vicioso.

¡Era para volverse loco! La ruptura con la cooperativa local planeaba sobre la finca desde hacía mucho tiempo como una espada de Damocles, pero Jean-Luc no había creído realmente que Philippe cumpliera su amenaza. Error de cálculo. Su cuñado iba en serio y ahora había dado la puntilla.

A veces Jean-Luc se preguntaba si Arnaud estaba loco. Las diferencias entre ellos podrían haberse arreglado, seguro; pero Philippe no cedía bajo ningún concepto y se mantenía en su postura. Y los demás miembros lo seguían como un rebaño de ovejas.

Tamborileaba nervioso con los dedos en el respaldo de madera de su silla. Tenía que haber una solución.

Mientras, su madre ojeaba los papeles.

—Para el vino de este año, nuestro antiguo contrato todavía es válido, la Cooperativa debe respetarlo, pero para el año que viene nos encontramos con las manos vacías, ¿correcto? —Miró inquisidora a su hijo y a Géraldine por encima de su montura al aire y ambos asintieron—. Bien, entonces todavía nos queda un plazo que debemos aprovechar necesariamente. La otra solución es la quiebra, y ambos sabéis lo que eso significaría para nuestra familia y para nosotros.

Ambos asintieron de nuevo. ¿Beaumes-de-Venise sin los Rougeon? ¡Imposible!

—Esta tarde llamaré a un par viejas amistades y ya veremos. Tú, Géraldine, tantea el terreno otra vez en la Cooperativa de Châteauneuf-du-Pape. A veces una mujer bonita consigue más que un hombre de negocios. —Y, cuando Jean-Luc quiso protestar, añadió—: Por favor, Jean-Luc, debemos intentarlo todo, compórtate.

—¿Y qué se supone que debo hacer yo? —preguntó enfadado. Se sintió limitado en su competencia.

—Quizás fuera útil que te reunieras con otros miembros de la Cooperativa. No sé cómo Philippe ha conseguido que den su aprobación, pero puede ser que tenga un as en la manga del que no sabemos nada. A pesar de todo, tengo la sensación de que no están totalmente satisfechos con la decisión de su presidente. Quizás se puedan amotinar. Los presidentes se eligen y también se les puede destituir, ¿correcto? Y en la guerra está todo permitido. Si Philippe opina que nos puede cerrar el grifo como le convenga, se equivoca totalmente. Los Rougeon viven aquí tanto tiempo como los Arnaud y siempre han demostrado ser socios leales. A fin de cuentas, no es culpa nuestra que su hermana tuviera un accidente. Y tampoco es culpa tuya, Jean-Luc. Así que no te hagas reproches por ello.

Jean-Luc asintió.

—Sí, quizás obtenga algo de información que nos ayude a continuar.

Se levantó. Era posible que, tras la aparición de Saskia, Philippe estuviera algo menos obstinado en destruir a los Rougeon. Así que valía la pena aprovechar el momento.

¿Qué estaría haciendo ella ahora?, pensó. Sabía, a través de Nele, que habían quedado en verse pasado mañana. Él le habría enseñado a Saskia con mucho gusto las maravillas de la Provenza: el casco antiguo de Aviñón, Gordes, el pueblo colgado de una roca cual nido de golondrinas, las rocas ocres del Rosellón, la Abadía de Sénanque o las Gargantas del Verdon. Y en la costa conocía un par de rincones maravillosos que apenas visitaban los turistas y que seguro le habrían gustado mucho. Pero todo eso eran ensoñaciones a las que se entregaba raramente. A veces, sin embargo, lo invadían con fuerza y en esos momentos debía centrarse para no herir a los demás con su creciente mal humor.

Jean-Luc dejó de lado los pensamientos hacia Saskia; ahora tenía mayores preocupaciones, y seguramente ella ya no pensaba en él ni en el beso.

—Así que hasta luego —dijo escuetamente y se marchó del despacho con prisa.

Su madre lo siguió con la mirada. No se puede huir, Jean-Luc, pensó ella, así no funciona la vida. Suspiró y dirigió su atención de nuevo a los papeles. Todo seguiría adelante de alguna forma. Siempre había un camino que seguir.

CAPÍTULO 44

—Este es tu escritorio. Aquí detrás están el fax, la impresora y el escáner. Los CD los puedes copiar con tu propio ordenador. Hay un programa de elaboración de imágenes instalado, pero ya tiene dos años. En estos temas no puedo ayudarte, nunca me he ocupado de eso, pero en algún cajón debe de haber un manual de instrucciones.

Ariane, la secretaria de Arnaud, guio a Saskia por el moderno edificio de oficinas, que ya había visto la mañana de su llegada. La mesa de trabajo de la mujer mayor se encontraba en la puerta de entrada. Saskia calculó que Ariane debía de tener entre cincuenta y sesenta años; era responsable de la recepción de los invitados y socios y de todos los asuntos relacionados con la Cooperativa de Explotación Vinícola. El despacho de Saskia estaba aparte y, por suerte, se podía cerrar. Odiaba las grandes oficinas y el nivel de ruido que inevitablemente se formaba cuando muchas personas trabajaban juntas.

—Bien, gracias, Ariane.

Saskia sonrió amablemente a su nueva compañera de trabajo. Habían decidido tutearse desde el principio, aunque notó que allí no podría establecer la misma relación afectiva que había establecido con Nele. Ariane estaba adaptada al ambiente, fría y tímida. De todas formas, ya había encontrado a una amiga en la Provenza y no necesitaba una segunda.

Una vez que Arnaud le hubo mostrado el convento reconstruido, almorzaron juntos a mediodía. La gente se sentaba en un enorme comedor según nivel social. Había esperado que los Thièche también almorzaran con ellos. Y también lo hicieron, pero como personal de servicio. Saskia no estaba acostumbrada a que la sirvieran y se sintió incómoda cuando Justine y Vincent trajeron los platos y recogieron la vajilla usada después. Decidió que en un futuro se haría sus propias comidas y únicamente como excepción acompañaría a Arnaud en el comedor. En realidad, sentía malestar ante su nuevo jefe, pues de vez en cuando la examinaba como si tuviera que comprobar algo de su cara.

—Bien, eso es todo. ¡Ah, sí!, cuando quieras telefonear tienes que marcar primero el cero —le explicó Ariane y señaló el aparato.

—¡De acuerdo!, gracias —repuso Saskia.

Ariane asintió, se sentó ante su escritorio y se puso a escribir una carta comercial en su equipo. De vez en cuando sonaba el teléfono y entonces hablaba deprisa y eficaz con las personas que llamaban.

Saskia también se sentó frente a su mesa y encendió el equipo informático. ¡Finalmente un teclado decente e Internet! Cómo lo había echado de menos. La pantalla se volvió azul, y el emblema de la Cooperativa de Explotación Vinícola apareció en el centro del monitor. Una estilizada hoja de vid y un racimo sobre fondo rojo oscuro.

Arnaud le puso sobre el escritorio una enorme carpeta de un proyecto que se emprendió dos años antes llamado «Nueva imagen en Internet». Miró por encima los documentos y suspiró. Todo en francés, claro. De vez en cuando descubría notas a mano, provistas de la firma VA. Le resultaba familiar. ¿Dónde lo había visto antes? Ahora no caía en la cuenta. Las fotos, que por aquel entonces se habían hecho de los edificios, del entorno y de la producción, no estaban mal del todo. Saskia le dio la vuelta a una de las fotografías.

Las había realizado un estudio fotográfico de Carpentras y anotó el nombre. El fotógrafo tenía buen ojo. Decidió llamarlo otra vez. Las fotos, así como las etiquetas de los vinos, debían actualizarse, igual que los retratos del personal, que desde entonces probablemente hubiera cambiado.

Saskia tomó una foto en la que aparecían los trabajadores de la Cooperativa. Reconoció enseguida a Arnaud y a Ariane, que estaba junto a él. A un par de trabajadores, que miraban al objetivo muy sonrientes, ya los había conocido en la fiesta de la gruta. En el margen izquierdo había una mujer que tenía el pelo igual que ella. El mismo largo, pero más oscuro. Por desgracia no se le podía reconocer la cara, porque en el momento en que se disparó el mecanismo de la cámara miraba hacia abajo. ¿Qué estaría buscando?

A Saskia se le salieron los ojos de las órbitas y quedó desconcertada. ¡La mujer, que incluso tenía la misma altura que ella, se agachaba para acariciar a Gaucho!

CAPÍTULO 45

—Sur le Pont d'Avignon, l'on y dance, l'on y dance, sûr le pont d'Avignon, l'on y dance toute en rond!

Nele y Saskia cantaban a pleno pulmón la conocida canción francesa.

—¿Sabías que —gritó Nele con el ruido de fondo del viento en contra— esta canción era originariamente una sátira con doble sentido? —Saskia movió la cabeza y Nele asintió diligente—. Sí, primero se llamaba Sous le pont, es decir, Debajo del puente, porque allí se encontraba el Barrio Rojo de Aviñón. Y se bailaba casi bajo vigilancia del papa. Si es que entiendes lo que quiero decir. —Nele puso una mirada elocuente, y Saskia se rio burlona.

El cielo brillaba con un azul radiante, el aire era cálido y se oían muchos ruidos desconocidos. Pronto verían el Mediterráneo. ¡La vida era maravillosa!

Arnaud le dio a Saskia en la mano la llave del automóvil, como le había prometido la noche anterior. Y, al abrir esa mañana la puerta del garaje, puso los ojos como platos. Un descapotable granate resplandecía ante ella en la penumbra.

Acarició cuidadosamente la pintura con el dedo. ¡Una verdadera joya! ¿Pertenecía a Arnaud? Aunque el automóvil era típico de mujer. Daba igual, ahora le serviría de vehículo de empresa. Con eso, su patrón también había cumplido su segunda promesa. ¡Tan loco no estaba entonces!

Todavía estaba oscuro cuando Saskia llegó a primera hora de la mañana al antepatio de los Rougeon. Solo brillaba una luz encima de la entrada. Nele y ella querían ir primero a Aviñón, hacer algunas compras allí y finalmente hasta la playa.

Saskia apagó el motor y esperó. Había llegado antes de la hora y observaba el entorno con melancolía. Era la primera vez que volvía allí desde su cambio de trabajo. Echaba de menos la finca, a Nele, a la gente y sobre todo a Jean-Luc. ¡Era horroroso! No se lo podía sacar de la cabeza. No servía de nada que se prohibiera pensar en él. ¿Estaría todavía despierto o seguiría durmiendo en los brazos de Géraldine?

—¡Déjalo ya, tonta! —dijo a media voz para sí misma y buscó en la radio del auto «Provence Radio».

En el vestíbulo se encendió la luz, y una adormecida Nele abrió la puerta de la entrada. Llevaba pantalón corto y una camiseta a juego. Coronaba su pelo un feo sombrero que Saskia no se habría puesto en su vida. La holandesa arrastraba una enorme bolsa de playa tras de sí y en la otra mano llevaba una cesta de mimbre trenzado.

—¡Vaya, cariño! ¡Un descapotable! ¡Me volveré loca! —Lanzó su bolso en el asiento de atrás. El cesto lo colocó cuidadosamente detrás del asiento del copiloto—. Saludos de Henriette —dijo señalando el cesto—, para que las cucas no pasen hambre. —Se rio—. Bueno, vamos. Ya veremos si los franceses aguantan esta concentración de estrógenos.

Saskia se rio a medias, segura de que iba a ser un día inolvidable.

Jean-Luc estaba detrás de una columna en el vestíbulo y observaba a las dos mujeres. Se acababa de levantar, cuando oyó un vehículo que subía por la carretera. La visión del descapotable de Virginie le había sacudido todo el cansancio de los huesos. En la penumbra podría haber confundido a Saskia con su mujer fallecida, aunque su risa sonaba mucho más vivaz que la de Virginie —incluso en los momentos más felices—. Se preguntó qué pretendía Philippe al darle a Saskia precisamente ese automóvil. ¿Sabía ella a quién había pertenecido antes? Probablemente no. Quizás debiera contarle él la historia para que estuviera preparada en el caso de que su cuñado albergara la idea de hacer de ella una copia de su hermana. Siguió con la mirada las luces rojas que se abrían camino por la sinuosa carretera, hasta que desaparecieron detrás de la curva. Él hubiera hecho cualquier cosa para poder ir de copiloto.

—En alguna parte de Nîmes debes tomar la A54 y dejar la autopista a la altura de Arles. Desde allí no queda mucho hasta Saintes-Maries-de-la-Mer. —Nele había extendido el mapa de carreteras sobre sus musculadas piernas y guiaba a Saskia por la región—. Veré la Camarga —susurró la holandesa con veneración y de pronto se levantó del asiento del auto, se agarró al parabrisas y gritó—: ¡Veré la Camarga!

El conductor del camión que acababan de adelantar les tocó el claxon varias veces y Nele saludó radiante de alegría.

Saskia se rio.

—No estás bien de la cabeza. ¡Vuelve a sentarte enseguida antes de que te caigas! —ordenó, pero ella también estaba llena de excitación y nerviosa.

Recordó la última vez que había estado en el sur de Francia. Debía de tener ocho o nueve años cuando fue de viaje con sus padres por la Camarga. Su padre tenía por aquel entonces una vieja y desvencijada caravana tirada por un Volvo todavía más viejo y más desvencijado. Con él bajaron hasta el valle del Ródano y finalmente aparcaron ambos vehículos en un camping. Exploraron la zona con las bicicletas. Saskia todavía recordaba los vastos campos de hierba, los numerosos ríos y lagos, y los caballos que corrían libres. Por eso le había propuesto a su amiga evitar los lugares populares de vacaciones como Cannes, Niza y St. Tropez, e ir a pasar el día a Saintes-Maries-de-la-Mer.

—¡Flamencos! —chilló Nele de pronto y sacó a Saskia de sus pensamientos.

Y así era: en un lago poco profundo, que se extendía al lado de la autopista, había cientos de los encantadores pájaros rosas. Andaban sobre sus patas delgadas por el agua en busca de crustáceos, larvas de insectos y algas. El calor flotaba sobre el estanque, y a lo lejos parecía que los pájaros que echaban a volar salieran de un lago de fuego. Saskia pensó en el ave Fénix que resurgía de sus cenizas.

—¿Hay una Virgen Negra en Saintes-Maries? —preguntó y siguió concentrándose en el tráfico, que cada vez era más denso.

—Sí, exacto —repuso Nele luchando con el mapa, que ya no se dejaba doblar—. ¿Quieres escuchar la historia? —Había sido más una pregunta retórica que otra cosa, ya que empezó a contarla enseguida—. Cuenta la leyenda que en Saintes-Maries la barca de Marie-Jacobe, la hermana de Nuestra Señora, y Marie-Salome, la madre de Juan el Bautista, llegó hasta la orilla tras su huida de Tierra Santa. La poderosa iglesia de Notre-Dame de la Mer remonta sus orígenes al siglo XII y está dedicada a la veneración de María. Ambas santas fueron acompañadas por Sarah, su sirvienta. Presentada como Virgen Negra se convirtió en patrona protectora de los romaníes. ¿Sabías que Mama Sol procede de los nómadas? —preguntó Nele mirando rápido a un lado y prosiguió, sin esperar respuesta de Saskia—: Desde el siglo XIV en Saintes-Maries-de-la-Mer tiene lugar la peregrinación de los romaníes y gitanos a Santa Sarah. Miles de personas participan cada año. Durante la peregrinación, el 24 de mayo el icono de la Sarah negra se lleva en una procesión solemne hasta el mar y allí se baña en el agua. Entonces colocan a la patrona protectora en una barca. Los portadores van vestidos con túnicas blancas. Al día siguiente se honra a las dos marías. Para las fiestas viajan romaníes de toda Europa hasta Saintes-Maries-de-la-Mer.

Nele hablaba sin descanso y Saskia consideró muy útil tener a una estudiante de historia a su lado.

—Lástima que no estemos aquí en mayo. Me hubiera gustado participar en una fiesta así. ¿Van los Rougeon? —preguntó Saskia y encendió el intermitente al aparecer la salida hacia Saintes-Maries. Nele se encogió de hombros.

—Ni idea, pero probablemente. Nunca lo he preguntado. Jean-Luc me contó que en la escuela se burlaban de él a menudo porque procedía de los romaníes. Los niños pueden llegar a ser muy crueles, ¿verdad? —Le echó a su acompañante una mirada de reojo rápida, pero a Saskia no le apetecía entrar en el tema Jean-Luc. Nele suspiró—. Entonces cuéntame lo que tienes que hacer con el loco de Philippe. Me muero por saberlo.

CAPÍTULO 46

La tapa no se dejaba cerrar. Philippe intentó colocar las cacerolas otra vez exactamente tal y como estaban antes. Probablemente no notaría que alguien había entrado en su apartamento, pero no quería correr ese riesgo.

Sobre la barra de la ducha colgaba una toalla para secarse. La agarró y se la pasó por la mejilla mientras se imaginaba cómo esa misma mañana ella se había secado el cuerpo. Estaba caliente. Colgó la toalla deprisa en su sitio y cerró la puerta del cuarto de baño. Se asomó al jardín por la mirilla y, cuando estuvo seguro de que no había nadie, salió y cerró el apartamento con su llave. Luego se marchó deprisa por el césped y desapareció por la sala de los cactus. Philippe no se dio cuenta de que Vincent lo estaba observando. Estaba en otro mundo. En el mundo de Virginie.

CAPÍTULO 47

—Un sorbete de limón, por favor.

Saskia cerró la carta y se la entregó a la camarera. Después de aparcar en el puerto y caminar por el horrible paseo marítimo, construido a base de cemento gris, estaban sentadas en un restaurante y se tomaron algo dulce. Nele llevaba otra vez el horroroso sombrero, y Saskia llevaba unas gafas de sol oscuras. Las paredes blancas de la casa reflejaban la luz solar con tanta fuerza que le produjo dolor de cabeza.

—Después del helado iremos a nadar —propuso Nele y le dio lametones a gusto a su cuchara.

Saskia asintió.

—Sí, claro. Ya estoy muy sudada y no se me ocurre nada mejor que sumergirme en las olas.

En la mesa de al lado había dos jóvenes sentados que desde hacía rato les echaban miradas sugerentes y murmuraban entre sí. De pronto uno de ellos se levantó y se acercó a la mesa.

—Pardon, hemos oído su conversación —dijo en alemán con fuerte acento—. Si quieren les podemos enseñar una pequeña cala donde no hay mucha gente y se puede nadar de maravilla. Me llamo Rémy y este es Pierre. —Señaló hacia su amigo, que hacía gestos sonriente.

Saskia y Nele se miraron con una media sonrisa. Allí había dos que habían salido de caza.

—Muchas gracias por la oferta, Rémy, pero no tenemos mucho tiempo y tenemos que irnos pronto —respondió Nele a su pregunta guiñándole el ojo.

El francés encogió los hombros lamentándose y volvió junto su amigo moviendo la cabeza. Poco después se levantaron y desaparecieron mientras hacían señas entre la masa de turistas que se arrastraba lenta por la calle estrecha.

—Lástima —dijo Nele—. Había uno que me ha gustado.

—¡Nele, en serio, eres imposible! —Saskia se rio—. ¿No has aprendido nada de la historia con Armand?

—¡Ah! Al fin y al cabo estamos aquí para divertirnos y no hay mejor oportunidad para aprender un idioma que mezclarse con los nativos —repuso la holandesa con una sonrisa maliciosa.

—Sí, si hablas con ellos y no estás todo el tiempo besándolos —contratacó Saskia sagaz.

—Sí, mamá, tienes razón —Nele sonrió satisfecha—. ¡Venga, mejor vayamos a la playa!

Pagaron la cuenta y siguieron la corriente de turistas puerto abajo. En la playa alquilaron una taquilla en la que pusieron sus cosas de valor, y colocaron sus toallas y el cesto en la arena. El sol de la tarde se reflejaba en el tranquilo Mediterráneo y riéndose se adentraron en el agua fresca.

CAPÍTULO 48

—¿Lo has traído?

Philippe miró en las bolsas marrones que Adèle colocó en la mesa de la cocina con un suspiro. Estaba acalorada y no se sentía bien, pero Philippe había decidido que fuera ese mismo día hasta Carpentras. Su jefe revolvía entre berenjenas y pimientos, y ella le dio una palmadita en la mano.

—¡No está aquí! —Adèle movió la cabeza—. En el mercado de verduras no hay perfume precisamente. —Se agachó y colocó una bolsa de papel verde claro con un cordón blanco en la mesa—. Mira, tuve que ir a tres tiendas distintas hasta encontrarlo.

Philippe observó encantado el frasco azul y lo presionó contra su pecho. Sin dar las gracias salió disparado. Adèle movió la cabeza inquieta. Con las prisas había olvidado llevarse sus pastillas.

CAPÍTULO 49

El barullo permanente de los otros bañistas, el bramido de las olas y el calor le daban sueño a Saskia. De vez en cuando se le cerraban los ojos, dormitaba relajada. Una vez que Nele y ella se refrescaron lo suficiente en el Mediterráneo, se tumbaron sobre las toallas de playa para broncearse. Ya habían saqueado el cesto de pícnic de Henriette. El pollo frío reposaba con la ensalada de fruta fresca en el estómago de Saskia, y aportó lo suyo para que se sintiera lenta y holgazana. Miró un momento a Nele. Su amiga estaba recostada boca abajo, se apoyaba sobre los codos y leía un libro grueso. Saskia entrecerró los ojos y leyó el título. La vieja Europa 1660-1789, de T. C. W. Blanning. ¡Genial lectura de playa!

—Dime, Nele. —Se dirigió a su amiga apoyando la cabeza en la mano—. ¿Gaucho es el perro de Jean-Luc?

Nele se puso las gafas de sol en el pelo y la miró sorprendida.

—Creo que sí. ¿Por qué quieres saberlo?

Saskia pensó en la fotografía de la enorme carpeta del proyecto y encogió los hombros.

—Solo por saber; me acaba de venir a la memoria.

Si Gaucho era el perro de Jean-Luc, ¿por qué estaba en esa fotografía de la Cooperativa que fue realizada hacía un par de años? ¿Casualidad?, ¿o era otro perro que se le parecía? ¿Y quién era la mujer de la foto que se agachaba para acariciarlo? A primera vista, incluso podría decirse que era ella misma, Saskia, la que aparecía en la fotografía. Aquel asunto la intranquilizaba un poco; por eso decidió preguntarle a Arnaud más tarde.

Saskia miró su reloj. Las agujas se movieron hasta las seis en punto. Era el momento de recoger sus cosas y marcharse. Tardarían dos largas horas en hacer el camino de regreso. Qué lástima, era fabuloso estar en el mar. Le habría gustado pasar la noche allí, pero al día siguiente tenía una cita importante con un diseñador de páginas web que ella había contratado para la web de la Cooperativa. Le quería enseñar ya los primeros esbozos, y además Nele también debía regresar. Una empresa alemana había reservado una cata. Géraldine había ido a Châteauneuf-du-Pape y dejó vía libre a la holandesa y a los empleados nuevos.

—¿Nos tenemos que ir? —preguntó Nele.

Saskia asintió.

—Sintiéndolo mucho, sí. —Se estiró, se levantó y recogió sus cosas.

La playa se había quedado vacía. Los turistas volvieron a su hotel para no perderse la cena, y solo quedaban ocupadas un par de tumbonas aisladas. Los empleados del chiringuito ya habían cerrado las sombrillas y habían sacado la basura que los visitantes habían desocupado. No muy lejos de ellas, sobre una toalla, había una pareja joven que no dejaba de besarse. Parecía que se habían olvidado de todo a su alrededor mientras estaban sumidos en sus caricias.

Saskia los observó un momento y una sonrisa apareció en su cara. Entonces suspiró en voz baja. ¡Ninguna envidia!

CAPÍTULO 50

Jean-Luc miraba con insistencia su reloj. ¡Hacía rato que tendrían que haber vuelto! Esperaba que no les hubiera pasado nada. Abrió la puerta del vestíbulo. Eran más de las diez de la noche. ¿Dónde diablos estaban?

Los ronquidos de Gaucho retumbaban debajo de la mesa. Jean-Luc resopló. ¿Eso era un perro guardián? De cualquier modo, incluso se alegraría si por la noche alguien entraba por la ventana. Pero desde que el perro casi le había salvado la vida, todavía le tenía más cariño. Se acordó de cómo Virginie llegó un día con el cachorro. Era muy dulce, por la forma en que lo miró desde abajo con sus enormes y húmedos ojos que parecían botones, y se hizo pipí en el suelo. Silbó y el ronquido se detuvo enseguida. Por lo menos tenía buen oído.

—Viens ici! —El perro se le acercó moviendo la cola—. ¿Salimos? —Gaucho le saltó encima—. ¿Qué significa esto? —Jean-Luc sonrió y abrió la puerta de la entrada.

La luna estaba en el cielo despejado e inundaba la finca de luz plateada. Jean-Luc tomó la dirección de las vides, que se movían susurrando en el suave viento de la noche. Tiempo atrás, había salido casi cada noche a pasear con Gaucho cuando todavía no estaba entrenado. Virginie no se dignaba nunca a levantarse por la noche para sacar al perro cuando gemía. Necesitaba sus horas de sueño, había dicho siempre, y Jean-Luc se mordía con frecuencia los labios para evitar comentarios sobre sus hábitos de dormir propios de un bebé, porque solo habría traído discusiones. Desde que Gaucho ya podía esperar hasta la mañana, casi había echado de menos las excursiones nocturnas.

Un ruido de motor le hizo aguzar los oídos. Un automóvil giró por la carretera hacia la finca. ¿Eran las dos chicas? Se ocultó tras una vid y reconoció el auto de Virginie. No, ahora lo conducía Saskia. Giró en la entrada y se detuvo un momento, sin apagar el motor. Oyó una puerta que se cerraba y justo después las luces amarillas se alejaron carretera abajo. Cuando el vehículo estuvo casi a la altura de Jean-Luc, Gaucho saltó de pronto ladrando con fuerza entre las vides hacia el camino. El auto dio un frenazo y después de dar un bandazo se detuvo; volaron por el aire polvo y gravilla. El motor quedó muerto y la puerta del conductor se abrió bruscamente.

—¡Maldito chucho! ¿¡Estás chalado!? —Saskia estaba junto al auto, horrorizada, gritándole a Gaucho, que movía la cabeza, alegre, frotándola contra sus piernas desnudas—. ¡Casi te chafo con el auto, tonto! —Todavía no controlaba la respiración y respiraba entrecortadamente.

Jean-Luc aclaró su garganta y apareció de entre las vides.

—Lo siento, Saskia. Normalmente no hace estas cosas, pero conoce el auto. ¿Ha ido todo bien en la playa?

Una figura se desdibujó de la oscuridad y Saskia se sobresaltó. Al reconocer quién era, casi se le salió el corazón por la boca. Jean-Luc llevaba una camiseta gastada, un pantalón deportivo y zapatillas. Hasta ahora solo lo había visto en vaqueros, por eso preguntó—: ¿Has ido a correr? —Y comprendió enseguida cuán ilógica resultaba la pregunta.

Jean-Luc se rio.

—No, me puedo dominar. Tan solo me he torcido el pie. Así que ¿qué tal en la costa?

—¡Fantástico! —dijo Saskia radiante y quería empezar a contárselo, cuando de pronto se detuvo y frunció el ceño—. ¿El auto? ¿Lo conoces? ¿Qué quieres decir?

—Bueno, era de Virginie. Y Gaucho lo ha reconocido, como era de esperar; ha ido muchas veces en él.

Saskia no entendía ni una palabra. Otra vez ese nombre. Por todas partes oía ese nombre que la acompañaba como un fantasma.

—¿Quién es en realidad Virginie? —preguntó molesta—. Oigo este nombre una y otra vez sin cesar. —Era el momento de que por fin alguien le explicara algo y pudiera dejar de hacer especulaciones.

Jean-Luc se quedó mirándola perplejo. ¿No sabía quién era Virginie? ¡No podía ser verdad! Alguien le tenía que haber hablado sobre su parecido, ahora que vivía en el antiguo apartamento de Virginie. Allí estaban colgadas por todas partes sus fotos, pinturas y mucho más. Incluso los vestidos, que su difunta esposa no se llevó en la mudanza, estaban todavía en los armarios. Se lo había contado Vincent una vez. Seguro que él o Adèle le habrían hablado a Saskia de la anterior inquilina. Pero, si no era así, ¿por qué motivo no se lo habían contado? Estaba confuso.

—Así que… ¿quién es esa misteriosa Virginie? —preguntó Saskia de nuevo y lo miró llena de expectación.

—Fue, Saskia, fue. Virginie fue mi mujer.

CAPÍTULO 51

Philippe se volvió intranquilo de un lado para otro. Tenía calor y le dolía la cabeza. Eran más de las diez y Saskia todavía no había vuelto de la costa. Se preocupaba; por eso había intentado localizarla varias veces por teléfono. Pero siempre le salía el contestador. Y ahora también, después de marcar de nuevo, una voz le decía que dejara el mensajito. Lanzó el teléfono, enfadado, a la mesilla de noche, se levantó y fue hasta la ventana. La puerta del garaje seguía abierta y en el apartamento no había ninguna luz encendida. Y su regalo, sin duda, debía de estar todavía delante de su puerta.

No le tendría que haber dado permiso para irse a la costa y, además, con esa holandesa que se comportaba como una mujerzuela. Ya se sabía que Virginie se dejaba influenciar con facilidad y que luego hacía tonterías. ¿Cómo se le había podido ocurrir permitirle hacer una excursión así?

Philippe movió la cabeza afligido. Por mucho que le doliera, había llegado el momento de tomar las riendas más cortas.

CAPÍTULO 52

—¡¿Tu mujer?! —Saskia se quedó mirando a Jean-Luc estupefacta—. Sí, entonces…, ¿es la segunda vez que te has casado?

Se rio.

—No, con una vez he tenido suficiente.

—Ahora no entiendo ni jota —murmuró confusa y se sentó
en el capó.

—Te creo; a fin de cuentas presupones que Géraldine es mi
mujer, ¿verdad? No tengo ni idea de cómo se te ha ocurrido tal
locura. Géraldine es mi prima; Virginie fue mi mujer y a su vez la
hermana de Philippe. Lo que ocurrió fue que hace dos años perdió la
vida en un accidente de automóvil. Ella y nuestro hijo que estaba por
nacer —añadió hablando bajo y la sonrisa desapareció de su rostro.

Saskia movió la cabeza con incredulidad. ¿Géraldine su prima?
¿Virginie su difunta esposa? No entendía absolutamente nada. ¡Si eso
era cierto, entonces…! Una alegría descontrolada invadió el cuerpo
de Saskia cuando fue consciente de lo que eso significaba. ¡Jean-Luc
estaba libre! Dios mío, se había mortificado y sentido culpable sin
motivo. Le hubiera gustado tirarse a su cuello para decirle todo lo que
había sufrido esos últimos días, pero de pronto se sintió avergonzada.
¿Qué ocurriría si él no sentía lo mismo por ella?

Entretanto, Jean-Luc miraba al suelo y arrastraba con un pie
el polvo de la carretera. Seguro que piensa en Virginie y en el niño
que no llegó a nacer, pensó Saskia. Se levantó y tomó su mano.

—Lo siento, Jean-Luc. Ya sé lo difícil que es perder a seres queridos.

Él asintió.

—Está bien, está bien —dijo encogiéndose de hombros—. Hace ya algún tiempo de eso —dijo girando el anillo de oro en su dedo anular con el pensamiento en otra parte—. No debería llevarlo más —dijo de pronto—. Es solo que... —Volvió a encoger los hombros—. El tiempo es como un río que lleva la colina de la pena hacia el mar.

Saskia lo observaba con atención. ¿Estaba realmente preparado para una nueva relación? ¿Con ella? No se atrevía a hablarle, por eso preguntó:

—Es bonito, ¿son versos de un poema?

—No, un dicho de los romaníes que a mamá le gusta decir en situaciones desesperadas. Ya sabes que soy medio romaní, ¿verdad?

Saskia asintió.

—Sí, esto me lo han contado.

Todavía retenía su mano y la soltó. No necesitaba su consuelo. Aunque tomó otra vez los dedos de Saskia apresuradamente y los rodeó con los suyos. Y cuando ella lo miró a los ojos, que a pesar de la oscuridad brillaban de forma extraña, entendió que en ese momento necesitaba otra cosa muy distinta.

La atrajo hacia él, y ella notó el calor de su piel a través de la camiseta. La posición era incómoda porque su escayola molestaba, aunque eso a ella le daba igual. Con ese hombre habría compartido incluso una cama de clavos.

—Siempre me había imaginado cómo sería volverte a besar —susurró él con aspereza y rozó ligeramente sus cejas con los labios.

Saskia se deshizo. Tragó convulsivamente el nudo que se le había formado en la garganta. La recorrió una sensación de felicidad que le arrebató la respiración. Se sintió deseada. Al levantar la cabeza, sus miradas se unieron y todo estuvo muy claro.

Él presionó los labios apasionadamente con los suyos y ella, con la misma excitación, le devolvió el beso. Con una mano Jean-Luc le acarició el cuello, le inclinó la cabeza hacia atrás y pasó su lengua por su cuello.

—Sabes a sol y a sal —susurró él, más ardiente.

Saskia gimió. Quería más, lo quería todo, allí y ahora. Faltaba poco para que se arrancara la ropa. Sentía vergüenza por la intensidad con que reaccionaba a su contacto, pero era evidente que él también hacía esfuerzos para controlarse.

Un ladrido la arrastró de su mundo de ensoñación. Abochornados miraron hacia abajo a Gaucho, que había colocado la cabeza entre las patas y parecía que se sentía olvidado.

—¡Vamos! —dijo Jean-Luc y le tendió la mano.

—¿Y el auto? —Saskia se pasó nerviosa la mano por el pelo. Ahora se habría mantenido distante, pero ¿qué se suponía que debía hacer?

—Apárcalo al lado de la carretera. A esta hora ya no va a venir nadie a la finca y, si viene, tiene suficiente espacio para pasar.

Saskia asintió, se sentó en el vehículo y avanzó un par de metros hasta el borde del camino. Al bajar, Jean-Luc la agarró por la cintura.

—Lo he deseado tanto, tanto, que estoy casi desesperado —le murmuró al oído—. ¡Ven! —dijo otra vez y tiró de ella enérgico.

En silencio fueron camino arriba de la mano hacia la finca, atravesaron el antepatio y entraron en la casa principal a través de la entrada lateral. Gaucho corría junto a ellos y desapareció en la oscuridad.

Saskia estaba tensa porque no había estado nunca en la habitación de Jean-Luc, que estaba justo al lado del despacho. Abrió la pesada puerta de madera, que se movió silenciosamente sobre las bisagras. Al pulsar el interruptor, se encendieron tres lámparas que había en cada rincón de la habitación. Atenuó la luz de tal forma que el contorno de los muebles se reconocía solo vagamente.

Presidía la habitación una cama de matrimonio de madera clara con sábanas de satén. A izquierda y derecha había dos mesillas de noche, ambas ocupadas por gran cantidad de libros. Saskia no sabía que a Jean-Luc le gustara leer, pero la sorpresa la alegró y se imaginó sentada con él frente a un agradable fuego filosofando sobre literatura. Enfrente había una pequeña mesa que amenazaba con romperse bajo un montón de papeles. Evidentemente, el orden no era una virtud de Jean-Luc. Sobre el suelo de piedra de color teja había gruesas alfombras. A través de la ventana de la terraza, a nivel del suelo, vio la piscina iluminada, con el agua encrespada ligeramente por el viento de la noche.

¿Habrá vivido aquí con Virginie?, pensó Saskia, pero en el pensamiento no sintió celos. Uno solo debe temer a los vivos, le pasó de pronto por la cabeza. ¿Quién se lo dijo una vez y a cuento de qué? Ya no se acordaba.

Saskia liberó los pies de las sandalias y buscó a su alrededor el cuarto de baño. Se habría duchado muy a gusto y enjuagado la crema solar, la sal y la arena del cuerpo.

—¿Quieres refrescarte? —Jean-Luc adivinó sus pensamientos. Y, al asentir, le indicó con la cabeza una pequeña puerta al lado de un armario ropero.

El cuarto de baño era parecido al que ella había tenido en su anterior habitación. Aunque era el doble de grande y en color azul y blanco.

Saskia se quitó la ropa deprisa y se metió en la ducha. El agua fresca golpeaba su cuerpo calentado por el sol y por la alegría previa, y respiró hondo. ¿Era inmoral? ¿Demasiado pronto? ¿Poco pensado?

—¿Puedo lavarte el pelo? —Jean-Luc había entrado al cuarto de baño sin hacer ruido y permaneció como una silueta oscura tras la cortina de la ducha.

De pronto Saskia fue consciente de su desnudez y un súbito temor se apoderó de ella. Asintió con la cabeza, sonrojada, cosa que él no podía ver; por eso se aclaró la garganta y dijo, como ella esperaba y con voz decidida:

—Si quieres.

Él apartó la cortina a un lado, despacio, y se quedó observando sin decir nada. Saskia apenas se atrevía a respirar. ¿Por qué me mira así?, le pasó por la cabeza. ¿Quizás no soy lo suficientemente guapa? ¿Demasiado gorda? ¿Demasiado delgada?

—Eres maravillosa —interrumpió el silencio—. ¡Me tengo que controlar para no tirarme encima de ti enseguida! Lo que sería un poco complicado —añadió y golpeó enfadado su escayola—. ¿Me ayudas a sacarme la camiseta? Cada vez que lo hago estoy a punto de torcerme el hombro.

Saskia no pudo evitar reírse y se alegró de que él rebajara la tensión con una broma. Sonriente, le ayudó a quitarse la ropa, y entonces fue ella quien lo miró con admiración. Tenía el mismo color de piel aceitunado que su madre, era delgado y musculoso. Su pecho no tenía vello. Sobre un muslo se dibujaba una cicatriz profunda, aunque debía de ser de hace tiempo, pues los bordes de la herida eran solo líneas blancas. Saskia la acarició suavemente con un dedo y Jean-Luc se rio en voz baja.

—Esto hace cosquillas, chêrie. —Se retorció por su contacto, pero no solo porque fuera delicado, sino porque, tal y como sintió con alegría, ella lo estimulaba.

—Ahora déjame lavarte el pelo como pueda con una sola mano.

Entró en la ducha con ella y procuró que no se le mojara la escayola. Abrió con cuidado el envase de champú con la boca y le puso un poco sobre el pelo mojado. Le lavó el pelo con movimientos lentos, en círculo. Era tan agradable que a Saskia le habría apetecido ronronear. La presencia de Jean-Luc tras ella la hacía sentirse inquieta y poco relajada. De pronto él pasó la mano provocativamente por toda su columna vertebral, acarició la curva de su cintura, acarició con delicadeza su vientre y le rodeó el pecho.

Saskia jadeaba y se arrimó cariñosamente al cuerpo de Jean-Luc. Entretanto, él jugaba con las delicadas puntas de sus pechos y dijo que debían detenerse. Ella se dio la vuelta y buscó hambrienta su boca.

—Más, Jean-Luc, más —susurró sin aliento.

Entrelazados el uno con el otro fueron tropezando por el cuarto de baño. Mojados como estaban, se hundieron en la cama dejando manchas de agua en el satén brillante.

Jean-Luc era un amante experto, cariñoso, y Saskia estaba tan excitada que se habría puesto a llorar. Algo así no le había ocurrido nunca y se asustó un poco. Debido al brazo escayolado, el juego sexual resultó muy especial. De vez en cuando se reían cuando uno de los dos realizaba una contorsión. Pero pronto se dieron cuenta de cuál era la postura más cómoda para los dos. Y, cuando Saskia alcanzó el punto álgido, ya conocían su cuerpo tan bien que Jean-Luc la siguió con un fuerte jadeo.

Así debía ser, pensó Saskia abrazada a él cuando permanecieron después tumbados el uno junto al otro. ¡Solo así! Todo lo que había experimentado anteriormente no era nada comparado con lo que estaba sintiendo. No había nada más importante, nada que tuviera más significado. Solo permanecer en los brazos de Jean-Luc, sentir su calor y escuchar embelesada sus palabras.

Eres el faro. El último destino.

Puedes, querido, dormir tranquilo.

Los demás… son solo un juego de olas,

tú eres el puerto.

Le vinieron a la cabeza estas líneas de su poeta favorita, Mascha Kaléko. Tomó la mano de Jean-Luc y se la puso en el pecho, luego se durmió.

CAPÍTULO 53

El sol se extendía por el dintel de la ventana, atrapado entre las cortinas verde oscuro, y siguió por el suelo de piedra hasta llegar a la cama. Saskia parpadeó adormecida en la luz deslumbrante y luego abrió los ojos asustada, al posar su mirada en la pantalla digital del despertador de Jean-Luc. ¡Se había dormido! Se deshizo enseguida de la colcha de verano y recogió su ropa. Jean-Luc estaba atravesado en la cama y murmuraba algo incomprensible.

—¡No, no, no! —soltó entre dientes mientras toqueteaba el cierre de su sujetador.

—¿Puedo ayudarte? —Jean-Luc le sonrió con un deje de malicia y ella le echó una mirada molesta.

—Odio llegar tarde y hoy tengo una cita importante. ¡Me tengo que dar prisa!

—Acércate.

Le tendió la mano y Saskia se sentó tímidamente en el canto de la cama. De pronto se sintió nerviosa. ¿Qué iba a ocurrir ahora con ellos? ¿Iba realmente a ocurrir algo? Como tras una borrachera, sintió una resaca, pero se produjo de forma natural. Él no debía notar cómo le hervía todo a borbotones. Sabía perfectamente que con ello solo encubría el miedo a la decepción, pero no lo podía cambiar. Jean-Luc extendió el brazo sano hasta ella y la miró directamente a los ojos.

—¿Te arrepientes? —preguntó y con ello hizo la pregunta que en ese momento le pasaba a Saskia por la cabeza.

—No, Jean-Luc, nada de nada —dijo con convencimiento y él le sonrió.

—Entonces estoy tranquilo, yo tampoco. —Besó la palma de la mano de Saskia y luego se la puso sobre su pecho caliente—. Je te donne mon coeur. Te regalo mi corazón.

Ella se rio conmovida. ¡El mundo era simplemente maravilloso! Luego se puso las sandalias y se levantó. Debía ir al trabajo sin falta, aunque se habría quedado allí muy a gusto.

—Así que —dijo Jean-Luc y se sentó— ¿cuándo traes tus cosas de vuelta?

Saskia se quedó quieta y se dio la vuelta despacio hacia él. Su pelo negro iba en todas direcciones, parecía una niña pequeña.

—¿Por qué de vuelta? Si me acabo de ir.

Jean-Luc frunció el ceño.

—Pero, chêrie, es imposible que vivas y trabajes con Philippe si nosotros…, bueno, si estamos juntos. —La miró sin entender nada.

Saskia movió la cabeza confusa.

—¿Qué tiene eso que ver? A mí me gusta el trabajo y no tengo pensado dejarlo.

—¡¿Estás hablando en serio?! —Jean-Luc se destapó las piernas y se levantó. Se incorporó desnudo y sus ojos brillaron—. ¡Eso no lo voy a permitir!

—¿Permitirlo? Di, ¿te falta un tornillo? Yo misma decido lo que hago.

Saskia se enfadó. ¿Qué se había pensado? Ella no se dejaba dar órdenes. ¡Lo que faltaba!

—Me tengo que ir. Podemos hablar más tarde. Te llamo, ¿de acuerdo?

Salió como un torbellino por la puerta sin esperar su respuesta. Y, como si su despedida no hubiera sido ya lo suficientemente desagradable, se dio de bruces por el pasillo con Géraldine. A la prima de Jean-Luc casi se le desencajó la mandíbula cuando reconoció a su antigua empleada. Miró horrorizada a Saskia, que escapó murmurando una disculpa.

—Exactamente igual de machista que David. ¡No me lo puedo creer! ¿Por qué siempre acabo con tipos así?

Saskia fue dando trompicones por el vestíbulo hasta la salida, y pasó junto a una desconcertada Chantal, que iba en dirección a la cocina con una bandeja de copas de vino sucias. Quedaba media hora para la reunión con Arnaud y el diseñador de páginas web. Si se daba prisa, lo podía conseguir. Pero ya no le daba tiempo a ducharse y pintarse.

Corrió por el camino hasta su automóvil y tuvo que esforzarse para no tropezar con las sandalias en las piedras. El vehículo estaba mojado del rocío de la mañana, pero estaba todavía entero al borde del camino. Saskia sacó de sus shorts la llave del vehículo y ejecutó la arrancada clásica haciendo patinar las ruedas. El polvo que levantó se deshizo en el aire poco a poco y quedó como niebla color arena colgando sobre las vides. En el norte se acumulaban altas nubes sobre Les Dentelles de Montmirail y los primeros rayos anunciaban un cambio en el tiempo.

CAPÍTULO 54

Géraldine estaba sentada, temblando, en la silla del despacho y respiraba inquieta. Tan solo una pared la separaba de Jean-Luc. Seguramente él entraría enseguida para oír las novedades que ella traía de Châteauneuf-du-Pape. Hasta ese momento, debía serenarse a toda costa. Se encontraba muy mal e intentó reprimir el vómito.

¿Cómo estaba ocurriendo algo así? ¿Cómo era posible? ¿Por qué? Parecía que iba todo tan bien. Saskia había roto con Jean-Luc, se había mudado y habría vuelto a su país en otoño. ¡Y ahora esto!

Géraldine no era tan tonta como para creer que la suiza tan solo le había hecho una visita de cortesía a Jean-Luc. Anteriormente nadie, a excepción de su difunta esposa o las empleadas de servicio, había estado en la habitación de Jean-Luc. Por eso a menudo ella, bromeando, lo llamaba Barba Azul. Y Géraldine también sabía distinguir el aspecto de una mujer satisfecha, aunque pasara a su lado deprisa.

Los celos ardían en su interior y amenazaban con ahogarla. ¿Qué debía hacer? Era el momento de actuar, porque si no sería demasiado tarde para Jean-Luc y para ella.

Los frenos chirriaron cuando Saskia detuvo el vehículo en el garaje. Agarró su bolso y salió deprisa; dejó en el automóvil la ropa de baño del día anterior. Se ocuparía más tarde. Las ocho y veinticinco. Le quedaban exactamente cinco minutos.

Se quitó las sandalias para andar más deprisa, le dio a Vincent, que estaba en el vestíbulo en una escalera, un rápido «Bonjour» y voló por la sala de los cactus hacia su apartamento. Ante la puerta había un paquetito envuelto en papel azul que introdujo de una patada. Confió en que no se rompiera. Abrió el armario ropero, arrancó de la percha un vestido de verano de flores, tomó de la mesilla de noche una cinta para el pelo y se dio prisa en hacer el mismo camino de vuelta. Se puso las sandalias saltando sobre una pierna. Vincent recibió el «Adieu» que lanzó al aire y alzó las cejas consternado.

La puerta de la casa del priorato se cerró de golpe. Saskia se apresuró por el césped recortado hacia el edificio de oficinas. A lo lejos oyó el estruendo de un trueno; el sol había desaparecido tras las gruesas y grises nubes. Ya podía oler la tormenta. Desconcertada, cayó en la cuenta de que desde que estaba allí todavía no había llovido una sola vez.

Ariane miró su reloj con un gesto de reproche cuando Saskia atravesó la puerta corredera eléctrica.

—Ya te están esperando —dijo la secretaria con frialdad y señaló con el mentón la sala de reuniones.

Saskia se detuvo jadeando ante la puerta de roble. Inspiró y espiró hondo tres veces, irguió los hombros y entró.

CAPÍTULO 55

—Cédric me ha prometido que en la siguiente reunión del consejo de administración hablará de nuestro problema.

Géraldine alzó la vista de sus notas y echó una mirada fugaz a Mama Sol, que la escuchaba con atención, después miró hacia Jean-Luc, que miraba fijamente afuera por la ventana. Ella seguía su mirada. La lluvia golpeaba constante en el cristal de las ventanas y formaba pequeños círculos sobre la superficie del agua de la piscina. Géraldine apretó los labios y prosiguió.

—Él no quería prometerme nada, pero me ha dado esperanzas, porque valora la calidad de nuestra uva. —Cerró su carpeta de piel marrón y enmudeció.

Mama Sol se aclaró la garganta y dijo con un profundo suspiro:

—Entonces, bien, debemos tener paciencia y esperar. ¿Qué opinas al respecto? —Miró hacia su hijo, que se tiraba de los pelos y parecía estar muy lejos—. ¿Jean-Luc? —dijo con insistencia—. Te he preguntado algo.

—¿Cómo? —Se sobresaltó y tensó los hombros—. Sí, no esta mal. Esperar, exacto. Gracias, Géraldine. —Se irguió e intentó rascarse bajo la escayola—. Iré a la ladera sur. El suelo de allí me preocupa. Hasta luego.

Con esas palabras se marchó del despacho. Su madre lo miró sorprendida.

—¿Qué le ocurre? —le preguntó a Géraldine—. Lleva toda la mañana comportándose así. ¿Sabes algo?

Géraldine se encogió de hombros.

—No, ni idea. ¿Quizás sea el cambio de tiempo?

Soledad asintió.

—Sí, es comprensible. Esperemos que no arrecie la lluvia. Y que Dios nos proteja del granizo. —Hizo un gesto rápido que era muy poco cristiano, luego se incorporó y le dio un beso a su sobrina en la mejilla—. Gracias por el servicio. ¿Qué haríamos sin ti?

Géraldine se rio, pero al volverse Mama Sol su sonrisa se congeló en una mueca. Exacto, ¿qué harían sin ella? Lo averiguarían pronto.

CAPÍTULO 56

—He pensado que podemos utilizar el monolito tallado como imagen para el inicio de la página web. Por encima, una vista panorámica del priorato. Y de fondo los colores de la Cooperativa. —El joven de las gafas al aire anotaba con diligencia y asentía de vez en cuando. La documentación de Saskia estaba extendida sobre la mesa de conferencias. Caminaba de un sitio a otro jugando con un bolígrafo—. En el segundo clic, el visitante debería llegar a una página con la selección de un surtido. La historia de la empresa, quizás también del entorno, la producción de la Cooperativa, la distribución, el contacto, el aviso legal y demás. Todas estas secciones, con menús desplegables para una navegación más rápida y con fotos. ¿Debe aparecer una lista de los proveedores? —Le echó a Philippe una mirada inquisidora y, cuando asintió, prosiguió—: Bien, entonces otra sección de los socios comerciales o de los miembros. Ariane le elaborará una lista.

Philippe observó a Saskia atento. El día anterior en el mar había dejado un brillo dorado en su piel. Parecía descansada y fresca. Había aparecido en la reunión sin aliento y le había sorprendido que no se hubiera pintado. En algún momento de la noche anterior dejó de mirar fijamente a su apartamento y de esperar que llegara a casa. Había dormido mal. Y, al encontrar el garaje vacío por la mañana, casi le había dado un ataque. O le había ocurrido algo, o había pasado la noche fuera. Pero ya que ahora se encontraba allí, pensó que debía de haber ocurrido lo segundo, y no tenía claro si hubiera preferido que le ocurriera lo primero. Eso lo asustó y tuvo que serenarse. A lo mejor todo tenía una explicación inocente. Se empeñó en ahuyentar de su consciencia las dañinas imágenes de ella con otro hombre.

—¿He olvidado algo? —Saskia se dio la vuelta.

—No, no creo. Lo has hecho de maravilla, gracias. Estoy realmente impresionado.

Le sonrió feliz. A Philippe le dio un brinco el corazón. Le sonrió y se levantó.

—Entonces esperamos a ver qué propuestas nos presenta, Monsieur Cuche.

El aludido se apresuró a responder con habilidad:

—En una semana podré mostrarles el primer esbozo. Estoy seguro de que quedarán satisfechos.

Philippe asintió.

—Bien, entonces en una semana. Ariane le dará cita.

Le dio la mano al hombre delgado y se marchó de la sala. Al salir oyó la risa de Saskia cuando el diseñador web dejó escapar un comentario, y se mordió los dientes hasta que los huesos de las mejillas le sobresalieron. ¿Por qué tonteaba con todos?

CAPÍTULO 57

—¡Vamos, Gaucho, muévete! —El perro bostezaba con ganas, pero no parecía que fuera a obedecer las órdenes de su amo—. Entonces quédate aquí, estúpido chucho. —Jean-Luc silbó y se fue por el antepatio hacia uno de los edificios laterales. Tomó de un colgador una capa con capucha verde oscuro, se puso unas botas de lluvia y se marchó de la finca en dirección a la ladera sur. Ese suelo había dado problemas desde siempre. Una parte de la ladera ya se había desprendido en una ocasión a causa de fuertes lluvias y había destrozado las vides que había allí.

Jean-Luc miró al cielo. Gruesas nubes colgaban como si fueran algodón empapado sobre la cresta de una montaña. Y no parecía que fueran a deshacerse en breve. ¡Todo encajaba maravillosamente! De alguna forma ya no podía empeorar más el asunto: su padre, un completo inválido; el contrato con la Cooperativa, rescindido; y ahora, además, Saskia.

¿En qué estaría pensando? ¿No comprendía que seguir viviendo y trabajando en casa de Arnaud era una ofensa contra los Rougeon? Escupió al suelo.

Philippe había movido los hilos con mucha maña, eso había que admitirlo. Folleto, página web, ja, ¡que no le hiciera reír! Para todo eso había agencias que lo elaboraban en un abrir y cerrar de ojos. A fin de cuentas, no hacía mucho lo habían encargado. Para eso no necesitaban a una periodista.

Había sido muy poco sensible por su parte prohibirle algo a Saskia, y tras su negativa probablemente se excedió en su reacción. Pero él deseaba tenerla siempre cerca y tomarla en sus brazos cada noche. Por eso había perdido los papeles cuando ella decidió seguir trabajando para su cuñado.

Jean-Luc recordaba perfectamente lo que Virginie le había contado sobre su hermano: lo del espejo, la vigilancia de las llamadas, las cuentas y las cartas. Y tan solo pensar que hiciera lo mismo con Saskia le provocaba rabia. Le habría gustado romperle la cara a alguien. Y que él mismo no pudiera hacerlo debido a su brazo escayolado todavía lo encolerizaba más.

Sacó su teléfono del bolsillo del pantalón. Nada. No había intentado localizarlo. Pero, bueno, podía estar de morros. Él no tenía intención de dar el primer paso.

—Quelle merde! —gritó a una vid que goteaba bajo la lluvia incesante.

CAPÍTULO 58

El pollo asado con las patatas al romero sabía delicioso. A pesar de la discusión con Jean-Luc, Saskia tenía mucha hambre y se sirvió una segunda ración abundante. Arnaud estaba sentado a su derecha en la mesa del comedor y hurgaba en su comida sin apetito. Hoy solo contestaba con monosílabos, se percató ella. En otras circunstancias posiblemente le habría preguntado dónde había pasado la noche.

Cuando Justine sirvió el postre —helado de vainilla con frambuesas calientes— él interrumpió súbitamente el silencio.

—¿Cómo fue la excursión ayer?

—Genial, nos lo pasamos bomba.

—Bonito. ¿A quién te refieres con «nos lo pasamos»? Si me permites la pregunta.

Saskia dio una cucharada a su postre, entusiasmada, para que Arnaud no percibiera la expresión de su rostro, que cambiaba de la impaciencia a la incomprensión. Dios mío, ¿era eso un interrogatorio? Sabía perfectamente a qué se refería, pero no le quería dar la oportunidad de que insistiera. Pero cuando el silencio fue insoportable, repuso sin pensar:

—Pero, Philippe, ya te había dicho que iba a la playa con Nele.

—Sí, es verdad. Ya lo habías mencionado. Disculpa mi estúpida pregunta.

Se rio y le pidió a Justine un petit café. Saskia movió la cabeza cuando él la miró inquisitivo. Ella no estaba para café; ya estaba lo suficientemente nerviosa.

—Pero entonces llegasteis bastante tarde a casa, ¿verdad? Tu amiga... ¿no tenía que trabajar hoy?

No cesa en sus intentos, pensó Saskia enfadada. Pero, bien, debía recibir la información si tanto lo ansiaba.

—Sí, claro. Y debido a que se nos hizo tan tarde, pasé la noche directamente en la finca. ¿Supone esto un problema para ti? —preguntó resuelta. Si me empieza con sermones, le saltaré al cuello, pensó. Un hombre difícil al día era más que suficiente para ella.

—No, no, ningún problema. Solo me había preocupado —dijo deprisa, y sin tocar el postre lo apartó a un lado—. Solo quería decir que a fin de cuentas no conoces la región y fácilmente te podría..., quiero decir, os podría haber pasado algo.

—Pero no ha sido así —repuso ella respondona y se incorporó cuando Arnaud se acabó de beber el café.

—¿Adónde vas? —preguntó en un tono que le recordaba a un niño que da la lata.

Saskia levantó las cejas. ¿Tenía que rendirle cuentas sobre cada paso? Poco a poco la iba cansando, por eso repuso burlona:

—Al lavabo, si se me permite. ¿Quieres acompañarme?

Arnaud se rio avinagrado.

—Claro que no, disculpa. Estoy algo aturdido hoy.

De pronto Saskia sintió lástima. Quizás Philippe se sentía solo y por ese motivo se aferraba tanto a ella. En tono más conciliador le dijo:

—Entonces nos vemos por la tarde en el despacho, ¿de acuerdo? —Y, cuando Philippe asintió sumiso, añadió—: Por cierto, la comida estaba deliciosa, gracias.

Hizo un gesto con la mano para quitarle importancia.

—Se lo comunicaré a Adèle, se alegrará de saberlo.

Saskia cerró la puerta de su casa y casi tropezó con el paquetito azul que por la mañana había metido de una patada en el apartamento sin mucho cuidado. Lo recogió y frunció el ceño. ¿Arnaud? Probablemente. No conocía a nadie más allí. Y a Vincent ya se le había pasado la edad para hacer regalos a las jóvenes. Arrancó impaciente el papel de regalo. ¿Un perfume? Abrió el tapón, lo olió y arrugó la nariz. Muy dulce para su gusto, pero sobre la piel apenas desprendía un poco de aroma; por eso dejó caer un par de gotas en su muñeca y detrás de las orejas. Pero el aroma todavía no la convencía. Temía ir por ahí oliendo mal.

Saskia observaba el frasco: «Princess» de Fragonard. No conocía ni el olor ni el fabricante. Tendré que darle las gracias, pensó con aversión. Nunca había entendido por qué los hombres regalaban perfume a las mujeres sin preguntar. El riesgo de dar con el aroma equivocado era realmente elevado.

Colocó el frasquito en el armario-tocador que había sobre el lavabo y frunció el ceño. El tubo de pasta de dientes estaba limpio y cerrado al lado de su cepillo de dientes. ¡Madre mía! David había pasado horas pidiéndole que dejase el tubo cerrado. Pero, a pesar de sus intentos bienintencionados, Saskia no había conseguido librarse de esa mala costumbre. Por eso en casa Wagner & Hunziker siempre había mucha reserva de tubos de pasta de dientes.

Justine todavía no había limpiado el baño; si no, habría cambiado las toallas. Entonces, ¿quién había cerrado el tubo? De pronto Saskia se sintió incómoda. ¿Arnaud no...? ¿O sí? Se quedó helada. ¿Debía pedirle explicaciones? Pero ¿qué ocurriría si no había sido él? Entonces sería muy bochornoso para ella. Quizás lo hubiera hecho ella.

—No desvaríes, Saskia. Tu jefe seguramente tiene mejores cosas que hacer que enroscar tus tubos —murmuró para sí.

Ahora lo primero que debía hacer era colgar las cosas mojadas del día anterior, y luego quería llamar a Jean-Luc. Respiró hondo e intentó no ponerse nerviosa cuando marcó su número: pero no pudo evitar que se le helaran las manos cuando sonó la línea.

Philippe se estremeció al oír el conocido pitido e iluminarse deprisa la lamparita roja. Movió sus piernas de la cama, donde había descansado un poco, y observó pensativo el teléfono. Luego agarró el auricular cuidadosamente y escuchó con atención.

CAPÍTULO 59

—¡Lo siento! —dijeron ambos a la vez y se pusieron a reír.

—No quería…

—Me he excedido en mi reacción…

Saskia y Jean-Luc se iban interrumpiendo y volvían a reírse.

—Déjame hablar primero. —Jean-Luc intentó proteger su teléfono de la lluvia, lo que no resultaba fácil únicamente con un brazo—. Escucha, siento haberme comportado así. Ha sido desproporcionado. Claro que no tengo derecho a prohibirte nada. Y, si quieres seguir viviendo y trabajando en casa de Philippe, lo entiendo. Solo estaba…, estaba celoso. ¿Me perdonas por el descaro?

Saskia se rio. Ella también se había excedido y había empeorado la situación.

—Sí, claro, Jean-Luc, te disculpo —dijo con gusto y se apartó una mecha de pelo con el dedo—. Estábamos un poco desbordados. Ya estoy escarmentada en lo que se refiere a normas masculinas, y por eso tu exigencia me sacó de quicio. ¡Pero hagamos borrón y cuenta nueva! ¿Podemos vernos hoy todavía? —preguntó esperanzada.

—Pues claro. Lo que ocurre es que no puedo conducir, ya sabes. Y pedírselo a Géraldine no creo que sea muy buena idea.

Saskia se rio a medias. No, al Cancerbero no le entusiasmaría mucho llevar a Jean-Luc a una cita romántica.

—Trabajaré hasta aproximadamente las seis y después te llamo, ¿de acuerdo? —dijo ella.

—Estoy deseando verte —repuso él de buen humor—, así que hasta luego, mon chêrie.

—Hasta luego, ¡descarado! Me costará esperar.

Después de colgar, todavía permanecía una gran sonrisa en la cara de Saskia. Se desnudó y se puso bajo la ducha.

Philippe volvió a colgar el auricular despacio en su base. Presionaba enfadado los labios y se masajeaba la frente. ¡Así que sí!

CAPÍTULO 60

Jean-Luc guardó su teléfono bajo la ancha capa de lluvia. Si alguien hubiera observado lo sonriente que iba caminando, enérgico, por el viñedo enfangado, seguramente lo habría tomado por loco. Pero no se veía un alma y, en caso contrario, le habría dado igual.

Hacía tiempo que Jean-Luc Rougeon había dejado de guiarse por lo que los demás consideraban que estaba bien y era correcto. Eso no le proporcionaba muchos amigos, pero tampoco los necesitaba. En ese sentido, era mejor estar solo que mal acompañado, le decía siempre su madre cuando de niño llegaba a casa llorando porque los demás niños se burlaban de él.

De pronto le vino una idea a la cabeza. Su rostro se iluminó. Sí, seguro que a Saskia le gustaba. Volvió a sacar el teléfono y realizó una llamada.

Géraldine también estaba hablando por teléfono. Aunque ni tenía una sonrisa en la cara, ni le gustaba lo que iba a ocurrir en los siguientes días, pues David Hunziker, según su secretaria, se iba dos semanas a Japón y únicamente se le podía localizar en caso de emergencia.

—¡Esto es una emergencia, estúpida! —le hubiera gustado gritar por teléfono a Géraldine, aunque naturalmente no dijo nada por estilo y le dio las gracias con educación a la secretaria, que tenía un francés tan pobre que apenas la entendía.

Merde!, pensó Géraldine. ¡Dos semanas! No podía esperar tanto. ¡Imposible! El enemigo de tu enemigo es tu amigo, pensó de repente. ¡Exacto! La solución más sencilla siempre aparecía en último lugar. Marcó de nuevo y esta vez tuvo más suerte. Se reclinó con una sonrisa en el respaldo de la silla del despacho. En el fondo era muy fácil.

CAPÍTULO 61

—¡Oh, Jean-Luc, es maravilloso! —Saskia se volvió sobre sí misma con los ojos como platos.

Estaban en el Coq Rouge, el restaurante que llevaba Baptiste Pelletier junto a su bodega. El camarero los guio por el pequeño espacio que estaba atestado de turistas. Los comensales se sentaban apretujados y el aire del ambiente se había vuelto caluroso y húmedo por la multitud y la incesante lluvia, como en un invernadero.

—Allí detrás es mejor —le explicó Jean-Luc y le indicó un rinconcito que estaba separado del resto del local por una pared de piedra—. Es menos pegajoso —añadió y se abanicó con la mano.

Saskia encontró fascinante el pequeño local. El techo de ladrillo rojo se curvaba en cuatro arcos consecutivos hasta el centro de la sala, que anteriormente había sido un solo sótano. El suelo también era de baldosas de piedra rojas, de ahí venía el nombre de «Gallo Rojo». El color se reflejaba también en los manteles y las servilletas.

En el pequeño reservado, que atraía la mirada de la mayoría de gente, se encontraba la única ventana del local. Pero decir «ventana» era decir mucho; era más bien un hueco que se abría hacia arriba y que antes se había utilizado como conducto para descargar el carbón, pero dejaba ver una pequeña parte del cielo gris. Jean-Luc tenía razón, allí el aire era más agradable, y Saskia se preguntó a quién habría sobornado para encontrar el mejor sitio en tan poco tiempo.

El camarero, que le recordaba a Henri, le proporcionó la carta en dos idiomas, además de hacerle una reverencia completa. Era toda de madera y con motivos provenzales. Dos cintas de piel sujetaban ambas piezas de madera, que por los años habían adquirido un tono marrón satén brillante. A un lado se encontraban los platos en francés, y en el otro estaban escritos en alemán.

—Merci —dijo Saskia sonriente y se quedó mirando al camarero—. ¿No te recuerda a Henri? —le preguntó a Jean-Luc y él asintió.

—Sí, en realidad es su hermano.

—¿De veras? —Se rio y siguió fijándose en la carta. Con el hambre tan monstruosa que tenía se habría comido un toro con cuernos.

El hermano de Henri se les acercó y les sirvió agua de una jarra abombada y también les puso un plato lleno de tapenade sobre la mesa: un tentempié provenzal a base de pasta de aceitunas, anchoas y alcaparras, que se sirve en pan tostado.

—¿Qué me recomiendas? —le preguntó Saskia a Jean-Luc, que apenas había echado un vistazo a la carta y estaba más interesado en examinarla a ella.

—El menú —propuso con una sonrisa sexi. Le habría gustado levantarse e irse para saciar otro tipo de hambre. ¡Pero primero la comida y luego el disfrute! Se aclaró la garganta.

ENTRANTES
Ensalada de Niza

PRIMERO
Ensalada con tomates, aceitunas y alcaparras

PLAT PRINCIPAL

Lapin farci aux herbes de Provence avec des pommes de terre

PLATO PRINCIPAL

Conejo relleno a las hierbas provenzales con patatas de la tierra

DESSERT

Beignets Pommes-Raisines secs

POSTRE

Mezcla de manzana con pasas

FROMAGE

QUESOS

Saskia estalló en carcajadas. Jean-Luc la miró confuso. Se puso la mano sobre la boca, pero no podía dejar de reír. Ya se había vuelto en su dirección un par de personas, por eso intentó sin éxito ahogar sus carcajadas. Le caían lágrimas por las mejillas y escondió la cabeza en su bolso, en el que buscó un pañuelo a toda prisa.

—Chérie, ¿todo bien? —Jean-Luc se inclinó sobre la mesa e intentó captar su atención. Pero, cada vez que Saskia levantaba la cabeza, empezaba a reírse otra vez. Jean-Luc movía los hombros para mostrarle al camarero que no tenía idea de por qué su acompañante se comportaba de forma tan extraña.

Finalmente Saskia recobró el aliento e intentó calmarse. Bebió un gran sorbo de agua y se limpió las lágrimas de las mejillas.

—Lo siento —dijo procurando estar tranquila, e intentó evitar el impulso de echarse a reír a carcajadas—. No me rio de ti, en serio. Es solo que... —Un gorjeo recorrió el trayecto desde lo más profundo de su estómago hacia arriba, y apenas pudo tragarlo antes de que explotara en la superficie. Notó sobre ella las miradas de asombro de los presentes y tosió. ¿Qué estarían pensando de ella? Y a Jean-Luc parecía que se le había quedado cara de tonto. Un ataque de risa le sobrevino de nuevo. Saskia se colocó de prisa un pañuelo ante el rostro y se sonó la nariz.

—¿Qué te hace tanta gracia? —preguntó Jean-Luc en un tono que sonó algo molesto.

Ella no era capaz de decir el motivo por el que se estaba comportando como una niña. Cuanto más intentaba detener la risa, era peor.

Inspiró profundamente.

—El postre —dijo ella y su cara volvió a contraerse.

—¿Qué te hace tanta gracia de los buñuelos? —Sacudió la cabeza confuso—. ¿Estás borracha?

—No, tanta gracia no me hacen. Es... la traducción —dijo finalmente—. No es «mezcla», sino «buñuelo». Lo otro significaba «calambre». ¡Oh, Dios, no puedo parar de reír, disculpa! Movió el pelo y se sentó correctamente otra vez—. ¡Bien, listos! Pidamos, ¿sí? ¡Tomaré el menú... junto con «calambres»!

Y los dos estallaron a reír.

CAPÍTULO 62

Philippe frunció el ceño al oír que alguien llamaba a la puerta de su dormitorio. Miró el reloj que había sobre la chimenea. Las diez y cuarto de la noche. ¿Quién le molestaba a esas horas? Dejó en la mesilla de noche el libro que estaba leyendo sin prestar mucha atención y abrió la puerta. Vincent estaba fuera y parecía preocupado.

—Madame Rougeon quiere hablar con usted —dijo sin aliento. La habitación de Philippe se encontraba en el segundo piso y el priorato no disponía de ascensor.

—¿Está aquí Mama Sol? —preguntó Philippe asombrado—. ¿Qué la trae por aquí?

—No, Géraldine. Dice que es importante. ¿No le habrá pasado algo a la señorita Saskia? —lanzó el sirviente y miró, tenso, a su patrón.

—¿Saskia? No, ha salido —repuso Philippe con brusquedad. Intentó esconder su enfado ante el empleado, eso no le incumbía, pero no pudo evitar que su respuesta albergara cierta acidez. Se aclaró la garganta—. Dile a Géraldine que enseguida bajaré. Mientras, puede esperar en el recibidor. A fin de cuentas no es momento de visitas y no sé exactamente qué es lo que tengo yo que hablar con los Rougeon.

Vincent asintió y se fue escaleras abajo. Gracias a Dios no había ningún problema con la señorita Saskia. A pesar del asombroso parecido con Virginie, le había gustado la suiza desde el primer momento. Pero el comportamiento de Philippe desde su llegada les preocupaba mucho a él y a su mujer. No estaba bien. Y no entendía el motivo del odio que sentía su jefe hacia los Rougeon. La muerte de Virginie había sido un accidente. Nadie había sido responsable de eso, ni siquiera Jean-Luc. Ni siquiera había estado presente. Si era cuestión de buscar a un culpable, entonces era el mismo Philippe, que no evitó la desgracia. Pero nadie se atrevía a decirlo en voz alta.

Vincent suspiró y recitó una plegaria en voz baja. Quiera el Señor hacerse cargo de eso; él no podía liberar a Philippe Arnaud de sus demonios.

Las perneras del pijama que asomaban por debajo del albornoz desgastado se movían alrededor de las viejas y flacas piernas cuando Vincent bajó las escaleras. Solo faltaban las velas y el gorro de dormir, pensó Géraldine sonriente; entonces la caricatura sería perfecta.

—Viene enseguida. ¿Podría esperar aquí, por favor?

Vincent le señaló el juego de sillas blanco. Géraldine levantó las cejas consternada. Sabía seguro que esa orden significaba una ofensa y que era muy poco cortés. Sobre todo porque —naturalmente que solo por su matrimonio, pero aun así— estaba emparentada con Philippe. Así no debía tratarse a la familia. Por eso repuso burlona:

—Muy amable, gracias. Pero prefiero esperar de pie. Todavía estoy empapada de la lluvia y no quiero manchar la piel.

Vincent suspiró, no dijo nada y asintió. Se fue por el vestíbulo y desapareció en la cocina.

Philippe lamentará su altanería, pensó Géraldine. Los Arnaud siempre habían sido un clan arrogante. Pero, a falta de pan, buenas son tortas y la situación requería unirse a la chusma. Observaba una pintura colgada al lado de la chimenea cuando el ruido de los pasos la distrajo. Philippe se acercaba hacia ella por el vestíbulo. Él también llevaba un albornoz, pero un modelo más elegante. La expresión de su rostro oscilaba entre curiosidad y rechazo.

—Géraldine, qué inesperada alegría el verte. ¿A qué debo el gusto de tu visita nocturna?

Le dio tres besos en las mejillas y le indicó con la mano el juego de sillas.

—Quizás debiéramos hablar en otra estancia sobre lo que quiero proponerte. Es muy delicado y no debe oírlo nadie más. —Señaló con la barbilla la puerta de la cocina, que se había abierto un poco. Philippe siguió su mirada y asintió.

—Bien, iremos a la sala pequeña.

Entró por una puerta a su izquierda. La sala había servido anteriormente de parlatorium. Una sala en la que los monjes estaban exentos de su voto de silencio y se les permitía hablar sin restricción. Qué adecuado, pensó Géraldine y se sentó en una de las antiguas butacas. Philippe se sentó enfrente de ella, pero no hizo ningún gesto para ofrecerle algo de beber. Cruzó las piernas una sobre la otra y la miró inquisitivo.

Bien, pensó ella, entonces no perdamos tiempo con la cortesía y vayamos a lo que nos ocupa. Se aclaró la garganta:

—En resumen, Philippe, tú quieres a Saskia y yo quiero a Jean-Luc. —Hizo una pausa y vio, satisfecha, cómo los ojos de Arnaud empequeñecían. Él quiso decir algo, pero Géraldine siguió hablando—. No digas que no es así. No soy estúpida y a mí tampoco me gusta que Jean-Luc se entregue a la suiza. Si hubiera sabido que se parecía tanto a Virginie, no la habría contratado.

—¿Tú la has…? —la interrumpió Philippe, y Géraldine asintió.

—Sí, por desgracia, y ahora ya no se puede cambiar. En todo caso debemos terminar enseguida con este lío amoroso. Y también sé cómo.

CAPÍTULO 63

La lluvia había cesado, el aire olía a fresco y un poco a ozono. Saskia y Jean-Luc deambulaban abrazados estrechamente por el aparcamiento ante la iglesia y se detuvieron, después de dar unos pasos, para besarse frenéticamente. Las miradas de asombro de los pocos peatones no los molestaban, ni se percataron de ellos. La comida había sido exquisita, estaban llenos y satisfechos. Al llegar al descapotable, Saskia revolvió en su bolso buscando la llave del auto. Jean-Luc le rodeó la cintura y le mordió cariñosamente en el cuello, hasta que ella se puso a reír.

—Déjalo —dijo, pero su tono era fingido.

—No quiero dejarlo —le murmuró Jean-Luc al oído y le mordisqueó el lóbulo de la oreja—. Hueles tan bien… Conozco ese olor de alguna otra parte —dijo—. Me encantaría morder un trocito de ti.

—¡Atrévete! —lo amenazó ella—. Yo soy de una sola pieza.

—Como usted quiera, señora carnicera, entonces póngame todo el asado. ¿Cuánto tiempo se conserva?

Le pellizcó en un lado y él se rio. Finalmente encontró la llave y se abrió el cierre centralizado con gran ruido. Jean-Luc le sostuvo galantemente la puerta abierta y después se sentó en el asiento del copiloto.

Saskia pensó si debía formular la típica pregunta «¿en tu casa o en la mía?», cuando Jean-Luc dijo:

—Vayamos a dar una vuelta. Todavía no estoy cansado y quiero mostrarte algo.

Qué lástima, había esperado poder repetir lo de la última noche. Pero quizás a él le doliera el brazo. No le había pasado por alto cómo se estremecía en ocasiones al realizar un movimiento inesperado con su escayola. Además, en ese momento estaban en una situación embarazosa, porque no podía llevar a Jean-Luc al priorato. Era muy posible que Arnaud estuviera otra vez de perrito guardián. Por otro lado, en casa de los Rougeon acechaba el Cancerbero. Sonrió y se sintió como una adolescente que no encontraba el lugar para su lío amoroso.

—Sí, de acuerdo. Nos vamos por ahí.

Jean-Luc frunció el ceño.

—¿Por ahí? —preguntó y Saskia hizo gestos sonriente.

Se fueron por la Rue Principale, pasando por los cafés, que a esa hora ya estaban cerrados, y tras una indicación con el dedo de Jean-Luc doblaron hacia un estrecho camino rural que llevaba en dirección sur. Después de un corto trayecto, dejaron el pueblo atrás y llegaron a los viñedos. A izquierda y derecha se levantaban pequeños muros de piedra. Saskia confiaba fervientemente en que no les viniera ningún vehículo en contra, pues apenas había posibilidad de apartarse. Su preocupación resultó ser infundada, porque a excepción de los faros de su auto ningún otro rompía la noche.

La mano sana de Jean-Luc estaba sobre su muslo. Con sus dedos seguía juguetón las líneas de sus músculos. Su contacto le provocaba pequeñas descargas eléctricas. Saskia debía concentrarse para mantener el automóvil en el camino. Más de una vez suspiró agradecida y luego Jean-Luc se rio para sí mismo.

—Conduce más despacio, chêrie —dijo de pronto y ella puso la segunda marcha.

—¡Allí! —indicó él con el dedo hacia una pequeña cabaña que estaba pegada al viñedo y apenas se veía en la oscuridad. El muro de piedra terminó abruptamente. Saskia dirigió el auto a través del estrecho hueco hasta un diminuto aparcamiento.

—¿Qué edificio es este? —preguntó ella al retirar la llave y abrir la puerta del vehículo. El aire todavía olía intensamente a tierra mojada y follaje. El cantar de los grillos se escuchaba por encima de todos los sonidos de la noche.

—Un refugio —respondió él a su pregunta y con una mano acarició el marco superior de la puerta, de donde sacó una llave—. A veces las tormentas se forman muy deprisa sobre Les Dentelles y entonces puede ser muy incómodo estar en campo abierto. —Abrió y con un hombro empujó la desgastada puerta de madera, que se abrió crujiendo tras un instante—. Voilà, Madame, entre, por favor.

El refugio consistía en un solo espacio. Olía a madera vieja y polvo. Saskia oyó cómo Jean-Luc abría un cajón. De pronto prendió una cerilla, con la que encendió una vieja lámpara de petróleo cubierta de hollín. La cálida luz alumbró algo la cabaña y proyectó largas sombras en la pared.

En medio del espacio había una mesa de madera con seis sillas; en las paredes, rastrillos y otros utensilios que habían sido utilizados por los trabajadores en los viñedos: sierras, cuerdas, tijeras, un par de cestos de mimbre donde había unos guantes. En un rincón había un pequeño horno y al lado una cama grande, sobre la que habían tirado una manta provenzal.

Jean-Luc colocó la lámpara sobre la mesa y fue hacia una estantería hecha de tubos de ladrillo en la que se almacenaban distintas botellas.

—¿Quieres un trago de vino? —preguntó él y, sin esperar su respuesta, sacó una botella de la estantería y la colocó al lado de la lámpara—. La tienes que abrir tú, chérie, yo apenas puedo. —Señaló a su vez con la cabeza hacia su escayola.

Saskia asintió y tomó el sacacorchos que encontró en un cajón de la mesa. Jean-Luc abrió entretanto la ventana. El aire caliente de la noche y el cantar de los grillos inundaron la habitación. De una tabla de madera que estaba sujeta a la pared por encima de las tuberías de ladrillo, alcanzó dos vasos. Saskia los llenó con el vino rojo intenso.

—A la tienne! —dijo él y brindó con ella.

Ella dio un trago de su vaso. ¿Por qué motivo estaban allí? ¿Qué le quería enseñar? Como si le hubiera adivinado el pensamiento, Jean-Luc colocó el vaso sobre la mesa y le tendió la mano.

—¡Ven! —Apretó sus labios con los dedos, luego la llevó despacio hacia la cama y se sentó sobre la colcha—. De pequeño venía aquí a menudo cuando los demás en la escuela me llamaban nómada. —Se agachó y sacó de debajo de la cama una vieja caja de madera de la que colgaba un candado oxidado—. Aun siendo de los más fuertes, mi madre me prohibió pegarme con los compañeros de colegio. Por eso huía a menudo aquí. A veces por tristeza, pero casi siempre por rabia.

Encogió los hombros, como si quisiera disculparse, y después se rio.

Saskia lo miró compasiva. Los niños podían ser muy crueles; eso lo había vivido en sus propias carnes. Durante la etapa escolar la marginaban a menudo, y con frecuencia corría llorando a casa porque en gimnasia se burlaban de ella.

—¿Me podrías pasar, por favor, aquella caja pequeña? —Jean-Luc señaló una caja de latón roja que estaba en el alféizar. Saskia dio un par de pasos y se la alcanzó. Él se puso la lata entre las piernas y abrió la tapa. Entre toda clase de cachivaches tiró de una llave y abrió con ella el candado de la caja. Dentro había fotos, soldaditos de plomo, vehículos de juguete y un par de cartas.

—Siéntate —le pidió a Saskia dando golpecitos con la mano plana sobre la cama—. Mira. —Sostenía una fotografía en blanco y negro que estaba amarillenta, con los bordes dentados—. Estos son mis abuelos: Sarah y Farkas Varnier.

Saskia observó interesada a los dos ancianos de la fotografía. El hombre y la mujer miraban a la cámara con rostros serios e iban de la mano. La mujer llevaba un vestido brillante de tafetán y sobre el pelo peinado hacia atrás una cinta que no podía quedar peor. El hombre llevaba un traje azul y zapatos oscuros, y en la otra mano sostenía un sombrero.

—Estos son los padres de tu madre, ¿verdad? —preguntó Saskia devolviéndole la foto.

—¡Sí, nómadas de pura cepa! —repuso Jean-Luc sonriente—. Antes me avergonzaba de ser descendiente de romaníes, pero hoy estoy orgulloso de mi pueblo.

—¿La llegaste a conocer?

—Desafortunadamente, no. Mi madre fue hija tardía. Mis abuelos murieron por enfermedad cuando ella tenía cinco años. Probablemente tuberculosis. No se sabe con certeza.

—Lo siento.

Saskia sacó de la caja otra fotografía que mostraba a un grupo de gente ante un carromato. Los niños resplandecían ante la cámara a pesar de sus ropas pobres y los pies descalzos. Dos mujeres en el margen derecho de la imagen miraban más bien escépticas y estaban pegadas a los cestos de mimbre que llevaban en los brazos.

—Sé bien poco sobre los gitanos —dijo Saskia y le dio a Jean-Luc la fotografía—. De hecho solo sé lo que se aprende en el colegio. Las deportaciones durante la Segunda Guerra Mundial, por ejemplo.

Jean-Luc asintió.

—Sí, un amargo capítulo de la historia, no solo para nuestro pueblo. Y por desgracia todavía se mantienen los muchos prejuicios sobre los nómadas.

Saskia se levantó y acercó los dos vasos de vino, que todavía estaban encima de la mesa. Silenciosamente miraron un par de fotos más, hasta que Jean-Luc cerró la caja otra vez y la dejó debajo de la cama.

—Dejemos descansar al pasado —dijo cariñosamente—, porque el presente es maravilloso.

Sintió el impulso de besarla. Su beso sabía a vino y a las hierbas provenzales con las que habían preparado la comida. Beso de lavanda, pensó Saskia sonriendo.

CAPÍTULO 64

—A las 13:00 horas almuerzo con Sébastien y a las 15:00 horas viene ese empresario alemán —ojeó Ariane en su agenda—. Herbert Wollschläger, a quien pertenece una pequeña cadena de comestibles. Está interesado en nuestros productos. —Cerró la agenda y la puso al lado de la pantalla.

Philippe estaba de pie al lado de su escritorio y asentía.

—Gracias, Ariane. —Lanzó una mirada hacia el despacho de Saskia, pero a través del cristal tan solo pudo ver su espalda y la cola rubia de su cabello. La secretaria siguió su mirada y se aclaró la garganta.

—¿Algo más? —Philippe leía los titulares de la prensa del día, que había cogido del montón de correo—. Bien, entonces… —titubeó ella.

Él le echó una mirada de sorpresa.

—¿Sí?

—Hoy ha recibido un ramo de flores —susurró Ariane confidente y señaló el despacho de Saskia con la cabeza—. Pensaba que quizás te interesaría.

La mirada de Philippe quedó ausente.

—¿Por qué debería interesarme algo así? —preguntó con frialdad.

Ariane se mordió los labios.

—No lo sé, podría haber sido que sí —intentó excusarse.

—Lo que mis empleados hacen en su tiempo libre y las flores que reciben no me interesa lo más mínimo. Quizás estaría bien que en un futuro te ocuparas de tus propios asuntos. ¿Me he expresado con claridad?

La mujer mayor se encogió notablemente en su silla giratoria.

—Sí, naturalmente, Philippe. Lo siento, no quería ser indiscreta.

Philippe lanzó su correo con furia sobre el escritorio victoriano. Maldita sea, ¡ya era suficiente! Cuando ayer Géraldine le presentó su plan, la tomó por loca. Esto no funcionaría por nada del mundo, y él se había enfadado por tener que recibirla tan tarde. Pero tras otra noche de insomnio, que prácticamente había pasado pegado a la ventana, la propuesta de Géraldine no le parecía tan mala. En todo caso podían intentarlo; no tenían nada que perder.

Descolgó el auricular del teléfono y marcó el número de Géraldine.

—Bien, estoy contigo —dijo y volvió a colgar. Luego encendió el equipo informático y mandó un e-mail.

Saskia estaba sentada dos despachos más allá y se reía sola. En un jarrón de cristal había nueve rosas de color rojo intenso y tallo largo que desprendían un aroma embriagador. El día anterior habían pasado maravillosas horas en el viejo refugio, y por la mañana había recibido la entrega de esa sorpresa de manos del florista local.

Saskia extendió la mano y sacó la pequeña tarjeta, cuyo contenido ya se sabía de memoria desde hacía tiempo: Pour mon ange, JL. Para mi ángel.

Estaba tan contenta que le habría gustado abrazar a todo el mundo que pasara por delante. Se propuso llamar a Nele y a Cécile en el descanso del mediodía para comunicarles a sus amigas las novedades de su vida amorosa. Pero primero debía concentrarse en su trabajo. Sin embargo, sus pensamientos vagaban constantemente y se entregaba a sus fantasías románticas. Un alto y robusto pirata de pelo negro, del que estaba locamente enamorada, desempeñaba el papel principal.

CAPÍTULO 65

Géraldine respiró hondo y colgó el teléfono. Bien, Arnaud estaba con ella. Si su plan tenía éxito era algo que estaba por ver, pero en todo caso era mejor que no hacer nada y ver cómo el amor de su vida desaparecía por una extranjera tonta. Estaba segura de que ni Jean-Luc ni Mama Sol habían aclarado el desconcertante parecido de la suiza con Virginie. Ambos se querrían proteger. Philippe tampoco le había contado nada a Saskia. Y Nele no sabía nada al respecto, ya que llegó justo después de su muerte. Saskia era impulsiva. No le gustaría nada estar en segundo plano. Si ella, Géraldine, le llegara a contar que Jean-Luc tan solo veía en ella a la doble de su difunta esposa, heriría y humillaría a la suiza y se daría por vencida. ¿Quién quería ir por la vida como una copia? Y encima con el hombre al que una quería. No, Saskia no lo soportaría y haría algo al respecto enseguida. Géraldine tan solo debía allanar el camino para su partida.

CAPÍTULO 66

—Sí, eso me gusta. —Saskia fue clicando a través de las distintas páginas de la nueva imagen en Internet y daba su opinión sobre el formato y las imágenes. Pierre Cuche resplandecía.

Había pasado una semana en la que había trabajado concentrada en el proyecto; empezaba a tomar forma. Jean-Luc y ella se habían encontrado cada día después del trabajo y habían hecho excursiones por la región o habían permanecido abrazados en el pequeño refugio situado en los viñedos, hablando sobre lo humano y lo divino. Nunca había sido tan feliz en toda su vida y cada nuevo día era una alegría.

De pronto frunció el ceño y se detuvo en una imagen. No podía recordar haberla seleccionado.

—Mmm —murmuró arrastrando el sonido.

El diseñador web echó una mirada furtiva sobre sus hombros hacia la pantalla.

—Ah sí, Monsieur Arnaud quería incluir esta imagen a toda costa. Me la ha enviado por e-mail. ¿No tenía usted noticia? —Cuche la miró sorprendido.

Saskia sacudió la cabeza. Qué extraño, Arnaud le había dado vía libre. ¿Por qué se inmiscuía ahora? Hizo clic en la imagen y los ojos se le salieron de las órbitas. Se mostró la imagen: ¡era ella misma! Pero ¿cómo podía ser? Amplió la fotografía.

—Lamentablemente la calidad no es muy buena, también se lo he dicho a Monsieur Arnaud, pero seguía insistiendo en incluirla

—se defendió el diseñador y encogió los hombros—. Lo encontré un poco raro, pero pensé que se trataba de una broma.

El programa necesitaba algo de tiempo para presentar la imagen ampliada. Saskia quería quejarse a Cuche, cuando tomó aire.

En la fotografía se veía a una joven sonriente que podría haber sido su hermana gemela. La misma cara con forma de corazón, un peinado casi idéntico, la misma altura. La mujer estaba junto a la entrada del priorato y sostenía un ramo de lavanda en las manos. Al leer el correspondiente pie de foto, se sintió enferma: Virginie Rougeon, de soltera Arnaud (1978-2011).

CAPÍTULO 67

Jean-Luc silbó para sí mismo y le hizo un guiño a Chantal, que se puso muy colorada y casi dejó caer una copa de vino tinto que estaba secando en ese momento.

—Henriette, la mejor de todas las cocineras, debo comer algo urgentemente, ¡si no voy a desmayarme!

Levantó la tapa de una sartén y echó un vistazo con interés.

—¡Ni te atrevas! —le reprendió la cocinera y le zurró en la mano con una cuchara de madera—. En media hora está la comida. Seguro que aguantas hasta entonces. —Le echó una mirada de reproche, pero tuvo que romper a reír al verle el gesto tristón.

—¿Media hora? Nettie, ¿cómo puedes ser tan cruel? —puso los ojos en blanco de forma teatral.

—Entonces come un trozo de pan, sinvergüenza —repuso riendo.

Jean-Luc arrancó un gran trozo de baguette de una de las cestas del pan. Hizo una reverencia exagerada ante las dos mujeres y se fue de la cocina masticando.

—¡Hombres! —murmuró Henriette.

El humor de Jean-Luc no podía ser mejor. Si no hubiera sido por el yeso, habría incluso talado un par de árboles. De pronto, el mundo ya no era tan funesto como hacía un par de días. Ya encontrarían un camino para comercializar el vino, aunque no fuera a través de la Cooperativa. Su padre iba a volver pronto de París. Tal y como había dicho Odette esa misma mañana por teléfono, se encontraba mejor. La nueva medicación le hacía efecto y estaban obteniendo los resultados esperados. Con su hermana y su marido también estarían de vuelta su sobrina y su sobrino. Aunque Magali y François lo ponían a veces muy nervioso, echaba de menos el alboroto de los niños. Jean-Luc sentía pasión por los niños y quizás Saskia y él… Su rostro estaba radiante y se tuvo que controlar. Eso era mirar muy hacia delante y quedaba lejos, pero no era imposible.

—¡Vamos, elemento! —gritó a Gaucho—. Vayamos a la ladera sur. ¡A fin de cuentas estamos aquí para trabajar!

CAPÍTULO 68

—¿Sabes dónde está Philippe?

Saskia estaba ante la mesa de Ariane; estaba blanca como la leche y se frotaba las manos nerviosa.

—Ha quedado con Sébastien para almorzar —respondió Ariane—. Creo que han ido al pueblo. ¿Por qué?

La suiza miró su reloj. Eran poco menos de las doce.

—¿Cuándo volverá?

Ariane frunció el ceño. Nunca había visto a su compañera tan fuera de sí. ¿Había ocurrido algo? Ariane sentía curiosidad por lo que sacaba de quicio a Saskia.

—Ni idea. A las tres horas tiene la siguiente reunión. Normalmente llega con media hora de antelación al despacho para prepararse. ¿Qué ocurre, Saskia? ¿Estás enferma?

—¿Enferma? Sí, no me siento bien. ¿Te puedes despedir de Monsieur Cuche de mi parte? Me voy a echar.

Ariane asintió.

—Ningún problema. ¡Que te mejores! —le dijo por la espalda a Saskia, que ya se había ido por la puerta corredera.

Se comporta de forma extraña, pensó y encogió los hombros. Esperaba que no empezara a crear problemas como Virginie.

¿Por qué no me lo ha dicho? ¿Por qué nadie me había informado de esto? ¿Por qué? Los pensamientos iban y venían en la cabeza de Saskia. Las imágenes y los fragmentos de conversación se disparaban en su conciencia como videoclips a cámara rápida. El asombro de las personas que la veían por primera vez; Philippe, que la llamaba Virginie; Gaucho, que ponía su cabeza sobre su regazo; las iniciales VA. Claro: ¡Virginie Arnaud!

El teléfono de Saskia emitió un pitido. Sus dedos temblaban al activar la tecla verde.

—¿Hola? —dijo sin respiración.

—Hola, Saskia, soy Géraldine Rougeon. Disculpa si te molesto durante el almuerzo, pero quiero pedirte algo.

El Cancerbero, lo que faltaba.

—¿De qué se trata?

—¡Ah! En el fondo no es nada importante, ¿sabes? Pero de todas formas quería contártelo, porque ahora seguro que vuelves a venir a vernos a menudo. —El tono de Géraldine tenía algo de falso y a Saskia se le tensaron los músculos instintivamente—. Bien, mi tío va a volver de París en los próximos días. Ya sabes que el padre de Jean-Luc padece alzhéimer y hay veces, por decirlo de algún modo, que está algo ausente. En otro tiempo quiso mucho a Virginie y, como tú eres igualita a ella, seguramente te confunda. Pero él no es el único, ¿verdad? Sé buena por favor y házselo creer. Ya sé que quizás no sea fácil para ti ser tan solo la copia de alguien, y tampoco te lo pediría si no quisiera mucho a mi tío. Pero a fin de cuentas aquí te toman todos por Virginie, así que supongo que este pequeño favor no te supondrá un gran esfuerzo, ¿verdad?

Las piernas de Saskia se debilitaron de pronto y se tuvo que apoyar en la pared. Oscuros anillos daban vueltas alrededor de sus ojos. Se inclinó hacia delante para no desmayarse.

—Saskia, ¿hola? ¿Sigues ahí?

—Sí —graznó Saskia inspirando y espirando profundamente.

—¿Puedo confiar en ti? Como te he dicho, no será gran cosa y con ello le harías un gran favor a un anciano. Esto sería para el tío Ignacio como si una muerta hubiera vuelto, ¿lo entiendes? Jean-Luc también opina que deberías hacerle creer eso a su padre. Él y mi tío veneraban a Virginie. Podrías matar dos pájaros de un tiro. La conexión se interrumpió. Géraldine colgó el teléfono con una sonrisa. Asintió satisfecha. Tenía razón: Saskia no sabía nada sobre el parecido entre Virginie y ella. El aguijón estaba clavado, ahora tan solo tenía que hacer efecto el veneno.

CAPÍTULO 69

—Casi ni te reconozco, querido hijo. —Soledad sonrió. Jean-Luc comía con gran apetito y se reía de vez en cuando para sí mismo.

Géraldine se mordía los labios al verlo guiñar el ojo a su madre con complicidad, pero después se dirigió a él con una sonrisa forzada:

—¿Te llevo al médico hoy por la tarde?

—No hace falta, primita. Baptiste me recoge. Tiene que arreglar asuntos en Carpentras y me lleva. ¡Estaré encantado cuando me quiten la escayola!

Jean-Luc quería comprarle un regalo a Saskia y prefería que Géraldine no viniera. Sería bochornoso si ella se daba cuenta. No debía excusarse ante ella, pero tampoco deseaba herirla sin ton ni son. Baptiste estaba menos involucrado y, como mucho, soltaría algún sarcasmo.

—Entiendo. Entonces estarás pronto en forma y podré colgar mi uniforme de chófer otra vez en el armario —intentó bromear su prima.

—Sí, muchas gracias otra vez por tu ayuda. Uno aprende a valorar de verdad su segundo brazo cuando no lo puede utilizar —repuso y le regaló a su madre una radiante sonrisa.

Si tan solo me sonriera a mí así una sola vez y me dijera que me quiere. Los ojos de Géraldine se llenaron de lágrimas. Se apartó deprisa y dobló su servilleta. Nadie debía ver en qué estado se encontraba.

—Si me disculpáis. Tengo que arreglar papeleo.

Se levantó y fue con acentuada desenvoltura hacia la puerta, que estaba abierta de par en par para que se ventilara la sala. La lluvia de los últimos días había traído algo de fresco, pero el termómetro ya volvía a marcar los treinta grados. El calor irritaba a todos, aparte de a Jean-Luc. Aunque solo era cuestión de tiempo que una tormenta descargara sobre ellos.

Mama Sol miró a su sobrina, preocupada. Sabía por lo que estaba pasando y no la dejaba tranquila. Una mujer rechazada era capaz de todo. Soledad esperaba fervientemente que Géraldine no cometiera ninguna estupidez. No le había pasado por alto que había llamado varias veces a Philippe Arnaud y eso no significaba nada bueno. Aunque no quería dejarla en la estacada y comentárselo a Jean-Luc. Solo se habría puesto nervioso y habría atormentado a su prima innecesariamente. Necesitaban a Géraldine en la finca precisamente en esa época, y Soledad se propuso hablar de ello con él después. Posiblemente todo el embrollo se quedara en nada.

CAPÍTULO 70

¡Solo está conmigo porque me parezco a su mujer! A Saskia le rodaban las lágrimas por las mejillas. ¿Me quiere o solo soy la copia? No
lo sabía. Él nunca le había dicho lo que sentía por ella; ella había
supuesto en silencio que él sentía lo mismo por ella. Pero, al pen-
sarlo otra vez, no podía recordar que Jean-Luc hubiera pronunciado
las conocidas palabras. A diferencia de ella. Ya en la primera noche
que estuvieron juntos ella le había susurrado un «je t'aime» al oído.

—¡Qué tonta soy! —gritó de pronto enfurecida, dando patadas
al colchón. Quería estar sola y se había retirado a su habitación—.
¡No soy más que una tonta!

Sin embargo, la rabia la invadió tan deprisa que estaba furiosa,
y hundió la cara llorando en la almohada.

Philippe tenía mala conciencia. ¿Habían ido demasiado lejos?
Ariane le había contado que Saskia no se encontraba bien y que se
había disculpado por la tarde. Él contaba con que debía haber sido
un shock para ella, pero tampoco quería llevarla a la desesperación.

Andaba de un lado para otro en su despacho pensando qué
podía hacer para tranquilizarla. ¿Un regalo? ¡Demasiado llamativo!
¿Ir a verla? ¡Demasiado violento! Luego le vino una idea a la cabeza.
Enviaría a Vincent. Ambos se llevaban bien y su empleado podía
informarle de su estado. Sí, eso era lo apropiado.

Pulsó el interfono, que conectaba el priorato directamente con
su despacho, y esperó hasta que Thièche diera señales. Luego dio

las instrucciones necesarias y a través de la línea notó el asombro de Vincent. Pero no podía tomarlo en consideración alguna, ya que a ellos eso no les incumbía.

Llamaron a la puerta y Ariane hizo pasar al empresario alemán. Durante las dos siguientes horas Philippe debía concentrarse en los negocios. Solo de vez en cuando se permitía pensar en Virginie.

CAPÍTULO 71

Jean-Luc estaba desesperando. Por vigésima vez intentaba localizar a Saskia en su teléfono, pero cada vez le saltaba el contestador. No quería llamarla al despacho y por eso volvió a marcar su número. En vano. ¡Diablos!

—Bien, ya hemos llegado. —Baptiste se detuvo en el aparcamiento de la consulta del médico—. ¿Puedes ir solo o quieres que te dé la mano? —Se rio.

—Gracias, mon vieux, pero me las apaño solo.

Jean-Luc bajó del auto y se guardó el teléfono en el bolsillo de su pantalón. Lo intentaría más tarde.

—Nos encontramos en la Plaza de la Concorde. —Baptiste miró su reloj—. ¿En dos horas?

—De acuerdo. Hasta luego.

Pelletier tocó su visera y se fue con su vieja furgoneta.

Jean-Luc movió la cabeza confuso. Esperaba que no le hubiera pasado nada a Saskia. No era propio de ella no dar señales de vida. ¿Quizás estaba muy ocupada? Bueno, ya se lo contaría ella misma; a fin de cuentas iban a verse esa noche. Ya tenía ganas de ver su cara al desenvolver el regalo. La dejaría boquiabierta.

CAPÍTULO 72

—¡Era increíble! —Saskia movía la cabeza con incredulidad y volvió a poner la fotografía del marco plateado en la mesilla otra vez.

—¡Sí, lo es! —dijo Vincent suspirando—. Ya puedes imaginarte cuánto nos asustamos al verte por primera vez. —Saskia asintió.

Vincent ponía nervioso un pie detrás del otro. Estaban en la antigua habitación de Virginie. De hecho a él le estaba prohibido entrar en ella. Si Philippe se enteraba de que además había ido con alguien, ya podía empezar a temblar todo. Pero media hora antes había visto a Saskia muy angustiada y ella había empezado a preguntarle cosas sin parar sobre la fallecida. Y, como Vincent no podía decir que no a las mujeres cuando las veía llorar, la había tomado de la mano y la había llevado a la antigua habitación de niña de Virginie.

Estaba de veras enfadado con Philippe. ¿Por qué no le había contado nada a la suiza sobre el parecido? Debía de ser desquiciante enterarse así. Y los Rougeon tampoco habían dicho nada. ¡Increíble! El rostro de Saskia estaba manchado y sus ojos hinchados, pero por lo menos había dejado de llorar.

Saskia se puso ante el espejo de maquillaje y observó los frascos y botellitas. «Princess», leyó en un frasco y lo olió.

—No me extraña que el olor te resultara familiar —murmuró enfadada. Le volvieron a aparecer lágrimas en los ojos y tragó compulsivamente—. ¿Cómo era ella en realidad? —se dirigió a Vincent y con las puntas de los dedos acarició la oscura madera de la pieza del mobiliario.

El anciano se estremeció. Su lealtad con el patrón entraba en contradicción con sus ansias de ser honesto. ¿Era pecado hablar mal de los muertos? La suiza lo miró y él vio tanto dolor en su mirada que no le fue difícil tomar una decisión.

—Era maravillosa... como tú —dijo en voz baja. Saskia rio de nuevo por primera vez al oír esas palabras, y él prosiguió—: Pero a la vez también era una mocosa mimada. Virginie movía un dedo y los tenía a todos bailando al son de su canción. Especialmente Philippe le daba todo cuanto ella deseaba, y gastaba fortunas en ropa y diversión para ella. Era muy egoísta y podía ponerse como una furia cuando algo no funcionaba como ella quería. A todos nos sorprendió que se casara con Jean-Luc. Me atrevo a pensar que se casó con él porque Philippe se oponía. Los Arnaud siempre estuvieron muy orgullosos de su origen y de pronto tener a un romaní en la familia fue un escándalo.

Saskia frunció el ceño y Vincent añadió deprisa:

—No es que tenga nada en contra de los romaníes. Todo lo contrario: la madre de Adèle mismo fue una gitana. Y un poco de esa sangre también en las venas no se debe despreciar. —Sonrió—. Pero para los Arnaud una unión así era impensable.

—Pero ellos se querían, ¿no es cierto?

La pregunta directa de Saskia le resultó incómoda a Vincent, quizás porque por aquel entonces él mismo también se lo había preguntado.

—No lo sé, probablemente sí. Jean-Luc seguro que la quería, eso se notaba. Casi no podía creerse que ella hubiera aceptado su propuesta de matrimonio. Pero si Virginie lo quería a él, de eso ya no estoy tan seguro, porque en el fondo solo se quería a sí misma.

—Muchas gracias, Vincent. Sabré apreciar que me hayas enseñado su habitación.

El anciano asintió en silencio y se dirigió a la puerta. Saskia lo siguió y echó una última mirada atrás. «Uno no debe temer a los muertos, solo a los vivos». No, Nele, ahí estás equivocada, pensó, a veces es exactamente al revés.

CAPÍTULO 73

—Bien, mi querido Jean-Luc, siéntate recto, coloca el brazo relajado sobre el reposabrazos y haz el favor de no moverte tanto. Solo quiero quitarte la escayola, y no amputarte el brazo. —El hombre mayor se reía traviesamente y Jean-Luc cerró los ojos cuando la sierra empezó a zumbar—. Te habría dejado la escayola una semana más, pero si te pica tanto es mejor. Vamos a ver.

El médico se inclinó sobre su paciente, se colocó bien las gafas y encendió deprisa el aparato, de forma segura.

—Ahora sentirás un poco de calor.

El disco de acero inoxidable de la sierra se introdujo en movimientos oscilantes en la dura masa de escayola y aparecieron pequeñas nubes de polvo fino. Jean-Luc arrugó la nariz.

—Huele bien, ¿verdad? —hizo notar el médico sonriente—. En verano todavía tiene un matiz de más intensidad. —Jean-Luc se reía forzado—. ¡Bien! —El sonido irritante de la sierra cesó y el médico la colocó sobre una mesa auxiliar de cristal. Con ambas manos separó la escayola, que se rompió de un crujido.

—Et voilà, mon cher, tu es libre! Bien, querido, eres libre.

—¡No me lo creo! —Los ojos de Nele brillaban y puso las manos sobre sus caderas. Saskia estaba en cuclillas en la cama de su antigua compañera e intentó no romper a llorar otra vez—. ¡Menudo cerdo! ¡Vaya canalla, insidioso y descarado! —Nele caminaba enfadada arriba y abajo, moviendo los brazos en el aire—. ¡Como se me ponga delante! Le tuerzo el cuello. Yo... —Miró hacia Saskia y al verle los ojos llenos de lágrimas interrumpió su frase. En dos pasos estuvo a su lado y se sentó con ella en la cama—. Me sabe fatal por ti, cariño. —Compasiva, tomó su mano—. Si lo hubiera sabido, te lo habría dicho. Pero aquí se habla muy poco de la difunta mujer de Jean-Luc, y yo misma llegué a la finca después de su accidente.

Saskia asintió sorbiéndose los mocos. La consolaba que su amiga estuviera de su parte de una forma tan incondicional. Había llamado a Nele hacía media hora y había intentado contarle por teléfono el asunto, pero no dejaba de llorar. Nele solo la entendía en parte y le había pedido que viniera a la finca, porque Jean-Luc en ese momento no estaba allí. Ahora estaban juntas sentadas en la habitación de Nele, y Saskia acariciaba la cabeza de Gaucho, con el pensamiento en otra parte. De hecho el perro pertenecía a Virginie, e interrumpió el movimiento. ¡Todo pertenecía a Virginie! Su espíritu flotaba sobre el priorato, los Rougeon y especialmente sobre Jean-Luc.

Parece que sea «Rebeca» de la novela de Daphne du Mauriers, pensó Saskia con un rastro de humor negro. La finca es Manderley, Jean-Luc es Maxime de Winter; Géraldine es Ms. Danvers, y yo soy la pequeña sucesora, a la que ni le han puesto nombre. Se puso a reír involuntariamente y Nele la miró sorprendida, temiendo que su amiga hubiera perdido el juicio.

—¿Sabes, Nele?, no es que piense que Jean-Luc no sienta nada por mí. No creo, por lo que lo conozco hasta ahora, que sea el tipo de persona que pueda fingir el amor. Pero que no me haya dicho que se me podría confundir con su difunta esposa me duele bastante. Me pregunto por qué no me lo ha dicho. ¿Por qué lo ha convertido en una mentira? ¿Y adónde tiene que llevar todo esto si uno no es sincero desde el principio? Nunca podré estar segura de si me quiere porque soy igualita a Virginie, ¿lo entiendes?

Nele asintió.

—Sí, lo entiendo. Tienes que hablar de ello con él sin falta.

Saskia se levantó de forma brusca y Gaucho se sobresaltó.

—No, no puedo hablar con él. ¡Imposible! Me pondría cualquier excusa, que yo naturalmente creería. —Se acercó a la ventana y miró hacia los viñedos, que se perdían en el nebuloso horizonte—. Ha llegado el momento de enterrar el sueño. Tuvimos algunos días geniales, pero a fin de cuentas es una unión sin futuro, ¿verdad? Un amor pasajero, nada más. Me queda todavía un mes para terminar el encargo con la Cooperativa. Las cuatro semanas las podré aguantar y luego volveré a Suiza. —Se volvió y vio los ojos compasivos de su amiga—. Lo que no se puede cambiar se debe aceptar, decía mi padre siempre. Soy adulta y sobreviviré a ello, no te preocupes. —Se acercó a la cama y le dio a Nele un beso en la mejilla—. Gracias por escucharme, eres un tesoro.

Las dos jóvenes se abrazaron. Después Saskia se fue de la finca sin mirar al espejo retrovisor ni una sola vez.

A pesar del cabestrillo que llevaba en el brazo y que lo mantenía pegado al cuerpo, Jean-Luc se sentía mucho más liberado. No había rechazado del todo la idea del médico de llevarse la escayola como pieza de recuerdo, y ahora estaba de camino hacia el centro de Carpentras. Se detuvo ante una joyería tradicional y observó el muestrario en el escaparate. Tenía algo pensado y esperaba que la joyería pudiera cumplir su deseo. Entró con una sonrisa en los labios.

CAPÍTULO 74

—¿Retiro el segundo cubierto? —preguntó Justine queriéndose llevar el plato intacto de la mesa del comedor. La mirada de Philippe se centró en un punto imaginario de la pared, y entretanto se acariciaba la frente. Justine volvió a repetir la pregunta.

—¿Cómo? —Philippe entrecerró los ojos—. Sí, gracias. Te lo puedes llevar. Parece que Madame Wagner no tiene hambre y seguramente no venga a cenar. No se encuentra bien —añadió. Tomó la cafetera plateada y se sirvió una segunda taza del oscuro brebaje. Ya que no podía dormir, por lo menos que fuera por la cafeína.

Saskia no había aparecido en el trabajo por la tarde y se había disculpado por la cena. Él estaba preocupado, pero no se atrevía a ir a verla y preguntarle cómo estaba. Vincent le había contestado con un monosílabo cuando le preguntó cómo se encontraba. Casi parecía que el hombre mayor estuviera irritado por su culpa, y Philippe no siguió insistiendo.

Esperaba que no hubieran llegado demasiado lejos con su intriga. Él temía que Saskia asumiera las consecuencias y se marchara. No se lo podían tomar a mal. Pero quizás estaba aclarando el malentendido con Jean-Luc en ese preciso momento. Y eso atemorizaba a Philippe todavía más. Porque entonces todo había sido en vano.

Se levantó enfadado y tiró la servilleta blanca sobre la mesa. Debía pensar en otra cosa y decidió dar un paseo. La brisa nocturna le iría bien para ordenar los confusos pensamientos.

Al cerrar la puerta del priorato, incluso apareció la luna sobre Les Dentelles y sus pasos lo dirigieron inconscientemente al lugar donde su gran amor encontró su última morada.

Saskia estaba tumbada en la cama, con los brazos cruzados por detrás de la cabeza, y miraba por la ventana. La habitación estaba oscura, tan solo la luna que acababa de salir emitía su luz a través de los cristales. Sonó su móvil. Al reconocer el número, lo apagó. Momentos después sonó el teléfono del pequeño mueble y se levantó y tiró del cable de la pared. Tenía la garganta seca, y en los ojos el escozor de tantas lágrimas. Fue al lavabo y se lavó la cara con un paño frío. Al mirarse en el espejo, se asustó y salió del cuarto de baño. Luego abrió la puerta de la terraza, se sentó en los escalones de piedra, rodeó sus piernas con los brazos y empezó a llorar otra vez.

CAPÍTULO 75

Jean-Luc miró sorprendido su móvil. Había algo que no iba bien. Buscó entre los números grabados y marcó de nuevo, esta vez el teléfono fijo del apartamento de Saskia. Después de tres sonidos se interrumpió la llamada súbitamente sin que nadie hubiera dado señales. Frunció el ceño. Lo invadió una mala sensación. Deprisa y corriendo fue por el pasillo hasta las habitaciones de los empleados. Vio luz bajo la puerta de Nele y llamó impaciente en la madera oscura.

—¿Sí?, ¿quién es? —se oyó y Jean-Luc entró.

La estudiante estaba sentada en la cama con las piernas cruzadas y leía una gruesa novela. Junto a ella había un bloc de notas. Miró a Jean-Luc sorprendida, con los ojos entrecerrados.

—Hola, Nele —dijo Jean-Luc y se quedó algo cortado en el umbral.

—Hola —repuso ella únicamente, y lo miró con mala cara.

Bueno…, ¿qué mosca le había picado?

—Dime, ¿sabes por casualidad dónde está Saskia? No logro localizarla y… —se interrumpió.

Él no sabía todo lo que Saskia le había contado a la holandesa, por eso pensó que lo mejor era no decirle nada.

—Ni idea, Jean-Luc, quizás ha salido.

No se explicaba el tono respondón de Nele.

—Sí —dijo él arrastrando la palabra—. Es posible, claro. ¿Sabes por casualidad con quién?

—No, ni idea. Pero seguro que algún pretendiente hay. Henri, Philippe. Con lo guapa que es, podría tener a cualquiera, ¿verdad?

Jean-Luc tenía la sensación de que Nele quería provocarlo, pero no podía entender por qué.

—Sí, seguro que puede tener a quien quiera. Mmm…, no te enfades, gracias.

—No hay de qué, Jean-Luc, con mucho gusto.

Su tono rallaba el sarcasmo y se dio prisa por irse de la habitación. ¿Se han vuelto locas todas las mujeres?, pensó él enfadado y se fue deprisa por el pasillo. Saskia y él habían quedado, ¿se había olvidado? Sacudió la cabeza. No, eso le costaba creerlo, aunque hoy debía de haber pasado algo y quería saber qué.

Volvió a su despacho y se quedó mirando fijamente el teléfono unos instantes. El número todavía se lo sabía de memoria, lo había marcado durante años, pero ahora le era incómodo llamar al priorato. ¡Maldita sea! No podía conducir, o ¿debía intentarlo? Necesitaba un automóvil con cambio automático, le pasó por la cabeza. Luego suspiró y descolgó el teléfono.

CAPÍTULO 76

—¿Sabes, princesa?, ella es muy distinta a ti. Así que no debes estar celosa. —Philippe apartó un par de hojas marrones de la placa de mármol verde en la que estaba grabado el poema preferido de Virginie en letras doradas. Luego acarició la fría piedra cariñosamente—. Solo es que… cada vez que la veo… —Buscaba palabras para describir sus sentimientos, pero enseguida caía en el silencio.

El sitio debajo de la morera había sido el lugar preferido de Virginie. Ya de niños habían descubierto el árbol en el rincón más apartado del priorato, que era parecido a un parque. Era el último testigo de una época en que se había intentado la cría del gusano de seda en la Provenza. Su tronco, corto y chaparro, serpenteaba en curiosas ramificaciones bajo el cielo de la noche. Por encima sobresalía una vasta corona cargada de hojas a modo de sombrilla. En la oscuridad solo se reconocían las hojas en forma de corazón como masa homogénea oscura. El aroma de los frutos agridulces se desprendía en el entorno como un manto fragante.

Por aquel entonces solo fueron necesarias un par de llamadas para la autorización del entierro de los restos mortales de Virginie bajo ese árbol. En realidad estaba prohibido, pero para un Arnaud siempre había alguna forma de saltarse tales prohibiciones.

Philippe recordó cómo él y su hermana mordisqueaban los frutos negros hasta que se les teñía la boca de color azul oscuro y parecían enfermos de la peste. Adèle se santiguaba cada vez que los niños sacaban la lengua traviesamente.

Philippe se reía melancólicamente. Todo había quedado atrás, no eran más que recuerdos. Suspiró y se incorporó. Con un movimiento ágil se limpió la suciedad de las rodillas. No quería ensuciarse; sentía náuseas al imaginar que su hermana se descomponía a dos metros bajo tierra.

Hoy tenía que verla a toda costa. Contemplar su piel blanca; la elegancia de su cuello; la boca entera. Un escalofrío lo sacudió y se puso rígido. Se dio la vuelta y con rápidos pasos regresó a través del parque hasta el priorato.

CAPÍTULO 77

—Lo siento, Jean-Luc, pero Madame Wagner no desea ser moles-
tada. No se encuentra bien y ya se ha ido a dormir. No, no la voy a
despertar. Sí, estoy hablando en serio. Buenas noches.

Vincent colgó el auricular indignado. ¡Este Rougeon tenía a
veces una forma de ser…! Resopló y sacudió la cabeza enfadado.

Adèle ya se había dormido y roncaba ligeramente cuando él se
volvió a meter en la cama. La observó unos instantes y la besó en
la mejilla. Refunfuñó algo incomprensible, pero sin abrir los ojos.
Vincent apagó la lámpara de la mesilla de noche y se quedó mirando
el oscuro techo de la habitación.

No había oído si Philippe había vuelto ya. No es que le preocupara, a fin de cuentas ya era adulto, pero podía ser que… No, esperaba
que no. Tendrían que haber avisado al albañil hacía tiempo. Pero Adèle
y él no podían haber adivinado que Saskia se parecía tanto a Virginie, y
él mismo hacía mucho tiempo que no pensaba en los pasadizos secretos. O simplemente los había borrado de su cabeza. Pero ahora temía
que Arnaud volviera a intentarlo o que ya lo hubiera hecho.

Vincent iba de un lado para otro intranquilo. Mañana mismo
llamaría al pueblo para pedir un obrero. Le daba absolutamente
igual lo que Philippe dijera al respecto. ¡No era justo!

—Merde! —Jean-Luc lanzó el teléfono con furia sobre el escritorio.
Quedó marcada una fea muesca cuando unos minutos más tarde

tomó el auricular que sonaba y lo colgó. ¿Saskia no se encontraba bien? ¿Estaba enferma? En caso afirmativo, ¿por qué no le había dicho nada? Se mordía el labio inferior y miró al reloj. Eran más de las diez. Ahora ya no podía hacer nada más y se levantó enfadado.

Jean-Luc odiaba verse obligado a estar ocioso. Al apagar la luz del despacho, su mirada se posó sobre la pequeña cajita cuadrada envuelta en papel azul claro que le quería dar a Saskia y que todavía seguía sobre el escritorio. Jean-Luc resopló y cerró la puerta con una amarga sonrisa.

CAPÍTULO 78

La noche era sofocante. Saskia no podía conciliar el sueño. Desde que se había ido a la cama, se levantaba cada media hora y le costaba mucho volverse a dormir. Su camiseta estaba empapada de sudor; por eso encendió la luz, caminó descalza silenciosamente hasta el armario ropero y se la quitó. Un ruido la hizo estremecer. En algún lugar había crujido madera, como si alguien hubiera pisado una tabla del suelo suelta. Se quedó inmóvil y escuchó atentamente, pero no pudo oír nada más. Encogiéndose de hombros, se dirigió al espejo grande que colgaba de la pared de enfrente y allí observó su figura.

Contra su temor de engordar en la Provenza, había perdido incluso un par de quilos. Saskia cruzó la habitación, volviéndose de un lado a otro preocupada. Levantó sus blancos pechos, que contrastaban con el moreno de verano. Su estancia allí había favorecido su figura, pero no tanto a su corazón.

Oyó varias veces más un ruido que sonaba como un jadeo o un sollozo. ¿Había ratones? ¿O incluso ratas? Se le erizó el pelo de la nuca al imaginárselo. ¡Ratas no, por favor! Echó una última mirada al espejo, sacó otra camiseta del armario ropero y decidió leer algo. Quizás así le entrara sueño.

En algún momento, las letras se difuminaron en mares de palabras y apagó la luz. A pesar de todo, esa noche todavía se quedó despierta largo tiempo y, por primera vez, se arrepintió de haber venido a la Provenza.

El hombre de detrás del espejo retrocedió sigilosamente para no hacer ningún ruido. Tiró de la cortina de terciopelo de la pared otra vez y cerró la puerta de roble maciza cuidadosamente con la vieja llave que se balanceaba en su cuello con una cadena plateada.

Luego Philippe se deslizó rápidamente por el oscuro vestíbulo y poco después ya solo se oía el canto de los grillos. El priorato por fin descansaba.

CAPÍTULO 79

En la mesa del desayuno solo quedaba un cubierto. Saskia se sentó cansada y agradeció no tener que hablar con nadie. Tras el poco descanso de la noche, se había levantado por la mañana con los ojos hinchados, y la hinchazón no desaparecía ni bajo la abundante agua fría. Se sirvió café y sorbió ruidosamente el brebaje caliente, degustándolo. Arnaud debía de haber desayunado antes que ella, y eso le parecía bien. Tomó un cruasán del cesto del pan y entonces se percató de la cajita plana envuelta en papel de color al lado de su plato. Saskia frunció el ceño. ¿Otra vez un regalo de Arnaud? De pronto cayó en que no había dado las gracias por el perfume y tuvo mala conciencia. Hoy lo arreglaría.

Con un par de maniobras rápidas deshizo el lazo rojo oscuro y levantó la tapa. Debajo del papel de seda blanco descubrió un top dorado de seda con una estola a juego. Saskia miró la etiqueta y tomó aire. El artículo probablemente costara más de lo que ella ganaba en un mes. Pero, a pesar del noble origen, la pieza de ropa no le gustaba especialmente. Debía pedirle a Arnaud sin falta que en un futuro no le hiciera más regalos. Seguro que únicamente lo hacía porque ella se parecía mucho a su hermana. Pero ella no era Virginie y nunca lo sería. ¡Todos tenían que hacer el favor de aceptarlo!

Saskia se dio cuenta de que le caían lágrimas de los ojos otra vez y se levantó deprisa. Había llegado el momento de ir al trabajo; eso la distraería. Se llevó la cajita a su apartamento antes de cruzar por el césped hasta el edificio de oficinas. Cuatro semanas más y lo habré conseguido, pensó aliviada.

CAPÍTULO 80

—No debemos darles ocasión de que hablen. ¿Cómo? Ni idea. ¿Quizás un pequeño viaje de negocios? Ya se te ocurrirá algo. Hasta ahora ha funcionado de maravilla, ¿no? ¡Bah, tonterías! Ya se hará a la idea, debes consolarla un poco. Sí, bien. Hasta entonces, adieu.

—¿Con quién hablabas?

Géraldine se sobresaltó y se dio la vuelta. Jean-Luc estaba bajo el marco de la puerta y la miraba con el ceño fruncido. Tenía los ojos hundidos, pero brillaban de furia. Géraldine se encogió instintivamente en la butaca. ¡Maldita sea! Confiaba en que no hubiera escuchado toda la conversación.

—Hola, Jean-Luc. Ya veo que te han quitado la escayola. Me alegro por ti. ¿La llamada de teléfono? Bah, un antiguo compañero de clase que tiene problemas matrimoniales. Solo le he dado un par de consejos para que pueda volver a ganarse a su mujer. —Géraldine se dio cuenta de que su risa sonaba falsa y por eso se inclinó deprisa para buscar algo en los cajones del escritorio—. Pareces cansado. ¿No has dormido bien? —preguntó sacando una carpeta. Intentó controlar el temblor de sus manos mientras pasaba las hojas nerviosa.

—He tenido dolor —repuso Jean-Luc y se sentó enfrente de ella. La miraba con los ojos entrecerrados.

Géraldine se puso nerviosa y empezó a morderse los labios.

—Me tengo que dar prisa: el grupo de turistas llegará pronto —dijo, se levantó deprisa y fue hacia la puerta.

—¿Géraldine? —Su voz la detuvo.

—¿Sí? —Se volvió e intentó aguantar su mirada.

—Nada importante —dijo Jean-Luc arrastrando las palabras.

—Entonces, hasta luego. —Le sonrió y se fue.

Jean-Luc apretó los labios y se quedó mirando fijamente la puerta cerrada; luego se levantó y pulsó la tecla de repetición de llamada del teléfono.

—Cooperativa de Explotación Vinícola de Beaumes-de-Venise. ¿En qué lo puedo ayudar?

Sin responder, colgó el teléfono otra vez. ¿Por qué le mentía su prima?

CAPÍTULO 81

Philippe estaba dudoso ante el despacho de Saskia, frotándose las manos; seguidamente hizo un esfuerzo y golpeó el cristal.

—¿Sí, por favor? —se oyó desde la habitación y entró.

—Saskia, ¿cómo estás? ¿Mejor?

La suiza estaba sentada ante la pantalla e iba clicando por la nueva página web de la empresa. Tenía ojeras, parecía cansada y con cara de sueño. Philippe se sintió mal y le habría gustado pedirle disculpas, pero eso era imposible; si lo hiciera, probablemente se largara de inmediato o, lo que es peor, huyera hacia Jean-Luc.

—Ya estoy mejor, gracias. Un ligero malestar —dijo esquiva y Philippe asintió—. Llevo bien el proyecto. A finales de este mes estará todo listo. Estoy elaborando un manual para que el o la siguiente pueda hacer por sí mismo las adaptaciones necesarias. Es decir, subir imágenes nuevas, añadir textos y esas cosas. Sobre todo porque supongo que vuestros productos variarán según la temporada, ¿verdad?

Philippe se asustó. ¿Quería volver a Suiza? ¡Maldita sea! Eso se le había pasado por completo. Pero, claro, los tres meses pronto terminarían; estaba intranquilo.

—¡Excelente! Va todo sobre ruedas. No me habría imaginado que lo pusieras en marcha tan deprisa. Estoy francamente impresionado —dijo él palpando los bordes del bolsillo de su chaleco. Debía intentarlo.

Saskia se rio y se volvió hacia la pantalla. Philippe seguía sin hacer el gesto de irse de su despacho y ella dio la vuelta de nuevo.

—¿Hay algo más?

Philippe se sobresaltó y soltó:

—Sí, o no, bien, sí. Había pensado que quizás te gustaría... A ver, te lo cuento. Hoy empieza el festival de teatro de Aviñón y tengo dos entradas para el estreno de Los Bárbaros de Gorki. Es la primera vez que representan esta obra y me gustaría mucho ir a verla, pero no quiero ir solo. Sin rodeos: ¿te apetecería acompañarme al estreno? Saldríamos hoy por la tarde, pasaríamos la noche allí, en habitaciones separadas, claro, y volveríamos mañana.

Tal y como estaba Arnaud delante de ella, le recordaba a un estudiante de bachiller que le pedía a su enamorada que lo acompañara al baile de fin de curso. ¿Una obra de teatro en Aviñón? ¿Por qué no? En todo caso era mejor que quedarse en su apartamento llorando y lamentándose de que Jean-Luc le hubiera mentido tan descaradamente.

—Me haría mucha ilusión, Philippe. Me apunto.

En el primer momento Arnaud no reaccionó a lo que ella le había dicho. Pero de pronto entendió que sus palabras significaban que aceptaba, y una sonrisa le inundó la cara.

—Oh, ¿en serio? ¡Fabuloso! Entonces nos ponemos de camino a las tres. ¿Te va bien? —Y, cuando asintió sonriendo, casi parecía que él la quisiera besar. Saskia levantó las cejas sorprendida y Arnaud se dio prisa por llegar a la puerta—. Así que a las tres, ¿de acuerdo? —dijo mientras se iba.

—Sí, a las tres.

—Bien, bien. Entonces te dejo seguir trabajando. Hasta luego, gracias.

Cerró la puerta de cristal y se fue silbando a su despacho, enfrente.

Saskia movió la cabeza. Era realmente particular su jefe.

CAPÍTULO 82

—Ariane, soy Jean-Luc Rougeon, ¿puedo hablar con Saskia?

—Salut, Jean-Luc. ¿Qué tal el brazo? ¿Todo bien otra vez? Baptiste me ha contado que…

Jean-Luc tamborileaba nervioso con los dedos sobre el escritorio. La secretaria de la Cooperativa se puso a cotorrear alegremente.

—Disculpa, Ariane, pero tengo algo de prisa. ¿Podría hablar con Saskia, por favor?

—No —repuso ella, y Jean-Luc tomó aire—, porque no está aquí. Se ha ido a Aviñón con Philippe.

Jean-Luc no creía lo que estaba oyendo.

—¿Qué se ha ido adónde?

—A Aviñón. Al festival de teatro, ya sabes. ¿No sabías nada? —preguntó Ariane con voz muy dulce, y Jean-Luc tuvo la sensación de que sonreía mientras le hacía la pregunta.

—¿Es hoy? Sí, claro, qué despiste. Bien, gracias.

Colgó enfadado. ¿Qué diablos se pensaba Saskia? ¿Simplemente se iba sin decirle nada? ¿Cómo se atrevía a conspirar con su peor enemigo? ¿Se había vuelto loca?

Los pensamientos se revolvían en su cabeza como si alguien hubiera pinchado un nido de avispas. Le habría gustado lanzar algo contra la pared. Al entrar por casualidad Marie-Claire en el despacho para regar las plantas, descargó toda la rabia en la chica. Le empezó a gritar hasta que se fue llorando.

Jean-Luc se levantó impetuosamente y tiró la silla, que se partió. Abrió la puerta de golpe y se precipitó sobre un par de empleados desconcertados mientras salía.

Géraldine, que casualmente pasaba por el vestíbulo, se escondió tras una columna por seguridad. Cuando su primo estaba de ese humor, lo mejor era evitarlo. Se le dibujó una sonrisa en los labios. Sabía perfectamente qué le hacía rabiar de esa forma. Sacó su móvil y borró el mensaje corto de Philippe. ¡Bien hecho, Arnaud! No tenía la cabeza tan hueca como ella suponía.

CAPÍTULO 83

Saskia clavó los ojos cautivada por el escenario rodeado de tela roja, sobre el que un coro ruso cantaba una emocionante canción. Al fondo había chicas que agitaban graciosamente cintas plateadas por el aire y con ello producían fuegos artificiales. Se le puso la piel de gallina. La representación era realmente impresionante y se sintió trasladada al pueblo de campesinos ruso que esperaba dinero e influencia por la construcción del ferrocarril, para luego descubrir una tremenda desgracia. Saskia se tapó con la estola sus hombros descubiertos para protegerse de la fresca brisa nocturna.

Philippe observaba a Saskia por el rabillo del ojo. Su alegría había sido indescriptible cuando vio que llevaba puesto su regalo. La había esperado a las siete y media en punto delante de su habitación del hotel y, al abrir la puerta, a primera vista creyó estar viendo una aparición. Exactamente igual a como Virginie lo había hecho a veces, Saskia llevaba su pelo rubio recogido, lo que realzaba su delgado cuello. Pero en sus ojos rojos pudo adivinar que debía de haber estado llorando; sin embargo, al ofrecerle el brazo con elegancia, empezó a reír, y su corazón dio un brinco.

Habían tomado una cena ligera en el comedor del Hotel Clarion de Cloître Saint-Louis, y muchos ojos de admiración se habían fijado en la bella mujer rubia que iba con él.

Philippe disfrutaba de la expectación que despertaba su acompañante. Hacía tiempo que no había tenido esta sensación y disfrutaba de ella, gozoso, como en otro tiempo con Virginie. A diferencia de su hermana, que era consciente del efecto que provocaba y que se empleaba a fondo deliberadamente, Saskia no se daba cuenta de la fuerza de atracción que ejercía en el sexo masculino. Ni dejaba vagar su mirada en busca de un posible romance entre los presentes, ni se reía exageradamente, como lo había hecho Virginie en ocasiones para ser el centro de atención.

Saskia era más bien callada y su mirada se perdía en ocasiones en la lejanía como si estuviera pensando en algo. Philippe intuía lo que le pasaba por la cabeza e intentaba llevarla a otros pensamientos mediante anécdotas sobre el sector del vino.

Hacia las nueve de la noche se pusieron en camino y tomaron sus asientos aparte, en la zona vip, ante el gran escenario al aire libre. Philippe había elegido el Hotel Clarion porque no quedaba lejos del antiguo palacio del papa y por eso se podía ir cómodamente a pie.

El telón que se les ofrecía quitaba la respiración. Ante el poderoso portal del palacio que en el siglo XIV había sido residencia del papa durante sesenta y siete años, se erguía un escenario de madera iluminado con focos gigantes. La iluminación de la monumental construcción se había minimizado para esa función y solo un par de puntos iluminaban las murallas en ruinas, que precisamente por eso parecían más imponentes. La representación fue impresionante y recibió incluso aplausos entre escena y escena, algo que no solía ocurrir con un público local muy exigente.

A Saskia parecía gustarle la obra de teatro. Sus ojos brillaban y Philippe se alegró de haberse atrevido a pedírselo. Tras la llamada de Géraldine se había vuelto loco pensando en cómo podía sacar a la suiza de Beaumes-de-Venise sin que se notara todo muy preparado. El festival de teatro se le había ocurrido cuando ya estaba al borde de la desesperación. Pero parecía haber sido una buena elección.

Había hablado con Ariane, le había dicho que ambos permanecerían en Aviñón algo más de tiempo. De hecho Saskia no sabía nada de lo que le venía encima, pero él esperaba poder convencerla de alargar la excursión un par de días. Ariane había guardado silencio, pero Philippe no quería dar explicaciones a su secretaria y únicamente le dio la dirección del Clarion, por si de pronto había problemas en el negocio.

Una tempestad de aplausos lo distrajo de sus pensamientos. Toda la gente a su alrededor se levantó y aplaudió eufórica. Saskia sonreía de oreja a oreja e incluso silbó con los dedos impresionada, lo que le provocó a Philippe una carcajada. Era de algún modo encantadora y sencilla, cosa que a él le atraía mucho.

—¡Sencillamente espectacular, Philippe! ¡Impresionante! ¡Estoy encantada! Muchas gracias por la invitación.

Se le contagió la emoción de Saskia y sonrió vívidamente.

—Sí —dijo él—. Este año el director del festival se ha excedido. Una representación muy bien lograda. ¡No hay de qué! Yo también te agradezco que me hayas acompañado. Habría sido una lástima perderse el teatro. ¿Te apetecería ir a beber algo? ¿Una copa rápida?

—Buena idea. Estoy tan animada que de todas formas tampoco podría dormir.

Iban en contra de la masa de espectadores que se formó por las callejuelas de Aviñón tras la representación, y Philippe la guio hacia un restaurante. Se sentaron en una pequeña mesa bistró, que estaba bajo una pérgola verde, y pidió dos copas de champán. Para celebrar el día, como le explicó a Saskia cuando ella la quiso rechazar.

—¡Por Aviñón! —soltó ella cuando el camarero trajo las dos copas de pie largo con el líquido perlado.

—¡Por Aviñón y la visitante más guapa! —dejó escapar Philippe.

CAPÍTULO 84

—Es incluso más fácil entenderse con un león hambriento. Sería muy amable por tu parte que no asaltaras a todo el que se cruza en tu camino. Nuestras chicas ya revolotean como gallinas asustadas por los pasillos. No nos podemos permitir perderlas en temporada alta solo porque el jefe está de mal humor. —Soledad lanzó una mirada fulminante a Jean-Luc—. Así que o te controlas o voy a ser desagradable. La vida privada debe separarse de los negocios; eso ya deberías saberlo. No sé lo que ha ocurrido, pero aquí estamos intentando sobrevivir. Así que no te comportes como un adolescente con mal de amores. ¿Me he explicado con claridad?

Jean-Luc tenía una respuesta hiriente en la punta de la lengua, pero el respeto por su madre estaba por encima de todo y asintió silenciosamente. Soledad quería decir algo más, pero cambió de opinión y se fue del despacho para calmar la bravura del mar que su hijo hacía ondear por toda la finca.

Jean-Luc lanzó el bolígrafo con el que había jugado nervioso contra la pared de enfrente, donde se rompió en mil pedazos. ¡Era para volverse loco de verdad! Nadie le decía dónde estaba Saskia y no la podía localizar en su teléfono. Nele se hacía la ignorante, pero con una maliciosa sonrisa en la cara que lo ponía furioso. Ariane, la secretaria de Philippe, callaba como una tumba sobre el paradero de su jefe y sus empleados. Y el mismo Vincent le informaba con evasivas de dónde habían ido los señores. Ya había pensado en llamar a

Cécile a Suiza, pero desechó la idea otra vez. Sería muy bochornoso si descubriera que no sabía nada de nada de lo que había entre él y Saskia.

Jean-Luc ponía en marcha las especulaciones más disparatadas de por qué Saskia se comportaba de ese modo. Desde secuestro hasta estado de enajenación mental transitoria, se había imaginado todos los posibles e imposibles escenarios, pero no encontraba ninguna respuesta aceptable. Quizás la explicación más clara era la correcta, es decir, que Saskia no lo quería y se lo daba a entender de ese modo.

Golpeó el escritorio con el puño. Bien, si así lo deseaba, lo tenía que aceptar de algún modo u otro. Nadie era insustituible, incluso ninguna mujer; las había a mares. Durante los últimos años se las había apañado muy bien sin compañía femenina y en el futuro no sería distinto. ¿Amor? ¡Bah!, el amor era solo un intento de explicar la fuerza de la atracción sexual entre dos personas. Él no necesitaba amor, tenía su trabajo y la finca.

Jean-Luc se incorporó y silbó a Gaucho; luego salió de la propiedad por una puerta lateral. No le apetecía toparse con alguien; quería estar solo un rato. El malestar que lo torturaba desde la noche anterior lo traspasó a la falta de ingestión de alimentos y sabía perfectamente que, sin embargo, eso era una mentira. Todo había sido una mentira. ¡Todo!

CAPÍTULO 85

—¿Quieres otro zumo de naranja? —Arnaud miró interrogante a Saskia.

Estaban sentados en el patio interior del hotel y desayunaban bajo una sombrilla azul. El cuidado patio estaba a rebosar hasta el último rincón. Saskia reconoció a algunos espectadores que la noche anterior se sentaron con ellos en el palco.

A pesar de su confusión mental, la noche había sido reparadora y se sentía mejor. La excursión le había ido bien. Changer les idées; desconectar la cabeza, como dicen los franceses.

—No, gracias, Philippe, estoy satisfecha. ¿Nos vamos enseguida después del desayuno? —preguntó ella regalándole una sonrisa al camarero que se llevaba los platos usados. Allí en la sombra se estaba a gusto al fresco. A Saskia no le apetecía mucho pasar el resto del día en su pegajoso despacho; pero, después de todo, la habían contratado para trabajar y Arnaud seguramente tenía citas de trabajo. Por lo demás, el trabajo era lo mejor para no ponerse a pensar en Jean-Luc.

Suspiró. ¿Qué estaría haciendo? ¿La echaría de menos? No, seguro que no. Probablemente, se alegraba de que ella no estuviera localizable.

—¿Cómo? Perdona, no te estaba escuchando. ¿Qué has dicho?

Arnaud sonrió satisfecho.

—Te he preguntado si quizás te apetecía ir a ver el Pont du Gard, ya que estamos en Aviñón. Está a treinta minutos escasos y es muy bonito de ver.

No, si incluso puede leer los pensamientos, le pasó por la cabeza.

—¿No tienes, o mejor dicho, tenemos que volver? Seguro que tienes mucho que hacer y yo debería corregir un par de diseños —dijo ella, pero no sonaba muy convincente y de hecho lo decía solo por educación.

—Bien —repuso Arnaud sonriente—. Ser el jefe también tiene sus ventajas. Para mí trabaja gente competente que me representa bien; no debemos preocuparnos por ello. Y ya que nunca me voy de vacaciones, me voy a dar el gusto de tomarme un par de días. Así que ¿vamos?

—Sí, con mucho gusto. Se habla mucho del Pont du Gard. Y en el fondo soy una turista y eso debería haberlo visto.

Arnaud asintió con un gesto de aprobación.

—¡Y sin falta!

CAPÍTULO 86

Jean-Luc olisqueó el corcho. Ningún síntoma de putrefacción. Se sirvió un trago en la esbelta copa y meneó el líquido amarillo dorado un par de veces. El vino tenía la consistencia perfecta, fluía hacia arriba, intenso y emulsivo, dentro del cristal. Bebió un trago largo, y se desarrolló despacio todo el aroma del moscatel. ¡Exquisito!

—¿Es bueno? —preguntó Géraldine y echó una mirada furtiva por encima de su hombro. Como por arte de magia sus pechos rozaron la espalda de Jean-Luc. Él dio un paso a un lado.

—¡Es perfecto! —musitó él y le alcanzó la copa.

Su prima probó el vino e hizo un gesto de aprobación.

—¡Un Rougeon auténtico! —gritó entusiasmada. Colocó la copa de vino sobre la barra y en ese momento se le abrió la blusa blanca. Jean-Luc alcanzó a ver su sujetador de puntillas unos instantes. Ella notó su mirada y sonrió.

—¿Todavía te duele? —preguntó y acarició su brazo con el dedo cariñosamente. Jean-Luc movió la cabeza.

¿Por qué motivo no debería seguir sus estímulos?, pensó él. Géraldine era guapa, inteligente y destacaba de forma extraordinaria en el sector del vino. Sería la compañera perfecta y no era tan quisquillosa como muchas otras mujeres. También se podía ser pareja, aunque no se quisieran mutuamente, si al menos uno de los dos lo hacía. Y ella lo quería desde siempre. Así que ¿por qué no ceder y hacer uso de la cordura por una vez?

Su prima lo miraba ansiosa y notaba perfectamente lo que le estaba ocurriendo a él, pues repentinamente se recostó contra su pecho y le ofreció la boca.

Jean-Luc vaciló únicamente un segundo, después se inclinó y presionó sus labios contra los de ella.

No fue un beso cariñoso. Él mordió con fuerza y Géraldine gimió. ¿De dolor o de deseo? A Jean-Luc le daba igual. Solamente debía darse cuenta de que él no era el príncipe soñado que las chicas románticas esperaban. Él se servía de lo que le apetecía.

—¡Por Dios Santo! —Nele estaba en la puerta, como si le hubiera caído un rayo, y la bandeja con copas de vino que llevaba en las manos se movió amenazadoramente. Jean-Luc despertó de su trance, se despegó de su prima y se marchó deprisa, pasando por delante de su empleada, que se había quedado atónita.

Géraldine palpó sus labios escocidos y sonrió satisfecha.

—¿Problemas? —se dirigió entonces a Nele mientras se arreglaba la blusa.

—No…, eso significa… —balbuceó la holandesa y tragó.

—Entonces todo va bien, ¿verdad?

Nele asintió y abrió la boca.

—¿Algo más? —Géraldine levantó las cejas. Pero Nele movió la cabeza silenciosamente.

—Entonces vuelve al trabajo. ¡Tenemos mucho que hacer!

CAPÍTULO 87

«El Pont du Gard es la obra más impresionante de la civilización romana en la Provenza. Alrededor de 1.000 personas trabajaron durante tres años para terminar el imponente acueducto de 275 metros de largo. Tres hileras de arcadas (dos impresionantes y otras más pequeña de 35 arcos) revestían en apenas 49 metros de altura el riachuelo Gardon. Los sillares de hasta seis toneladas de peso se habían cortado tan al milímetro que mediante la presión entre sí podían unirse sin mortero.

El Pont du Gard forma parte de un acueducto de alrededor de 50 kilómetros de largo que proporciona el agua potable a la metrópolis de Nîmes, conocida en la actualidad por el nombre de Perrier. Los romanos se servían únicamente de los aparatos de medición más sencillos para el desnivel, que consistía en 17 metros entre Nîmes y la fuente que quedaba en Cevennen. ¡Eso son apenas 34 centímetros por kilómetro!»

Saskia resopló impresionada. Le leía a Philippe en voz alta la guía turística que había sacado de su bolso.

—Es increíble imaginar los medios que tenían entonces a su disposición.

Philippe asintió, pero siguió mirando al frente y se concentró en adelantar a un tractor. Se acercaban al pueblo de Remoulins y por todas partes había indicaciones que llevaban al viaducto.

—Oh, aquí dice que ya no se puede pisar el puente. —Saskia puso cara de decepción—. Qué lástima, me habría gustado escupir hacia abajo.

Philippe se rio.

—Qué ocurrencias tienes siempre. Hay un museo. Quizás te sirva un poco de consuelo —explicó él poniéndole la mano sobre el brazo. Saskia se sobresaltó y él retiró sus dedos deprisa otra vez.

Estúpido, pensó él, dale tiempo y no lo estropees todo ahora. Se esforzó en buscar un tema de conversación que fuera lo bastante inofensivo para romper el silencio repentino que se había producido.

—Háblame sobre tus padres, si no es muy doloroso para ti. Mencionaste que murieron.

Con las prisas no se le había ocurrido nada mejor y se mordió los labios. Quizás ese no era el mejor tema. Quizá la pérdida le resultara todavía dolorosa, pero contra todo pronóstico Saskia se rio y empezó a contar.

Nele observaba la pantalla de su móvil. Se mordía las uñas, cosa que no hacía desde la escuela primaria. No sabía qué hacer, si contarle a su amiga lo que había sucedido, o bien era más inteligente guardar silencio. Aun así, le parecía todo como una broma de mal gusto. ¿Jean-Luc y Géraldine? Movió la cabeza. Saskia ya le había contado que Jean-Luc valoraba mucho a su prima como trabajadora y que siempre había rechazado todos sus intentos de acercamiento. ¿Qué ocurría con él? No le había parecido que estuviera precisamente muy entusiasmado cuando los sorprendió juntos. ¿Debía hablar primero con él? Aunque dudaba de que Jean-Luc quisiera hablar de su vida amorosa con ella. ¡Qué situación más complicada!

Nele decidió esperar. Seguro que Saskia le diría algo más tarde, y todavía podía decidir si se lo contaba o no. Se guardó el teléfono en los vaqueros otra vez y suspiró.

CAPÍTULO 88

El aparcamiento para visitantes todavía estaba vacío cuando llegaron a las nueve de la mañana al Pont du Gard. Philippe aparcó su auto debajo de uno de los pocos árboles que sugería un lugar con aire fresco. Al bajar del vehículo, se dieron de frente contra el calor como si fuera una pared. Minutos después, Saskia tenía la camiseta pegada al cuerpo. Se abanicó y se dio prisa para ponerse a la sombra del edificio plano en el que se amontonaba un grupo de turistas que se peleaban por las postales.

—¡Nunca me acostumbraré a este calor! —se lamentó mientras Philippe se le acercaba a paso lento. Sonrió y observó con interés las manchas oscuras que se habían formado bajo los pechos de Saskia. Cuando se dio cuenta de que ella seguía su mirada, volvió la cabeza rápido a un lado.

—¿Quieres ir primero al museo o al puente? —preguntó y observó con disgusto al grupo de turistas que charlaba.

—Primero al Pont —repuso Saskia—. Luego nos refrescamos en el museo, que estará climatizado, ¿de acuerdo? —Frunció el ceño—. Hay aire acondicionado, ¿verdad?

Philippe asintió sonriendo.

—El progreso también ha llegado a la Provenza —bromeó y se dispuso a irse.

—Un moment —lo detuvo Saskia y dejó vagar su mirada en busca de algo a su alrededor—. Primero tengo que ir a ver un sitio en concreto. —Descubrió sobre una de las entradas la indicación que buscaba y le plantó su bolso para que lo sostuviera—. ¡Dos minutos! —gritó y desapareció tras una de las puertas.

Philippe miró con asombro el bolso que Saskia le había dejado tan espontáneamente. La tentación era enorme, pero evitó el riesgo de ser sorprendido. Luego entró por detrás a la tienda de recuerdos, que estaba repleta de souvenirs horteras, y abrió la cremallera.

Los bolsos de mujer son el último misterio de este mundo, pensó cuando vio todo el desorden multicolor. Pañuelos en todas las fases de uso, hojas sueltas, un desodorante, un cepillo del pelo, chicles, gomas de pelo de distintos colores, un monedero, la guía de viajes y lo que él estaba buscando, el teléfono. Lanzó una breve mirada a la entrada y desbloqueó el dispositivo.

Tenía veinte «llamadas perdidas» de un contacto llamado JL. Siguió mirando. Diez mensajes de texto por abrir. Allí también aparecía la abreviatura JL.

Con un par de movimientos Philippe borró los SMS. Desafortunadamente no le daba tiempo a leerlos, lo que lamentó mucho, pero ya se podía imaginar de qué iban los mensajes. El aviso de las «llamadas perdidas» también lo borró y colocó el teléfono en el bolso otra vez.

Mala suerte, Jean-Luc, pensó Philippe y se recostó con una sonrisa sobre el muro caliente.

CAPÍTULO 89

—¡Dios mío, qué idiota soy!

Jean-Luc Rougeon había cometido muchos errores en su vida, de los que más o menos se arrepentía, pero este lo lamentaba en lo más profundo de su ser. ¿Qué demonios le había incitado a besar a su prima y además dejarse sorprender por la mejor amiga de Saskia? Si la estupidez dolía, debía ponerse a gritar sin parar.

Pero antes de que todo se acabara de estropear, decidió hacer de tripas corazón y confesárselo a Saskia. Aunque todavía no tenía ni idea de lo que estaba ocurriendo con ella ni por qué no daba señales de vida, Jean-Luc estaba convencido de que había un malentendido. A pesar de sus anteriores pensamientos, esta relación le era de vital importancia y no quería dejarla sin luchar por ella. Pero ¿cómo podía luchar, si ni sabía quién era el enemigo y ni cuál era el motivo guerra? Nele seguramente no dudaría en contar lo que había visto. Y de que esto no le iba a gustar a Saskia, estaba cien por cien seguro.

Volvió a marcar el número de Saskia otra vez, pero de la misma forma que en los innumerables intentos anteriores, únicamente saltó el contestador de voz.

—¡Maldita sea! ¿Qué ocurre, Saskia?

Ariane le había comunicado por la mañana, con risa de suficiencia, que Philippe y la suiza iban a estar fuera todavía un par de días, cuando en un ataque de desesperación había ido con el vehículo de empresa a la Cooperativa.

Nada comparado con una misión suicida. Un par de veces estuvo a punto de salirse de la carretera y caerse por el precipicio escarpado, porque solo podía conducir con una mano. No encontraba descanso y quería saber por Saskia misma por qué se comportaba de esa forma. Pero ni la encontró a ella ni a Arnaud y tuvo que marcharse sin haber logrado nada.

Las palabrotas que soltó de camino a casa habrían avergonzado a cualquier cura. Quizás había sido la suma de la decepción, la desesperación y su torpeza lo que lo llevaron a dar ese beso sin pensar. «Un error que no se reconoce, se multiplica», decía su madre siempre. Sí, respondería por ello. Con Géraldine hablaría enseguida; y con Saskia, cuando regresara. Solamente podía esperar que las dos mujeres mostraran comprensión.

CAPÍTULO 90

Philippe observaba cariñosamente a la mujer dormida en el asiento del copiloto. Había abierto los labios ligeramente y su pecho se hinchaba y se hundía en movimientos regulares y tranquilos. Se le había soltado un mechón rubio de la coleta y le caía sobre los ojos como una pluma. Mientras dormía se parecía más que nunca a su hermana. A Philippe se le encogió el corazón dolorosamente. No podía permitir que ella se marchara de Francia. Se le tenía que ocurrir algo para que alargara su estancia. Quizás para que incluso se quedara allí para siempre, a vivir con él en el priorato, que era adonde pertenecía.

Después de ir a ver el Pont du Gard y el museo y de que Saskia hubiera comprado un par de souvenirs horteras, se pusieron en marcha. Era hora punta, y el aparcamiento se llenaba cada vez más con autobuses turísticos de los que brotaban corrientes de turistas. Ocupaban todo el terreno y era prácticamente imposible observar con tranquilidad el acueducto romano.

De hecho habían pensado volver a Aviñón, pero al pasar otra vez por la indicación de Remoulins, Philippe no tomó la N100, sino que improvisadamente se fue en dirección a Nîmes. A primera hora de la tarde el tráfico era soportable. Según su estimación no iban a necesitar más de cuarenta minutos para el trayecto. Saskia podía seguir durmiendo tranquila y descansar un poco, y él tenía la posibilidad de seguir observándola.

Encendió el reproductor de CD. Paganini: Concierto de violín n.º 1. ¡Maravilloso! Philippe se rio contento.

CAPÍTULO 91

Géraldine había conseguido al fin el objetivo de sus sueños. Sí, los labios le dolían un poco del beso de Jean-Luc, pero había valido la pena. Ya se volvería más cariñoso. Ella lo había observado por aquel entonces, cuando vivía con Virginie en la finca. Era muy amable y protector con su mujer. Por muy grosero que se mostrara exteriormente, en el fondo era un hombre cariñoso y sensible, y seguro que también como amante era así. El corazón de Géraldine bombeaba más deprisa cuando se imaginaba con él en la cama. ¡Qué despiste! ¿Por qué no se habría comprado esa tentadora ropa interior hacía un par de días? A fin de cuentas Jean-Luc era un hombre y como a todos los hombres seguro que le gustaba la lencería provocativa.

Géraldine miró su reloj. Si se daba prisa podía volver antes de que llegara el grupo que se había apuntado. Tomó su bolso y salió del despacho por la puerta de la terraza.

Jean-Luc permaneció pensativo ante la sala de trabajo en la que se encontraba Géraldine. Su mano ya estaba sobre el pomo, cuando se detuvo. Debía respirar hondo, porque los siguientes minutos probablemente serían muy desagradables. Por eso se concedió unos instantes. Aunque quizás era tan solo miedo mezclado con cobardía.

Jean-Luc irguió los hombros y gimió. Todavía le dolía el brazo; luego se aclaró la garganta y entró, pero el despacho estaba vacío.

CAPÍTULO 92

Saskia se estiró y bostezó. Cuando se percató de la mirada divertida de Philippe, se tapó deprisa la boca con la mano.

—Disculpa —murmuró—, qué mal educada. —Miró por la ventanilla y se le salieron los ojos de las órbitas. Ante ella se erguía el... ¿Coliseo? Estupefacta, le dijo a su acompañante—: ¿Cómo?, ¿dónde? —Se frotó los ojos. De hecho, la construcción que tenían ante ellos podía confundirse con el símbolo de Roma.

—Nîmes. —Philippe se rio—. Estamos en Nîmes, y la muralla en ruinas de aquí delante es el anfiteatro, popularmente Les Arènes. Es más pequeño que el hermano mayor que está en Roma, pero mejor conservado. Me he permitido modificar un poco el programa de la tarde. Espero que te parezca bien. —La miró curioso.

—¿Nîmes? ¡Oh! ¡Sí, es fantástico! —Saskia se sentó bien y se masajeó su cuello tenso—. En mi guía turística he leído sobre Nîmes. —Se agachó y sacó el viejo libro del bolso.

«Nîmes: Según la leyenda la ciudad fue fundada en una fuente de Nemauso, hijo de Hércules. Esta fuente estuvo consagrada a una deidad ya en tiempos preceltas. En el año 27 a. C. se asentaron aquí los veteranos de guerra que habían luchado contra Cleopatra junto a Agustino.»

Saskia se reía.

—Es decir, un lugar de reposo para soldados.

Philippe sonrió satisfecho. También podía entenderse así.

Conocía la historia de Nîmes desde el colegio; dejó que su acompañante sacara sus propias impresiones y se limitó a asentir cada vez que su acompañante lo miraba esperando su aprobación.

«... las conducciones del agua hacia Nîmes terminan en el llamado Castellum. Desde aquí se distribuía el agua potable a las distintas partes de la ciudad.»

—Así que debemos de haber seguido el agua desde el Pont du Gard, ¿verdad?

—Sí, en principio sí, si las conducciones siguieran funcionando —asintió Arnaud.

Saskia movió la cabeza, vivaz.

—Por desgracia falta una página. Y el plano de la ciudad también está bastante estropeado. —Miró con pena el libro manoseado que tenía en las manos.

—Quizás deberías comprarte una guía turística nueva —apuntó Arnaud y condujo hasta un aparcamiento.

Saskia suspiró.

—Sí, lo sé. Es solo que era de mis padres y... —Movió los hombros.

—Entiendo. Recuerdos, ¿no?

Asintió.

—Además es bilingüe, cosa que también es muy práctica. —Sonrió a Arnaud—. ¿O pensabas que sabía tanto francés?

Arnaud se rio.

—De hecho me he preguntado cómo podías traducir tan deprisa y tan perfecto, pero eres Saskia y, cómo no, ¡todo te sale bien!

No bromeaba con sus palabras. De verdad significaban lo que decía.

Sería muy bonito que todo me saliera bien, pensó Saskia con nostalgia. Entonces no estaría allí sentada con su jefe, sino que visitaría con su amado esa maravillosa ciudad.

Mientras Arnaud estaba ocupado aparcando, ella miró su móvil con disimulo. Ninguna llamada ni SMS de Jean-Luc. La decepción era dolorosa y le dejó un nudo en la garganta. Así que le daba igual lo que ella hiciera. Bien, debía haberse decidido.

—Ahora vamos a comprobar si soy un buen guía turístico —bromeó Arnaud bajando del auto—. Por suerte me conozco Nîmes muy bien. ¿Vamos?

—Desde luego.

Saskia dejó de lado sus pensamientos sobre Jean-Luc. Carpe diem, pensó, ¡aprovecha el día!

CAPÍTULO 93

Jean-Luc estaba tumbado bocarriba y miraba en la oscuridad. Cuando giraba la cabeza y se hundía en la almohada, tenía la sensación de poder captar todavía algo del perfume de Saskia. ¡Pero eso eran tonterías! Las sábanas las habían cambiado esa misma mañana y su olor formaba parte del pasado. Suspiró profundamente. Era preocupante cómo echaba de menos a Saskia. Se sentía partido en dos y como si buscara desesperadamente su otra mitad. Ese desgarro y el hecho de no saber lo que estaba ocurriendo lo estaban casi enloqueciendo.

La noche era sofocante. Se quitó la camiseta y la lanzó descuidadamente al suelo. Era imposible dormir. Cada vez que cerraba los ojos, aparecía el rostro de Saskia. El recuerdo de su piel suave y las palabras que le susurraba despertaban en él una dolorosa nostalgia.

A pesar de todo, en algún momento se durmió, pues una caricia cariñosa lo sobresaltó.

—Shhh... —murmuró la voz femenina a su lado, y unos dedos fríos acariciaron su barriga ansiosamente.

¡Ha vuelto! Jean-Luc se reía medio dormido y se acercó más al suave cuerpo de mujer. Notó unos pechos calientes en su espalda desnuda y se endureció. Al estar echado sobre su brazo sano, le era imposible tocarla y se dio la vuelta. Al fin pudo reconocer la silueta de Saskia en la oscuridad. Llevaba el pelo suelto. Quiso tocar, ansioso, su pelo de oro fino, pero lo notó más áspero que de costumbre. Se acercó un poco más. Cuando tuvo su cara delante, Jean-Luc le besó los suaves labios. De pronto se paralizó y se quedó sin aliento. Empujándose con los pies, se apartó lo más lejos que pudo de la mujer y palpó hasta encontrar el interruptor de la luz.

—¿Qué ocurre, querido? —preguntó Géraldine y se sentó al encenderse la luz del techo. Sus ojos oscuros estaban llenos de incomprensión y se toqueteaba nerviosa su ropa interior sexi.

CAPÍTULO 94

—Madame, excusez-moi, quería que la despertaran a las ocho.
—La voz del teléfono era más alegre de lo que Saskia podía soportar. Aun así, dio las gracias educadamente y colgó. El día anterior se
había hecho tarde. Tras visitar y admirar las atracciones turísticas de
Nîmes, habían vuelto a Aviñón y tras una refrescante ducha habían
salido a cenar. Ante una excelente langosta y una conversación inte-
resante sobre la situación política de Francia en la Unión Europea,
Saskia apenas había pensado en Jean-Luc y, cuando eso ocurría,
bebía un gran trago de vino tinto. A él debía agradecerle que ahora
tuviera la cabeza como un bombo.

Caminó silenciosamente hacia el baño y se puso bajo la ducha.
El chorro caliente se llevó los restos del cansancio, pero el sabor
áspero en la lengua no se disipaba.

A última hora de la tarde anterior, Arnaud recibió una llamada de Ariane, porque había negocios importantes que requerían
de su presencia. Por eso habían acordado que se marcharían al día
siguiente a las nueve. A Saskia le pareció bien. La excursión con
su jefe había sido muy agradable y le daba la sensación de que no
solo se trataba de un gesto de amabilidad, sino que albergaba serias
intenciones. No se le habían pasado por alto los roces casuales, las
miradas secretas y el brillo de sus ojos cuando se encontraban. Pero
ella no sentía nada más que cierta simpatía por Arnaud y ahora tenía
problemas más importantes.

Saskia llegó a la conclusión de que era cobarde e infantil no afrontar los problemas con Jean-Luc. Si no lo aclaraba, la iba a perseguir durante toda la vida. Y para ello solo había una solución, y de hecho era encontrarse con él una última vez.

Saskia se maquilló apresuradamente, se secó el pelo y recogió sus cosas. Al dejar la habitación del hotel volvió a mirar atrás. Sobre el palacio del papa que se veía a través de la ventana de la habitación se acumulaban oscuras nubes en el cielo. ¿Un presagio?

CAPÍTULO 95

—¿Quieres más café?

Henriette estaba con la cafetera humeante frente a Jean-Luc, que hojeaba el periódico de la mañana. Movió la cabeza sin pronunciar palabra y la cocinera se volvió encogiéndose de hombros.

—Ya está otra vez de mal humor —murmuró ella en voz baja—. Gracias a Dios, nunca he sucumbido a la tentación de casarme con un hombre.

Jean-Luc se pasó la mano por la frente. La noche anterior se había producido una escena horrible cuando descubrió que no era Saskia la que estaba en su cama, sino el cuerpo suave de Géraldine.

Después de explicarle que no había futuro para los dos, porque su corazón solo latía por la suiza, su prima rompió a llorar. Y, cuando ella se dio cuenta de que no se dejaba ablandar, empezó a despotricar contra él de la peor manera posible. Se puso muy histérica y lo amenazó con que se arrepentiría de cómo la trataba. Por supuesto, había sido culpa suya que su prima se hubiera hecho ilusiones, y él podía entender la reacción. Suspiró. Todo era muy complicado.

La puerta de la terraza se abrió y su madre se le acercó enérgica y con cara de preocupación. Él se encogió inmediatamente. ¿Habría sido Géraldine capaz de contarle…?

—¡Ahora tenemos un problema! —dijo Soledad sin aliento. Se sentó a la mesa del desayuno, suspirando, y agarró la cafetera—. Géraldine está enferma y en una hora llega la delegación de la

Cooperativa de Châteauneuf-du-Pape para la negociación del contrato. Nom de bleu! ¿Y ahora qué hacemos? —Miró a su hijo inquisitiva.

¿Géraldine enferma? Fantástico, eso era de lo que se iba a arrepentir. Frunció los labios.

—Yo me encargaré de la negociación, no le veo ningún problema —dijo a la ligera doblando el periódico.

Su madre movió la cabeza.

—No hay duda de que eres un buen viticultor, querido hijo, pero en las negociaciones tu prima ha demostrado mayor destreza. Sobre todo, cuando se trata de hombres. No hace falta que te recuerde que tú, a diferencia de ella, no has tenido mucho éxito con los hombres. —Sonrió al ver que se mordía el labio. Le puso la mano sobre el hombro a modo de disculpa—. No te enfades, tú tienes otras cualidades. A fin de cuentas somos un equipo y nos complementamos unos con otros, por eso todavía existen los Rougeon. Aunque eso a algunos no les parezca del todo bien —añadió pensativa.

Jean-Luc asintió en silencio. ¿Qué debía contestarle a su madre?, ¿que Géraldine no estaba ni mucho menos enferma, sino que quería castigarlo?, ¿que su revuelta vida amorosa hacía peligrar el futuro de la finca?

—Yo llevaré las negociaciones —dijo su madre de repente y se levantó—. No estoy tan fresca como mi sobrina, pero a muchos hombres les gusta el encanto de la madurez. —Se rio entre dientes y Jean-Luc, a pesar de todos los problemas, sonrió—. Al fin y al cabo se trata de la empresa y no de tirarse a... —Se rio a carcajadas al ver la expresión de horror de Jean-Luc.

—¡Mamá, por favor! —gritó indignado.

—Hoy en día se dice así, ¿no? —Puso cara de inocente, pero él notó la picardía en sus ojos—. O sea que, hijito, estaría muy contenta si estuvieras cerca, para que pueda avisarte en caso de necesitar apoyo. —Miró su reloj—. ¿Vas a ir a visitar a la enferma? Estoy segura de que se alegrará. Llévale flores, siempre son bienvenidas. —Se dio la vuelta para irse, pero se detuvo y su expresión se tornó seria—. ¿Sabes algo de Saskia? —preguntó sin rodeos.

Jean-Luc tragó saliva.

—No —respondió únicamente y apretó los labios.

CAPÍTULO 96

—¿Quieres cambiarte? —preguntó Philippe cuando subían por el paseo de los álamos del priorato.

Saskia negó con la cabeza.

—No, no hace falta, gracias —repuso—. No tengo citas y no creo que le moleste a Ariane si voy a trabajar en pantalón corto.

Philippe se rio. Su secretaria arrugaría la nariz pensativa, pero probablemente solo lo manifestaría levantando una ceja. Ponía mucho énfasis en la vestimenta correcta y siempre había venido al trabajo con conjuntos de dos piezas.

—Bien, como quieras. Yo me tengo que dar prisa. —Giró a la altura del monolito y aparcó el vehículo delante del edificio de oficinas plano—. Deja la bolsa de viaje en el auto. Ya le diré a Vincent que te la lleve al apartamento después.

Bajó del automóvil, lo rodeó y sostuvo la puerta del copiloto abierta.

Saskia revolvió en su bolso buscando la llave del despacho y se dispuso a bajar.

—Saskia. —Philippe la detuvo con el brazo.

—¿Sí?

—Muchas gracias por los dos días.

Ella se rio.

—Soy yo quien debe estar agradecida de que me hayas llevado y hayas hecho de guía turístico. Sinceramente, nunca había tenido un jefe tan complaciente. —Le guiñó el ojo, saltó del vehículo y desapareció en el edificio.

La sonrisa de Philippe se congeló como una máscara. ¡En él solo veía a su jefe y nada más! La decepción lo envolvió como una ola de agua fría y se quedó helado. Se puso la mano sobre la frente y su mirada se tornó vidriosa. Nervioso, empezó a jugar con la llave del vehículo, que todavía sostenía en la mano.

Virginie, Virginie, ¿qué tono es este? Todo está bajo control. ¿Tengo que demostrarte mi amor todavía más?

Un bocinazo lo sobresaltó. Había un enorme camión en la calle de la entrada. Philippe sacudió la cabeza confuso, se apartó a un lado y el conductor le dio las gracias moviendo su gorra.

CAPÍTULO 97

—¡Señores, no hay ningún problema! —Soledad iba sonriente por el vestíbulo. Tres hombres trajeados seguían a la pequeña mujer como los soldados al sargento—. Voy a comunicarle enseguida a mi cocinera que ponga tres cubiertos más. ¿Si me disculpan un instante? Luego les enseñaré la empresa. Esperen un momento aquí. —Señaló las sillas que había junto al mostrador de la entrada. Se dio la vuelta con una sonrisa y tuvo que contenerse para no prorrumpir en júbilo.

Había sido una negociación difícil. Los representantes de la Cooperativa vinícola de Châteauneuf-du-Pape eran expertos hombres de negocios e intentaron, naturalmente, ajustar los precios. Pero Soledad llevaba el comercio en la sangre y no se dejó convencer por declaraciones o promesas irreflexivas. Tras dos horas y media de dura lucha y dos cafeteras y varias botellas de vino abiertas, los Rougeon tenían un contrato nuevo en el bolsillo, que solo era algo peor que el que tenían con Philippe Arnaud. De todas formas los abogados de ambas partes todavía debían ponerlo por escrito y había que firmar varias cosas, pero eso eran tan solo formalidades. Un apretón de manos había sellado la nueva colaboración. Soledad tenía motivos para estar orgullosa de sí misma.

Se precipitó hacia la cocina, donde Henriette estaba ante una gran olla y miraba en busca de algo.

—¿No está aquí Jean-Luc? —preguntó excitada.

—Hace un momento estaba en el jardín —repuso la cocinera y probó la sopa, luego echó una pizca de sal y removió con fuerza.

—¿Puedo deducir de tu expresión que las negociaciones han ido bien?

Soledad se rio.

—Sí, hemos salido bien parados. Ahora tenemos que brindar y por eso busco a mi hijo. Ah, por cierto, los señores se quedan a comer. No supone ningún problema, ¿verdad?

Henriette resopló.

—¡Todavía no ha llegado el día en que haya cocinado demasiado poco! —Se volvió y gritó por la cocina—: ¡Marie-Claire, tres cubiertos más, por favor! ¡Y Dile a tu prima que se separe de una vez del pantalón de peto de ese chico, que si no se le van a desgastar los labios! —La cocinera se reía y Soledad frunció el ceño—. Niños —murmuró Henriette y siguió removiendo la aromática bullabesa.

Soledad atravesó la terraza y aún pudo ver cómo Chantal se separaba avergonzada de uno de los trabajadores. A la chica le daba mucha vergüenza que Mama Sol la hubiera visto en acción, y se deslizó dentro de la casa rápidamente como un cervatillo asustado. Por su parte, el empleado puso pies en polvorosa. Soledad se propuso explicarles a sus trabajadores, en la próxima ocasión, la diferencia entre tiempo libre y horas de trabajo.

Abrió el vallado de madera hacia el huerto y miró a su alrededor. Ya se iba a marchar otra vez cuando oyó ladrar a Gaucho. El perro iba tras un palo y después desapareció detrás de los arbustos de zarzamora. Mama Sol fue hasta el espeso seto y divisó a su hijo, que estaba en cuclillas, con el pensamiento perdido, ante un viejo barril de vino y acariciaba las orejas del perro.

Tragó saliva al ver a Jean-Luc tan hundido en sí mismo. Sentía mucha lástima por él. No se merecía el trato insensible de Saskia. Soledad albergaba la esperanza de que la suiza recompusiera su corazón roto. Y ahora dominaba el absoluto silencio. ¿Qué había ocurrido? Si su hijo se abriera tan solo un poco, quizás pudiera darle un consejo. Pero era igual de cabezota que su padre y no mostraba sus sentimientos. Suspiró. Bien, por lo menos ella llegaba con buenas noticias que esperaba que lo animaran un poco.

CAPÍTULO 98

Saskia miraba fijamente el teléfono como si este pudiera responderle la pregunta de si debía marcar el número o no. Estaba nerviosa y jugaba con sus dedos helados.

—No seas cobarde —murmuró—. Todo ha pasado, no tienes nada que perder.

Miró a través del cristal a Ariane, que se preparaba para ir al descanso del almuerzo.

Espero a que se haya ido y entonces llamo, pensó Saskia e inspiró profundamente. La batería de su teléfono estaba descargada; si no fuera por eso, habría llamado a Jean-Luc desde su propio teléfono. Se resistía a utilizar el número del despacho para llamadas particulares, pero esa llamada no podía retrasarla más. Conocía sus puntos débiles: aplazar los asuntos desagradables hasta que el problema se solucionaba por sí mismo o caía en el olvido. Pero este asunto era demasiado importante —para ella era muy importante— como para dejarlo pasar. Debía afrontarlo.

—Me voy —le dijo Ariane y le guiñó el ojo.

—Buen provecho y hasta luego —contestó Saskia y esperó hasta que la puerta corredera se cerró tras ella. ¡Ahora o nunca!

Marcó el número, titubeante, y ya quería colgar cuando al otro lado de la línea contestaron.

—Salut —dijo insegura—. Soy yo.

CAPÍTULO 99

—¡¿Cómo te atreves?! —A Phillipe se le escapó un gallo al gritar. En su cara se formaron manchas rojas por el nerviosismo—. ¡Si no hubieras trabajado ya para mis padres, hoy mismo te despediría!

Caminaba enfadado de un lado a otro del vestíbulo del priorato. Vincent permanecía tranquilo al lado de la chimenea y observaba el haz de luz clara que el sol dibujaba sobre el suelo de piedra.

—¡Una impertinencia increíble! —siguió maldiciendo Philippe—. ¿Cómo te atreves? —gritó otra vez y dio una fuerte patada como un niño—. No es de tu incumbencia decidir ese tipo de cosas. ¡Yo soy el señor de la casa y aquí se hace lo que yo digo! ¿Me has oído?

Philippe terminó y se quedó de pie, suspirando. Se balanceaba ligeramente y se tocaba la frente. Vincent lo observaba con los ojos entornados y luego se fue deprisa a la cocina, llenó un vaso de agua y volvió de nuevo a la entrada. Entretanto, Philippe se había hundido en una de las butacas acolchadas y observaba una foto que había sacado de su cartera.

—¿Sabes, Vincent, que mientras duerme sus pestañas hacen sombra en sus mejillas? —Miró contento al anciano.

El sirviente le alcanzó el vaso y un tubo de pastillas. Philippe se las tragó manso y se bebió el agua.

—¿Quieres pescado para cenar? —preguntó Vincent al final, porque no se le ocurría qué otra cosa podía decir.

Philippe asintió alegre.

—Pescado sería fabuloso, gracias. —Se levantó y fue hacia la escalera. De pronto se detuvo, movió la cabeza y se dirigió otra vez a su empleado—. Antes de que se me olvide. ¿Podrías ir a buscar la maleta de Saskia al vehículo y llevarla a su apartamento?

—Sí, claro —repuso Vincent y colocó el vaso de agua sobre la mesa. Luego abrió la puerta de la entrada y todavía pudo ver cómo el albañil bajaba por el paseo con su furgoneta. El albañil se pasaría por la tarde otra vez, ya que necesitaba más piedras para tapar todos los huecos.

Se detuvo solamente un segundo al reconocer el número de la Cooperativa Vinícola en su teléfono. Philippe o Saskia, no había más posibilidades.

Jean-Luc se disculpó con los presentes y dejó el comedor, luego pulsó la tecla de responder y contestó.

CAPÍTULO 100

Géraldine estaba tumbada en su cama y contemplaba por la ventana los montes verdes, que estaban bañados por la luz del mediodía. Se sentía egoísta e infantil. Y también estaba avergonzada. Mama Sol le había hecho traer su té y sus pastas al retirarse esa misma mañana con la disculpa de que estaba enferma. Géraldine sabía lo que estaba en juego si las negociaciones con la delegación de Châteauneuf-du-Pape fracasaban, y aun así había reaccionado ingenuamente ante su orgullo herido. Por suerte, Soledad era una mujer de negocios astuta y se las había arreglado sin ella, tal y como le había dicho a Chantal hacía un momento.

Géraldine pensaba en Jean-Luc y en la desagradable situación de la noche anterior. ¡Igual que una mala película! La humillación de su rechazo le había dolido tanto que alucinaba del todo, y le dedicó los peores insultos y amenazas. De la vergüenza que sentía, en esos momentos habría preferido que se la hubiera tragado la tierra. No quería ni imaginarse lo incómodo que sería para los dos cuando volvieran a encontrarse, cosa que era inevitable.

Por mucho que la atormentara la idea, debía comprender que nunca conseguiría a Jean-Luc. El beso de la tarde anterior no había sido nada cariñoso, sino más bien la mera desesperación de un hombre que estaba sufriendo. Lo sabía en el fondo de su corazón, aunque no quería admitir la verdad. Pero ahora había llegado el momento de hacer frente a la realidad. Había luchado y perdido.

Géraldine pensó en las palabras de Aristóteles que una vez leyó: «Considero más valeroso al que es más fuerte que sus ansias y no a aquellos que derrotan a sus enemigos. Ya que la victoria más difícil es la victoria sobre uno mismo».

Se levantó y se puso bajo la ducha. Si se daba prisa, todavía llegaría a tiempo de tomar el café del mediodía. Al fin y al cabo, el éxito de Soledad se debía en gran parte a sus propias prenegociaciones, y ahora era una buena oportunidad de hacer más contactos fuera de la región. Por mucho que le fuera bien en la finca, posiblemente lo mejor sería pensar en un cambio de trabajo. Todavía era joven y podía conseguirlo todo. Incluso encontrar a un hombre que la quisiera de verdad.

CAPÍTULO 101

—Hola, Saskia. —La voz de Jean-Luc sonó áspera; una tormenta de sentimientos bramaba en su pecho. Alivio, orgullo herido, cariño y enfado. Se aclaró la garganta y respiró hondo—. Has estado tiempo sin dar señales de vida.

Al otro lado de la línea todo era silencio y él ya temía que ella hubiera vuelto a colgar.

—Jean-Luc, yo... —Se detuvo.

Parecía que ella también luchaba contra sus sentimientos. Lo mejor hubiera sido que él le implorara que fuera a verlo para poder tenerla entre sus brazos. Pero ¿todavía lo quería? Tragaba con dificultad.

—¿Sí? —dijo él de todas formas y se sentó en una de las sillas que había alrededor de la piscina.

—He estado un par de días fuera con Philippe. Me ha invitado. Es..., yo... —Se detuvo de nuevo y él oyó cómo sollozaba.

Eso lo desarmó de tal forma que toda la indiferencia que con tanto trabajo había planeado mostrar se desmoronó como un castillo de cartas.

—Saskia, chérie, ¿qué está ocurriendo? ¿Ha pasado algo? ¿He dicho o hecho algo que te haya herido?

—Tú, yo, porque... —Saskia balbuceaba y tragaba a la vez. Jean-Luc no entendía ni una palabra. De su tartamudeo solo podía deducir que estaba muy emocionada.

—No entiendo nada de nada, ma petite. ¿Nos vemos mejor y hablamos de todo? —Miró su reloj. Era una pena, porque en media hora debía enseñarles la finca a tres hombres y hacerles preguntas y responder respuestas. Eso no podía aplazarlo de ninguna de las maneras—. ¿Saskia?

—¿Sí? —Se sorbía los mocos por el teléfono.

Jean-Luc sonrió; a pesar de todo, sonaba como una niña pequeña.

—Escucha, no puedo salir de aquí antes de las cuatro. Negocios importantes. Pero te lo explicaré todo con mucho gusto más tarde. Y tú me dices, por favor, lo que ha ocurrido durante los últimos días, ¿de acuerdo? ¿Nos encontramos en la cabaña? ¿Puedes acercarte hasta ahí?

—Oui, je viens —la voz de Saskia sonaba frágil.

Jean-Luc se contrajo de arriba abajo. Parecía que se encontraba muy mal, y debía enterarse a toda costa de lo que había ocurrido.

—Bien, entonces a las cuatro. Allí estaré. Hasta luego, mon chérie. Je t'aime.

Las palabras le salieron así, espontáneamente, y antes de que pudiera decir algo, Saskia ya había colgado.

Jean-Luc miró su teléfono, desconcertado. ¿Era verdad? ¿La quería? Pues claro, ¡la quería más que a cualquier otra cosa en el mundo! ¿Por qué no se lo había dicho hasta ahora? ¿Era todo tan fácil? ¿Había estado esperando a oír de él esas palabras?

En la terraza se oían fuertes risas que venían del comedor. Jean-Luc se levantó deprisa. Era de muy mala educación ausentarse tanto rato, y se dio prisa para volver a la mesa del almuerzo.

Todo marchaba bien. La finca tenía un socio nuevo. Y, a las cuatro, su propietario —si Dios quería— volvería a tener una compañera. Sonrió y respiró liberado.

CAPÍTULO 102

«Alouette, gentile Alouette, Alouette, je te plumerai. Je te plumerai la tête, je te plumerai la tête, et la tête, et la tête…»

Philippe movía la muñeca de un lado para otro y cantaba una canción de cuna con una voz extrañamente aguda. Su mirada estaba vacía, los cuatro pelos que tenía estaban mal dispuestos sobre su cabeza. Pronto llegaría Virginie y quizás fueran a montar a caballo. Con el pequeño potro que su padre les había regalado por el cumpleaños.

Un fuerte ruido lo sobresaltó. Miró a través de las cortinas rosadas hacia la terraza. A Justine se le había caído una maceta con flores y ahora se daba prisa por recoger los trozos.

Philippe hizo un gesto negativo con la cabeza y se frotó las sienes. ¡Este personal…! Todo eran fastidios.

CAPÍTULO 103

¡Lo ha dicho! Saskia se pasó la mano por los ojos llorosos y se esparció el rímel. Tenía una sonrisa en la cara que desapareció tan rápido como había llegado. Pero ¿de veras la quería a ella y no a la imagen de Virginie? ¿Y entonces por qué no le había comentado nada del parecido? Las mismas preguntas que se formulaba desde hacía un par de días le pasaban por la cabeza y mordía nerviosa un lápiz. Más tarde le preguntaría a Jean-Luc. Cuando lo tuviera cara a cara, podría hacerse una mejor idea de sus sentimientos. Por teléfono se decían cosas deprisa que uno no sentía.

Por mucho que Saskia intentara mantenerse en la duda para que una nueva decepción no le doliera todavía más, poco a poco una diminuta esperanza empezaba a germinar en ella.

De pronto se dio cuenta de lo tarde que era. ¡Diablos, iba a perderse el almuerzo! Apagó el equipo informático deprisa y cerró el despacho y la puerta de la entrada. Al dejar el edificio, miró hacia el valle del Ródano, sobre el que había una bruma azul. Este permanecía igual que una apática serpiente gigante bajo el sol del mediodía. Allí arriba se movía sobre los viñedos una brisa ligera que hacía el calor del verano más soportable.

Saskia respiró hondo e irguió la espalda. Todo iba a ir como debía ser. La alegría anticipada por el encuentro con Jean-Luc aceleró sus pasos, y se dirigió hacia el priorato sonriente.

CAPÍTULO 104

—Ha vuelto a empeorar. Debemos hablar con el médico. —Vincent colocó con cuidado las chuletas de cordero en el plato y lo decoró con una ramita de romero. Adèle estaba ante el fogón y retiró del fuego la sartén de cobre, que olía tentadoramente a berenjena al vapor.

—Tienes razón, a mí también me lo parece. Desde que la suiza está aquí, su estado ha empeorado bastante. ¡Y no me extraña! —resopló despectivamente.

Vincent le quitó la sartén a su esposa. Parecía apesadumbrado.

—Saskia no puede hacer nada al respecto, cariño. Al fin y al cabo no tiene la menor idea de nada. Y el médico dijo que la enfermedad puede ir a peor. —Suspiró y sirvió las raciones de verdura con una cuchara en los platos—. Voy a llamar al Docteur Tabardon hoy por la tarde para informarle, porque no creo que el propio Philippe lo haga. El médico sabrá lo que hay que hacer.

Adèle asintió y llamó a su hija. Justine se dio prisa a su vez, tomó los dos platos y desapareció por la puerta batiente.

—Tengo miedo, Vincent —dijo Adèle de pronto y miró a su marido con grandes ojos.

—Lo sé —dijo este—. Yo también.

CAPÍTULO 105

—Para mantener la calidad, hemos reducido el rendimiento por hectárea a cuarenta hectolitros.

Los tres hombres asintieron. Uno se agachó sobre una vid, arrancó un grano de uva de un racimo y lo observó a la luz del sol.

—Si le soy sincero, Jean-Luc, este hecho ha sido el detonante para nuestra confirmación. También nos han movido otros motivos, naturalmente —añadió y le guiñó el ojo con complicidad a Géraldine, que sonrió coqueta.

Después del almuerzo, los representantes de Châteauneuf-du-Pape y él mismo salieron a dar una vuelta. Su prima lo había saludado con una sonrisa esquiva cuando apareció de pronto en el comedor. Para alivio de Jean-Luc, no le hizo ninguna escenita más.

La mirada de Mama Sol había ido del uno al otro. Y finalmente lo llevó aparte un momento y le preguntó si la corta enfermedad de Géraldine tenía algo que ver con él. Tras encogerse de hombros, su madre había murmurado enfadada que ya nadie le contaba nada. Uno de los tres hombres casi saltó de alegría cuando su prima apareció tan repentinamente en la mesa del almuerzo. ¿Iba a la caza de una mujer casadera?

Jean-Luc se permitió incluso algo de optimismo al pensar en el futuro. Pero en ese momento se alegraba más de su encuentro con Saskia. Apenas podía esperar.

Las duras negociaciones habían agotado a Soledad. Se disculpó tras la comida y se retiró a su habitación. Al día siguiente volvía su marido de París y todavía había mucho que preparar. Ahora los chicos podían atender al nuevo socio, y ella iba a acostarse un rato.

Al pasar por el vestíbulo, tuvo de pronto la extraña sensación de que todavía no se habían hecho todos los cambios necesarios en la finca. Un escalofrío la sacudió y le volvió a doler el brazo. Esperaba que el mistral no volviera, pensó, y se aferró a su amuleto que colgaba de una cadena dorada de su cuello. El viento frío solo traía desgracias.

CAPÍTULO 106

Saskia apoyó su cabeza sobre la mano y observó el reloj que colgaba sobre la puerta de la entrada. El minutero se movía lentamente de un minuto a otro como si tuviera que arrastrarse hasta una trampa.

Durante el almuerzo le había preguntado a Arnaud si podía salir del trabajo un poco antes, y él la autorizó. Su jefe parecía ausente durante la comida y solo respondía con monosílabos. Su mirada se dirigió varias veces hacia la ventana y se quedó allí fija en un punto imaginario. Luego sonrió de repente y después cayó bruscamente en un silencio abrumador.

Saskia cada vez se sentía peor en su compañía. ¿Qué le ocurría? Durante su excursión a Aviñón y Nîmes había sido encantador y ahora parecía como si no se diera cuenta de nada. Por eso se dio prisa por terminar la comida y se disculpó. Arnaud contestó únicamente con un movimiento de la mano, como si quisiera asustar a un insecto pesado. Realmente muy raro.

Tras escapar del incómodo rato del almuerzo, Saskia disfrutó de la tan ansiada ducha y ahora estaba indecisa ante el armario ropero. ¿Qué debía ponerse? Quería estar guapa a toda costa. Seductora y sexi. Pero ¿por qué en realidad? En el fondo no era un rendezvous, sino una conversación para aclarar las cosas por última vez. ¿O no? Esperanza y duda se entremezclaban. Finalmente se decidió por un ceñido vestido de verano que había comprado en Saintes-Maries-de-la-Mer. Había sido exageradamente caro, pero Nele la había obligado prácticamente a comprárselo. Saskia debía admitir que el vestido le quedaba de maravilla. El azul casi tirando a violeta dejaba brillar su pelo rubio y favorecía su color de piel. Para una simple cabaña en los viñedos seguro que no era lo más apropiado, pero eso le daba igual. ¡El pirata tan solo debía abrir los ojos como platos, fuera lo que fuera lo que decidiera!

Finalmente el minutero marcó las tres y media. Ordenó su escritorio deprisa, apagó el ordenador y agarró su bolso.

—Hoy me voy antes —dijo rápido para que le secretaria no tuviera oportunidad de preguntar—. Philippe ya lo sabe. Salut, à demain!

—Hasta mañana —dijo Ariane asombrada y la siguió mirando mientras movía la cabeza.

—¿Docteur Tabardon? Buenos días, al habla Vincent Thièche. Llamo por Philippe Arnaud... Sí, exacto, el priorato... Bien, gracias; sí, se trata de Philippe... Sí, desgraciadamente..., tal y como nos había indicado... No, no mucho efecto... ¿Ataques? Sí, cada vez más a menudo y más prolongados... ¿Cómo...? No, no creo que lo pueda convencer. Bien, entonces seguro que estará aquí. Muchas gracias, Docteur.

Vincent colgó el auricular y se dirigió a su esposa.

—A las siete.

Ella asintió y tomó su mano.

CAPÍTULO 107

A Saskia casi le salía el corazón por la garganta; tenía la boca muy seca. Ya desde lejos vio la furgoneta de los Rougeon aparcar ante la pequeña cabaña. Se detuvo y revisó su maquillaje por el espejo retrovisor, luego se soltó la coleta y movió el pelo. Insegura, rebuscó en su bolso un caramelo de menta, pero solo encontró un paquete de chicles viejo, que parecía de todo menos bueno. ¡Daba igual, lo importante era tener algo en la boca!

Aparcó al lado de la furgoneta y bajó del auto. A lo lejos vio a algunos trabajadores que iban por los viñedos. Pronto empezaría la cosecha y allí habría mucho ajetreo. Finalmente Nele volvería a Holanda, porque durante la cosecha no había visitas guiadas ni catas, y ella, Saskia, volvería a Suiza.

En el fondo daba igual cómo terminara esa conversación. De todas formas a final de mes se acabaría todo. Saskia tragó saliva y no se permitió hacerse ninguna ilusión sobre un futuro junto a Jean-Luc. No había ni cuento ni príncipe; habían desaparecido con la Revolución Francesa. A pesar de todo necesitaba aclararse; eso se lo debía a la paz de su alma.

—Vamos entonces —dijo en voz baja, respiró profundamente una vez, llamó a la puerta y entró.

La experiencia Déjà-vu de Philippe fue abrumadora cuando vio a Virginie ir a la cueva. Él ya la había advertido de ese chico que solo traía mala sangre a la familia. Pero seguía yendo tras él como una perra en celo. ¡Repugnante! Le repelía del asco.

Cuando se enteró, le supo muy mal. Su hermana no tendría las fuerzas suficientes para librarse de ese individuo. Probablemente la había hechizado con un maleficio para que ella lo obedeciera. Sí, exacto, ¡debía de ser eso! Era como en el libro de imágenes que su madre les leía por la noche. Una bruja negra bailaba en un cazo hirviendo y cantaba:

«La méchante sorcière danse, danse, danse autour de son chaudron noir et maudite la belle, la belle, la belle princesse...»

La mirada de Philippe se oscureció. Debía salvar a su princesa. Estaba claro: ¡ese era su deber! Porque cada caballero orgulloso liberaba a la bonita princesa de las garras del monstruo. Pero ¿cómo debía actuar? Una trampa o...

El zumbido de su teléfono lo distrajo de sus pensamientos. Pulsó automáticamente la tecla verde de respuesta.

—Philippe, ¿dónde estás? ¡Los demás hace media hora que te están esperando! —La voz de Ariane era a la vez de preocupación y de enfado.

La mirada obstinada de Philippe desapareció. Perturbado, miró a su alrededor. ¿Qué diablos estaba buscando en medio de los viñedos?

—Estoy ahí en diez minutos, Ariane. Habla un poco con ellos. Puedes ponerte a bailar sobre la mesa —bromeó él y notó incluso por el teléfono cómo su secretaria levantaba una ceja—. Una broma, querida, una broma. Así que hasta ahora.

Ya que no había posibilidad de dar la vuelta con el automóvil en el estrecho camino, Philippe condujo marcha atrás hasta el siguiente cruce. Todavía no se explicaba lo que había ido a buscar allí. Probablemente se hacía mayor. Encogió los hombros, puso la primera marcha y condujo hasta el priorato cantando una vieja canción infantil.

CAPÍTULO 108

Jean-Luc estaba ante la ventana cuando Saskia entró. ¡Dios mío, qué guapa era! Se tuvo que dominar para no tirarse encima y besarla apasionadamente.

—*Salut!* —dijo alegremente y se aferró a su bolso.

—*Salut* —respondió Jean-Luc a su saludo y luego se quedó en silencio. No tenía pensado dar el primer paso. Sobre todo porque no sabía qué delito había cometido.

Miró nerviosa por la habitación. Luego su mirada se posó en la cama y se puso colorada. Los labios de Jean-Luc se fruncieron. Así que se acordaba de lo que habían hecho allí. Eso era un buen síntoma. El silencio se alargó; solamente se veía interrumpido por el canto de los grillos que se oía a través de la ventana.

—¿Por qué no me has dicho que podría ser la hermana gemela de tu mujer fallecida? —explotó repentinamente Saskia y sus ojos se llenaron de lágrimas por momentos.

Jean-Luc se quedó mirándola fijamente, perplejo. ¿Qué tipo de pregunta era esa?

—Pensaba que ya lo sabías —balbuceó él. Saskia movió la cabeza negando en silencio—. ¿No? Pero ¿Géraldine? Mi madre… o ¿Nele? —Él la miraba como preguntándose. Ella movió la cabeza otra vez. Jean-Luc se rascaba la barbilla. ¡Eso era un pequeño problema!—. Y finalmente ¿quién te lo ha contado? —preguntó él, pero ya conocía la respuesta.

—Philippe —dijo Saskia confirmando su suposición y se secó una lágrima que le caía por el rabillo del ojo.

En dos pasos Jean-Luc estuvo junto a ella y la apretó contra su pecho.

—Oh, chérie, me sabe muy mal. De verdad, pensaba que ya lo sabías. —Le acarició el pelo sedoso—. Es terrible que lo tuvieras que saber por Philippe. ¿Ha dicho algo sobre mí?

—No, sobre ti no hemos hablado nunca.

Ella lo miró, y por todo él se extendió un calor que le subió desde las puntas de los dedos hasta la raíz del pelo.

Jean-Luc se rio.

—Me sorprende. Normalmente mi cuñado no deja pasar la oportunidad de dejarme mal ante los demás.

Él jugaba con uno de sus mechones y se lo enrollaba en el dedo.

Saskia se estremeció. Un poco más y ya le daría todo igual; lo importante era poder tocarlo. Pero tenía que terminar con eso, aunque probablemente resultara doloroso. Dio un paso atrás y se aclaró la garganta.

—Jean-Luc, quiero preguntarte algo y quiero que seas sincero. Respóndeme, por favor, aunque te resulte incómodo.

Jean-Luc la miró preocupado, pero movió la cabeza asintiendo.

—Te lo prometo.

Saskia tomó aire.

—¿Estás conmigo solamente porque ves a Virginie en mí?

Ella miró con esperanza. De su respuesta dependían muchas cosas. Así debía de sentirse alguien que estaba esperando a que cayera la guillotina.

Jean-Luc se había preguntado lo mismo, al principio de todo, cuando se dio cuenta de que su interés por Saskia iba mucho más allá de lo que una mera relación laboral permitía. Por eso no le sorprendió su pregunta. Le habría gustado agarrar la cara de ella entre sus manos, pero todavía llevaba el cabestrillo y se limitó a tocar ligeramente su mejilla.

—Por todo lo más sagrado, Saskia, te prometo que te quiero porque eres tú misma. No porque casualmente te parezcas a una mujer que una vez significó mucho para mí, sino porque tú eres la luz de mi corazón. Quiero dominarte y a la vez ser tu sirviente, encerrarte y de repente ponerte el mundo a los pies, poseerte y también darte toda la libertad. Algo así no me había ocurrido nunca antes y me asusta. Tú eres mi último pensamiento por la noche y el primero por la mañana. No porque tengas el rostro de Virginie, sino porque tienes un corazón que es tan grande como el mundo. Y sacas todo lo bueno que hay en mí; calmas mi desasosiego; sacias mi hambre y mis ansias. Y sobre todo te quiero porque eres un saco de nervios —añadió guiñando el ojo.

A Saskia le rodaban las lágrimas por las mejillas mientras oía sus palabras, pero su última frase la hizo reír. Con un sollozo se lanzó a su pecho. Él tropezó y cayeron juntos sobre la vieja cama, que chirrió ofendida.

Ella oyó el zumbido de un motor, pero el ruido se alejó enseguida y se relajó. Habría sido lamentable que los trabajadores la hubieran sorprendido allí por casualidad. Pero todo eso no era en realidad importante. ¡Jean-Luc la quería! Le habría gustado gritar muy fuerte de felicidad, o cantar, o bailar. Sencillamente haber cometido alguna locura. Se acurrucó en su pecho y su aroma le resultó tan familiar que le dolió. Jean-Luc gimió en voz baja, y Saskia se dio cuenta en ese momento de que estaba tumbada sobre su brazo herido.

—¡Oh, disculpa!

Quiso levantarse, pero Jean-Luc la sujetó.

—No te vayas, chêrie, este poco dolor no es nada comparado con lo que he pasado estos últimos días.

Saskia abrió la boca para decir algo, pero él cerró sus labios con un beso.

CAPÍTULO 109

—¡Grand-mère! —Magali saltó del vehículo y se lanzó a los brazos de Soledad—. ¡Te he echado tanto de menos en París! Mira lo que te he traído.

Su nieta sacó del bolsillo del pantalón una tartaleta de frutas aplastada y se la entregó orgullosa a su abuela.

—Mmm, tartita de albaricoque —dijo ella riendo y probó la tarta de hojaldre mutilada—. Me la reservo para el postre, ¿de acuerdo? —Le guiñó el ojo a Magali y ella asintió feliz.

François, su nieto, estaba algo apartado junto a la furgoneta polvorienta que había hecho el trayecto París-Beaumes-de-Venise, y se comportaba como si nada fuera con él. No era propio de un niño de nueve años mostrar tanta indiferencia. Y, cuando su abuela se dirigió hacia él, solamente le extendió la mano y se bajó más la gorra de béisbol en la frente.

—Salut, grand-mère.

—Salut, François —dijo ella sonriente y le dio un fuerte apretón de manos. Su nieto se parecía cada vez más a Jean-Luc, que a su edad también rechazaba con vehemencia todas las caricias de su familia—. ¿Qué tal en París? —preguntó ella y los ojos de François se iluminaron.

—Cool —dijo él, pero sonaba divertido con su acento francés. Soledad tuvo que apretar los dientes para no echarse a reír.

—Me alegro. Entonces seguro que aquí lo encuentras todo muy aburrido, ¿o me equivoco?

François frunció el ceño como si todavía no hubiera pensado en eso. Entonces Soledad se puso a reír y para disimular se volvió hacia su hija, que estaba ayudando a Ignace Rougeon a salir del vehículo.

—¿Qué tal el viaje? —Se dirigió a Odette y agarró el brazo de su esposo para ayudar—. Salut, mon grand. ¿Qué tal estás? —preguntó con cariño.

Su marido la miró inexpresivo unos instantes, luego se le iluminó el rostro y le plantó un beso a su mujer en la mejilla.

—Bien, bien, gracias. ¿Qué hay para cenar?

Soledad echó una mirada rápida a su hija, que se encogió de hombros únicamente.

—Creo que pescado, chouchou —respondió ella acariciándole cariñosamente la mejilla.

—¡Oh, pescado, qué bien! —Se dirigió a la entrada y dejó la descarga de las maletas a las dos mujeres.

—Es hora de que tome la medicina —dijo Odette y se esforzó mucho por llevar una maleta grande—. Se nota enseguida cuándo se le pasa el efecto; entonces olvida muchas cosas.

Su voz sonaba cansada y resignada.

—¿Dónde está Maurice? —preguntó Soledad y ayudó a su hija con la pesada maleta.

—Se ha bajado en el pueblo porque tenía prisa para ir al banco. Yo he conducido solamente este pequeño trayecto hasta aquí, pero estoy agotada. Los niños no han parado de pelearse en todo el viaje.

Soledad asintió comprensiva.

—Gracias —dijo de pronto y abrazó a su hija, que enseguida rompió a llorar.

—¡Es tan injusto, mamá, tan injusto! —solló y Soledad le acarició el pelo para consolarla.

—Sí, lo es —dijo en voz baja.

CAPÍTULO 110

Vincent abrió la puerta antes de que el médico pudiera tocar al timbre.

—Monsieur le Docteur! Muchas gracias por haber venido tan deprisa —dijo en voz baja y echó una mirada calle abajo.

El hombre mayor entró al priorato con rostro de preocupación. Traía en la mano una bolsa negra grande.

—Ningún problema, Vincent. Se entiende perfectamente.

Emilie Tabardon conocía a la familia Arnaud desde hacía muchos años, y de muchacho había acompañado al priorato a su padre, que también había sido médico. Tras hacerse cargo de la consulta de su padre, también heredó sus pacientes y trató a Madame Arnaud y luego, cuando se descubrió que había transmitido su enfermedad hereditaria a sus dos hijos, también a Philippe y a Virginie. Durante todos esos años Tabardon, por ese motivo, se había formado como especialista en esclerosis tuberosa.

Esta enfermedad tan poco frecuente, que llevaba a tumoraciones en casi todos los órganos, estaba todavía prácticamente por investigar. La ambición profesional de Emile consistía en colaborar en el desarrollo de un medicamento. Hasta la fecha, sin embargo, la curación todavía no era posible y los pacientes afectados podían morir en cualquier momento.

A la madre de Philippe le diagnosticaron poco antes de fallecer un tumor en la corteza cerebral que le había provocado epilepsia y deficiencias cognitivas. Si no hubiera muerto a consecuencia de un accidente de automóvil, seguramente habría tenido una larga enfermedad por delante.

En sus hijos, la enfermedad se diagnosticó ya en la infancia y los trataron con medicamentos. El mal había estado latente en los dos durante mucho tiempo, y en Virginie había empeorado notablemente solo a partir de la pubertad. En su hermano se desarrolló tras los años del servicio militar, que él —según sus propias palabras— odiaba. Tabardon sospechaba que los estímulos psicológicos y corporales provocaban un empeoramiento de la enfermedad. Por desgracia no podía probar esa teoría; aun así, esperaba que los especialistas lo tuvieran en cuenta. En esos momentos estaba trabajando en un tratamiento que al año siguiente quería presentar en un congreso ante un público especializado.

Él no le había ocultado a Virginie Rougeon los riesgos de un embarazo, hacía dos años, y le había sugerido pensar mejor en la adopción. La esclerosis tuberosa era una enfermedad hereditaria dominante, lo que significaba que se trasladaría a la descendencia con un cincuenta por ciento de probabilidad. Pero ella no había querido escucharlo. Esa fue la última vez que la vio.

Tras su muerte, Philippe no volvió a ir a los exámenes periódicos y tampoco se dejó convencer de seguir participando en los análisis que Tabardon necesitaba para sus investigaciones. Desde entonces, Arnaud recibía siempre las recetas por correo. Si había tomado la medicación o no, era algo que Emile desconocía. Suspiró.

—¿Está aquí? —se dirigió a Vincent y le dio las gracias mientras recogía su abrigo.

—Todavía no —respondió el sirviente. Tomó al doctor por el brazo—. Él no sabe que lo he llamado. ¿Sería posible que su presencia pareciera una visita casual?

El médico asintió.

—Sí, ningún problema. Antes de que Philippe llegue, infórmeme brevemente de por qué está preocupado y por qué cree que la enfermedad se ha agravado.

—Pase a la cocina, por favor. Mi mujer y yo se lo contaremos todo mientras preparamos la cena.

El sirviente avanzó por el vestíbulo y Tabardon se dio cuenta de lo mayor que estaba y de cuánto se había encorvado durante el tiempo en que no lo había visto. Emile se asombró —tal y como ocurría cada vez que visitaba el priorato— de la exquisita decoración y del brillo que la propiedad irradiaba. Pero detrás de esa bonita fachada acechaban pena, dolor y finalmente la muerte.

CAPÍTULO 111

La cabeza de Jean-Luc estaba sobre la barriga desnuda de Saskia.
Con su dedo dibujaba círculos en su piel, hasta que se rio entre
dientes. El sol se había movido hasta detrás de los riscos de las montañas de Les Dentelles, y la cabaña iba quedando a la sombra del
atardecer. Los contornos empezaron a fundirse, pero ninguno de
los dos se levantaba a encender una lámpara. Estaban tumbados
en la cama grande, en silencio. Habían hablado de todo después
de amarse apasionadamente. La unión había sido gratificante para
cuerpo y alma. Quizás incluso más que las anteriores veces, ya que el
dolor y la inseguridad de los últimos días habían fortalecido mucho
sus sentimientos. Saskia no podía recordar haber sido más feliz.

Jean-Luc había podido aclarar todos los malentendidos y los
temores de Saskia. Y ella lo creía. Así de fácil, sin ninguna duda,
porque un hombre que la miraba con esos ojos no podía mentir.
Aunque todavía quedaba algo de amargura. ¿Qué ocurriría cuatro
semanas después, cuando se cumpliera su permiso de residencia en
Francia y tuviera que volver a Suiza? ¿Se separarían o había la posibilidad de permanecer juntos? Este era un tema del que no habían
hablado. Pero Saskia no quería pensar en ello en ese momento.
Seguro que encontrarían una solución. Acarició el pelo negro de
Jean-Luc y le masajeó la nuca.

—Mmm, chêrie, me podría acostumbrar —murmuró y levantó
la cabeza. Le besó la barriga cariñosamente y trabajó centímetro

a centímetro hasta llegar a sus pechos. Con la lengua adivinó un pezón, hasta que pareció un brote erecto. Se lo puso en la boca y empezó a chuparlo. Saskia estaba inquieta. Tomó su cara con ambas manos y lo besó ansiosa.

—Ven —susurró ella y se movió a un lado para que se pudiera estirar bocarriba. Observó su cuerpo atlético y notó la conocida tirantez entre sus piernas.

Aunque la mayoría de artistas decían que un cuerpo de mujer era más estético, para Saskia no había nada más hermoso que ese hombre desnudo a su lado. Lo tocaba suavemente con las uñas y lo acariciaba despacio desde el pecho hasta la cintura. Él respiró ruidosamente e intentó tocarla con la mano buena, pero ella escapó de su roce con una sonrisa de suficiencia.

—Espera —susurró y se dobló sobre su sexo.

Con un jadeo se rindió a su tortura y tras un par de minutos gritó su nombre ahogándose.

CAPÍTULO 112

—¿Docteur Tabardon? —dijo Philippe sorprendido y colocó su maletín en el aparador antiguo que había al lado de la mesa del comedor. El médico se incorporó de la butaca sonriente y le extendió la mano a Arnaud.

—Philippe, me alegra verlo. Precisamente estaba por la zona y he pensado: voy a hacer una pequeña excursión al priorato. Espero no llegar en mal momento —añadió y puso cara interrogante.

—De ningún modo —repuso Philippe contento—. Me alegra poder saludarlo otra vez. Hace una eternidad que no nos habíamos visto, ¿verdad?

Para ser exactos, en el entierro de Virginie hace dos años, pensó el médico, cosa que no pronunció en voz alta.

—Sí, sí, el tiempo, el tiempo —repuso sonriente.

—Debe quedarse a almorzar —propuso Philippe—. ¡Vincent! —gritó y volvió la cabeza igual que un águila ratonera, de aquí para allá, como si fuera al acecho de un ratón. El médico lo observó con atención. No le pasó desapercibido que a Philippe se le habían formado manchas blancas en el cuello.

—¿Sí, por favor? —El sirviente entró por la puerta batiente sosteniendo un cestito con baguettes recién hechas. Las colocó al lado de los rollitos de mantequilla, que ya estaban en un pequeño bol lleno de trozos de hielo sobre la mesa.

—El Docteur Tabardon va a comer hoy conmigo. Pon otro cubierto, ¿de acuerdo? Virginie no está hoy; así por lo menos no como solo.

El médico y el sirviente intercambiaron una mirada. Vincent apretó los labios como si quisiera decirle: «¿no se lo había dicho?».

—Muy bien, enseguida traigo otro cubierto.

Philippe se reía feliz y se frotaba las sienes.

—¿Un aperitivo antes de la comida, Docteur? —Ya se estaba dirigiendo a la vitrina, en la que había una hilera de botellas.

—Quizás un poco de anís. Pero de verdad muy poco, porque supongo que más tarde me ofrecerá por lo menos uno de sus magníficos productos —repuso el médico.

Philippe asintió y sirvió un vaso de anís para los dos, que mezcló con algo de agua. A Tabardon no se le escapó que también sufría de disfunciones motoras. Su anfitrión fue capaz de llenar los vasos con un par de hielos tan solo a partir del tercer intento.

—Ya puede apostar por eso, Docteur. A la votre! —brindó con el médico y se bebió la bebida lechosa de un trago.

CAPÍTULO 113

—¿Dónde está Jean-Luc? —preguntó Odette y mantuvo detrás a
François, que intentaba golpear a su hermana con el tenedor en
el muslo—. ¡Déjalo ya, Frufru, o te quedas sin postre! —ordenó
molesta y le lanzó a su marido una mirada de enfado. Maurice pasó
por alto otra vez el tono autoritario de sus palabras.

—No me llames Frufru, mamá. ¡Ya no soy un baby! —dijo
François malhumorado. Pronunció mal la palabra en inglés y Mama
Sol tosió en su servilleta. Tal y como parecía, su nieto se había aficio-
nado al vocabulario inglés.

—Entonces haz el favor de no comportarte así —contratacó
Odette.

—Pero Magali ha…

—Tais-toi maintenant et mange! ¡Estate tranquilo y come de
una vez!

Odette puso los ojos en blanco. Los niños estaban agotados y
estaban imposibles. Era el momento de que los pillines se fueran a
la cama.

—No tengo ni idea de dónde se ha metido tu hermano
—respondió Soledad a la pregunta de Odette—. Normalmente los
hombres son como los perros: vuelven cuando presiente el hambre. Pero parece ser que Jean-Luc ha podido saciar su apetito de otra
forma.—Soledad se rio para adentro con picardía y su hija levantó
las cejas.

—¡Mamá, por favor! No está bien hablar así. Y, encima, delante de los niños.

Odette Leydier era una Rougeon de pura cepa y tendía a la mojigatería, por lo que Soledad a veces aprovechaba para tomarle el pelo.

—Odette, no seas tan aguafiestas. Tu hermano no está casado. Que disfrute un poco si se divierte.

A su hija se le quedó la boca abierta y Maurice se atragantó con el pescado. Se puso a toser. François le daba golpes a su padre en la espalda con mucho ímpetu, hasta que este se quejó de dolor.

—Déjalo ya, hijo. Ya estoy bien. —Se limpió las lágrimas de los ojos de la risa con la servilleta y se sonó fuertemente con el pañuelo.

—No lo encuentro nada gracioso, Maurice —le regañó Odette con el ceño fruncido—. Al fin y al cabo podríamos perder nuestro buen nombre. Y en mi opinión hay más que suficiente con que *una* Rougeon se porte mal.

Miró de arriba abajo despectivamente a Géraldine, que dejó escapar una risa burbujeante cuando uno de los tres socios nuevos le hizo un cumplido. Los tres caballeros habían alargado su visita una hora. Y Mama Sol suponía que era gracias a su sobrina.

—Ah, Odette —repuso sonriente—, deja que los niños se diviertan.

CAPÍTULO 114

—¿Te quedas a pasar la noche conmigo? —preguntó Jean-Luc mientras sostenía a Saskia abrazada con un brazo y acariciaba con el pulgar la curva de su pecho.

—¿Mmm? —Estaba medio adormecida y se tapó hasta la cadera con la vieja colcha que olía un poco a humedad. De pronto le dio frío y empezó a tiritar.

—¿Tienes frío, chérie? —Jean-Luc la apretó todavía más contra su cuerpo caliente.

—Sí, un poco… Y también tengo hambre.

Movió la cabeza y besó el brazo de Jean-Luc. Su piel sabía a sal, su vello le hacía cosquillas en la nariz y tuvo que estornudar.

—Santé! —se rio Jean-Luc—. ¿No te habrás constipado?

—No, no —repuso Saskia—. Y, si así fuera, mañana me quedo en la cama y te dejo que me mimes—. Le guiñó el ojo, pícara.

—¿Entonces significa que sí?

Asintió y Jean-Luc puso una sonrisa de oreja a oreja.

—Espero que no me vuelva a cruzar con Géraldine —dijo Saskia y sonrió—. Las miradas mortíferas del Cancerbero todavía me duelen.

Jean-Luc se quedó extrañamente en silencio y no se rio cuando mencionó el mote que ella le había puesto a su prima. Saskia deshizo su abrazo y se sentó. Ya casi había oscurecido y se tenía que inclinar sobre Jean-Luc para poder ver su rostro.

—¿Ocurre algo? —preguntó y de pronto sintió miedo.

Jean-Luc evitó su mirada inquisitiva y se incorporó para sentarse en la cama. Fue desnudo hacia la mesa de madera y encendió la lámpara de queroseno. Enseguida la oscuridad se retiró a un rincón del reducido espacio y se mantuvo allí como una sombra misteriosa.

—Tengo que confesarte algo —dijo con voz apagada; se sentó de nuevo en la cama, pero le dio la espalda. Su voz sonaba forzada.

La garganta de Saskia se secó bruscamente. No será nada malo, rezó ella interiormente y tragó saliva. Jean-Luc se quedó en silencio y el miedo de ella crecía por momentos. ¿Qué diablos tenía que confesarle? Le pasaron mil cosas por la cabeza. ¿Estaba casado? ¿Tenía hijos? ¿Iba a morir pronto? Estaba helada.

—¿Sí? Dime —su voz languidecía y se aclaró la garganta.

—Cuando te fuiste —empezó él— a Aviñón con Philippe, me sentí muy herido y estaba enfadado. Los celos me hervían y… renegué de ti y quería hacerte daño. Y Géraldine estaba allí y se comportaba muy provocativamente. Con esto no quiero justificarme. También podría simplemente haber dicho que no, como las veces anteriores, pero… la besé. Sí, solo una vez, pero de todas formas la besé. Y Nele lo vio. Lo siento mucho.

Jean-Luc se volvió, y sus ojos oscuros esperaron lo que se le venía encima.

Saskia clavó los ojos en él un segundo, como si la hubiera alcanzado un rayo. Luego abrió la boca y empezó a reírse a carcajadas. Se lanzó a la cama y jadeó sujetándose la barriga.

Jean-Luc se quedó mirándola como si se hubiera vuelto loca.

—¿Lo encuentras divertido? —preguntó él estupefacto.

—Pues sí —intentó contestar, pero se interrumpió a sí misma por otro ataque de risa—. Es francamente divertido. ¡Dios, yo pensaba que te ibas a morir!

—Quoi? ¿Morir? ¿Por qué? —Jean-Luc parecía un caniche empapado.

—Oh, Dios mío..., para ya. ¡Me está doliendo todo! —se reía revolcándose por la cama.

—Saskia, por favor, contrólate. ¡Te estoy confesando una infidelidad, bueno, casi una infidelidad, y te ríes de mí! Si por lo menos me pegaras un bofetón, podría entenderlo. Pero ¿esto?

Jean-Luc estaba completamente confundido. Por fin Saskia se compadeció y pudo dominarse otra vez. Con la vieja colcha se secó de las mejillas las lágrimas de la risa y se sentó con él en el borde de la cama. Luego le tomó la mano.

—Jean-Luc —empezó y las comisuras de sus labios se contrajeron—. Pensaba que me ibas a contar algo realmente complicado: que estabas casado o que tenías doce hijos o que ibas a morir pronto. Y entonces sueltas que has besado a Géraldine. Me he quedado muy aliviada. El ataque de risa ha sido tan solo una reacción. Claro que no me gusta que la hayas besado, pero lo entiendo y no te voy a hacer ninguna escenita o romper la vajilla. —Echó un vistazo por la cabaña—. De todas maneras, tampoco hay aquí —bromeó y le dio un beso en la mejilla.

Jean-Luc suspiró aliviado. No había contado con una reacción así. Virginie le sacaba los ojos cada vez que miraba a una mujer, aunque no fuera atractiva. Luego no le hablaba durante días.

—¡Pero ahora tampoco vayas besando a todas las que se te crucen por el camino, querido! —lo amenazó Saskia con el dedo—. Porque, si no, te tendré que castigar. Y ahora ya sabes cuáles son mis métodos de tortura.

Los labios de Jean-Luc se encresparon.

—Si es así, entonces voy a besar a Henriette cuando lleguemos a la finca.

—¡Ni se te ocurra, canalla! —protestó Saskia y le pellizcó en el pezón.

—¡Ay!

Se rieron y empezaron a recoger su ropa.

Jean-Luc observaba a Saskia mientras ella se ponía el vestido. ¡Qué encanto de mujer! ¿Cómo había dicho su madre? «El cielo siempre nos manda un ángel cuando dejamos de creer en él.»

Saskia notó su mirada y se dio la vuelta.

—Je t'aime —dijo él, y ella sonrió.

CAPÍTULO 115

Había empezado a llover. Las gotas de lluvia golpeaban con fuerza los cristales de la ventana del priorato. En los pocos segundos que Vincent mantuvo la puerta abierta para que saliera el médico, el antiguo corredor ya estaba mojado. Tabardon miró el cielo con el ceño fruncido y se subió el cuello del abrigo. Su vehículo estaba a unos pocos metros de la entrada.

—Espere un momento, Docteur, le voy a buscar un paraguas. —Vincent atravesó el vestíbulo. Pocos segundos después volvió con un paraguas negro que le entregó al médico—. Pero ábralo fuera, que si no trae mala suerte —intentó bromear, aunque no le salió del todo bien. Tabardon abrió la boca, pero Vincent lo hizo callar con un gesto.

—Aquí no —susurró él y echó una mirada reveladora al comedor, donde todavía estaba Philippe. El médico asintió y señaló su automóvil—. Buena idea —dijo Vincent.

Se apresuraron bajo la abundante lluvia hacia el Citroën de Tabardon. Estuvieron sentados un rato en silencio en el vehículo, escuchando el golpeteo de la lluvia. Poco a poco se fue formando una fina película blanca en el cristal y el médico encendió el climatizador.

—Es preocupante, ¿verdad? —preguntó Vincent repentinamente, y por su tono de voz parecía que le estuviera pidiendo que le diera una esperanza, aunque fuera pequeña.

Tabardon asintió. Cuando vio que el antiguo sirviente no lo miraba, si no que miraba fijamente hacia adelante, dijo suspirando:

—Peor de lo que pensaba. Aunque para diagnosticar con precisión lo tendría que examinar. —Se interrumpió y pasó la mano por el volante para retirar un par de partículas de polvo.

Tabardon suspiró. El estado de salud de Philippe Arnaud era muy preocupante. Siguiendo el procedimiento habitual tendría que hospitalizarlo de inmediato. En su estado podría cometer fácilmente un disparate: hacerse algo o hacerle algo a alguien, provocar un accidente o sufrir un derrame cerebral irreversible. Era obvio que Arnaud no tomaba su medicación hacía tiempo, por eso la enfermedad estaba tan avanzada.

—¿Ha ocurrido algo en la vida de Philippe últimamente que le haya afectado mucho? ¿Problemas en la empresa? ¿Algo por el estilo?

Tabardon se volvió hacia Vincent y observó el perfil del antiguo sirviente, que bajo el verde mortecino de la iluminación interior parecía igual de enfermo que su jefe. Vincent respiró hondo y empezó a contar.

CAPÍTULO 116

—¡Oh, Dios mío! —A Saskia le cambió la cara al ver el golpeteo de la lluvia cuando miró fuera—. San Pedro está intentando arruinar mi mejor vestido.

Jean-Luc sacó de un baúl una capa con capucha y se la colocó sobre los hombros.

—Está algo pasada de moda, pero por lo menos es impermeable. —Miró divertido las sandalias de Saskia—. Yo me las quitaría, mon trésor, porque si no ya las puedes ir tirando.

—Sí, tienes razón. —Saskia se agachó y se soltó las tiras—. Entonces quedamos en la finca. ¡Hasta luego!

Jean-Luc asintió, pero la detuvo cuando se disponía a salir.

—Dame un beso para el camino —dijo sonriendo y la besó apasionadamente—. No tengo suficiente de ti, mon ange. Me tienes muy enganchado.

Saskia se rio.

—Gracias, me lo tomaré como un cumplido.

Se separó de sus brazos y corrió al vehículo. A pesar de la capa impermeable, se caló hasta los huesos. Se agachó y se limpió con un trapo los pies llenos de barro. Condujo marcha atrás, con cuidado, hasta la salida y tomó el camino hacia la finca.

Los limpiaparabrisas hacían todo lo posible para apartar el agua. Saskia sonreía feliz y esperaba poder tomar una ducha caliente. Recordó la última vez, cuando Jean-Luc le lavó el pelo y acarició sus labios heridos. Lo de «estar muy enganchado» también lo podría decir de ella.

CAPÍTULO 117

Vincent se quedó mirando las luces rojas del vehículo hasta que desaparecieron, luego se dio la vuelta y colocó el paraguas mojado junto al muro de la casa. Sus manos temblaban cuando cerró la pesada puerta de la entrada. Se quedó de pie un momento y se limpió las mejillas.

Adèle y él siempre habían temido que llegara ese momento. Justine era joven e iba a encontrar empleo donde fuera, pero ¿qué iban a hacer ellos cuando llegara lo peor? Habían pasado prácticamente su vida entera en el priorato y no conocían otra cosa.

Echó un vistazo al vestíbulo y casi tuvo la sensación de verlo por primera vez. La impresionante escalera de piedra, el juego de sillas blanco, las imponentes vigas del techo, las exquisitas pinturas de las paredes. Todo le era tan familiar…, pero probablemente pronto fuera a pertenecerle a otra persona.

De la cocina salía ruido de ollas. Su hija y su mujer todavía estaban ocupadas fregando. Normalmente él siempre ayudaba, pero en esos momentos no estaba en situación de mirar a sus ojos inquisitivos que buscaban respuestas.

Vincent se volvió a la izquierda, fue a la sala de los cactus y se sentó en una de las sillas de mimbre. Hundió su cara entre las manos, y sus hombros se encogieron.

Philippe se deleitaba muy pocas veces con un puro, pero cuando lo hacía lo disfrutaba con todos los sentidos. Lanzaba aros azules al aire y se recostaba satisfecho en la silla. Su mirada se posó en la delicada taza de café a su izquierda. Frunció el ceño. ¿Desde cuándo bebía café Virginie? Normalmente después de cenar siempre pedía un chocolat chaude.

Justine entró por la puerta batiente y empezó a retirar el resto de la vajilla. Notó su mirada y sonrió tímida.

—¿Desea algo más, Monsieur Arnaud? —preguntó ella y colocó la pesada bandeja otra vez sobre la mesa.

—No, gracias, Justine —repuso Philippe. La chica se dirigió a la cocina—. Oh, sí. Prepara un chocolate caliente, por favor. Se lo llevaré a mi hermana a la habitación.

Se aflojó el nudo de la corbata, que de pronto había empezado a picarle de forma insoportable, y se rascó el cuello.

Justine lo miró asustada.

—Pero, señor Arnaud, su hermana está muerta. No entiendo... —a media frase se detuvo desolada.

Philippe se levantó de la mesa de un salto, como si le hubiera picado una tarántula, y la silla cayó al suelo.

—¡¿Cómo se te ocurre decir algo así, desgraciada?! —gritó furioso, y Justine empezó a temblar. Sus ojos se oscurecieron por el miedo y se apartó de su jefe, que estaba muy enfadado.

—Pero, pero —tartamudeó ella.

—¡Pero, pero! —la imitó Philippe sin gracia—. ¡Pero nada! —retumbó su voz y golpeó la mesa con el puño, la vajilla tintineó—. ¡Como te vuelva a oír decir algo así, te echo de inmediato de la finca! ¡Mi hermana no está muerta! Y mañana le voy a contar las cosas tan horribles que has dicho. Luego tu madre te regañará y Virginie te...

Masculló algo para sí mismo y se tocó la cabeza.

Justine salió del comedor precipitadamente. No se iba a quedar ni un minuto más en el priorato. ¡El hombre estaba completamente loco! Si pudiera convencer a sus padres para que se fueran con ella. Hasta entonces le habían quitado importancia a todo cuando Arnaud tenía sus «fallos» —como llamaban a su comportamiento—, pero ahora estaba siendo verdaderamente aterrador. Y a Justine no le apetecía seguir trabajando para un loco. ¡Una ya no se encontraba segura!

CAPÍTULO 118

—¡Ay! —Saskia se frotó la espinilla mientras se tambaleaba el gran florero al lado de la puerta—. ¿Desde cuando está aquí? —susurró y a duras penas pudo evitar que la pieza antigua se cayera.

La finca de los Rougeon ya estaba a oscuras cuando llegaron y fueron de puntillas por la entrada lateral para no despertar a nadie.

Jean-Luc encendió el interruptor de la luz.

—No tengo ni idea —contestó susurrando—. Pero esta mañana seguro que todavía no estaba aquí. O por lo menos eso creo —añadió dubitativo, encogiéndose de hombros.

¿Esta mañana? A Jean-Luc le parecía que hubieran pasado años y no solamente horas entre la salida y la puesta de sol. Habían ocurrido tantas cosas —¡tantas cosas buenas!— desde que se había levantado. Observaba a Saskia amorosamente mientras se quitaba la capa con capucha que le iba tres tallas grande. Ella notó su mirada y levantó las cejas.

—¿Ocurre algo? —preguntó insegura y se miró de arriba abajo.

—No, chérie, no hay ningún problema —dijo él sonriente—. ¿Tienes hambre?

Sus ojos se iluminaron.

—¡Sí, mucha!

—Bien, entonces vamos a ver los tesoros que la buena de Nettie guarda en su reino.

Se deslizaron en silencio por el largo pasillo, para no despertar a los demás. De pronto apareció de la oscuridad Gaucho, que saltó alegre sobre Saskia, de tal forma que casi se cayó al suelo.

—¡Eh, tú, ladronzuelo! —dijo ella riéndose—. ¿Me has echado de menos?

Como respuesta, el perro le lamió la cara.

—No solo él —dijo Jean-Luc divertido.

Saskia le miró con picardía.

—Pero a diferencia de ti, Gaucho me quiere desde el principio.

—Sí, pero también a diferencia de mí, él reparte su simpatía sin orden ni concierto —repuso Jean-Luc sagaz.

—¡Qué fresco! —Saskia le lanzó por la cabeza la capa mojada. Gaucho ladró, se llevó la prenda y se puso a caminar con la cabeza alta.

—¿Qué es este jaleo?

La cara de dormida de Mama Sol asomó por un resquicio. Saskia y Jean-Luc se quedaron inmóviles como niños sorprendidos en una travesura.

—Oh —dijo Soledad—. Los ángeles vuelan a pesar de la lluvia.

Saskia la miró estupefacta, pero Jean-Luc sonrió.

—C'est ça, Mama! —replicó y tiró de la perpleja Saskia en dirección a la cocina.

—¡Espera, hijito! —ordenó su madre y desapareció por un momento en su habitación. Tras un par de segundos apareció de nuevo en el umbral y le dio una cajita—. Toma, la he encontrado en el despacho. Creo que es tuya.

Le guiñó el ojo a su hijo con complicidad y Jean-Luc asintió con una sonrisa.

CAPÍTULO 119

El reloj de música se detuvo. Philippe le dio un golpecito. La baila-rina seguía girando con garbo sobre una pierna. Él ladeó la cabeza. A Virginie no le gustaba que él revolviera sus cosas; esa caja de música le gustaba especialmente. Y siempre, cuando nadie miraba, se la llevaba y escuchaba la música. Aunque su padre renegaba de él cuando se entretenía con juguetes de niñas. Las baratijas femeninas eran la debilidad de su hijo, le había dicho una vez a mamá e hizo retirar todas las muñecas de la habitación de Philippe. Y, cuando se puso a llorar por ese motivo, su padre le dio tal tunda que no se pudo sentar correctamente durante una semana. Desde entonces, se encerraba a veces en la habitación de su hermana y jugaba en secreto con sus muñecas. Siempre poco rato, para que nadie se diera cuenta. Y ponía especial atención en colocar el juguete exactamente donde lo había encontrado.

La tormenta había amainado y ahora la lluvia golpeaba los cris-tales de las ventanas de forma monótona. Philippe se dirigió a la puerta del balcón, la abrió y salió fuera. En pocos segundos quedó empapado. Las finas cortinas se hincharon por la corriente de aire y luego se quedaron pegadas a los batientes húmedos de las puertas. Su mirada vagaba por el jardín; se quedó fija en el apartamento construido al lado, luego siguió por el camino pedregoso, que solo se reconocía por una línea gris, y se perdió en el horizonte. ¿Estaría pasando frío en una noche así?

Se rascó el cuello y sintió un ligero mareo. Tenía la boca seca. Sacó la lengua todo lo que pudo para atrapar algunas gotas de lluvia. Sí, ella debía de estar pasando frío. Enseguida se quedaba halada y siempre intentaba no constiparse. Le llevaría una colcha para que pudiera entrar en calor.

Philippe se dio la vuelta, tomó la colcha rosa de satén de la cama con dosel e hizo una bola con ella.

—Ya voy, ma princesse —susurró él y corrió afuera.

CAPÍTULO 120

—¿Me puedes dar otro trozo de Brie, por favor? —preguntó Saskia entre dos mordiscos y bebió un gran trago de vino. Jean-Luc observó riendo cómo se comía con buen apetito el manjar que habían tomado prestado de la nevera de Henriette. Le gustaban las mujeres que comían y no las que tan solo hurgaban en la comida.

Jean-Luc se había propuesto no comparar siempre a Saskia con Virginie, pero por su físico idéntico sus pensamientos volvían a menudo hacia su difunta esposa. Y ante las comparaciones, esta última siempre salía perdiendo.

—Toma, chérie, que aproveche. —Él mismo se sirvió del exquisito vino tinto y partió un trozo de baguette—. Y deja algo de jamón para mí, ¡tragona! —sonriente, acabó con las dos últimas lonchas del plato.

Saskia masticaba con ganas.

—El deporte la pone a una hambrienta —bromeó ella—, ¡pero también es muy divertido!

Le guiñó el ojo, pícara. Y en los ojos de Jean-Luc brilló la ilusión.

—No hablemos muy alto, seguro que ya están todos durmiendo.

—¡Oh! —Géraldine estaba bajo el marco de la puerta e interrumpió su frase. Detrás de ella un hombre intentaba mantener el equilibrio y no caerse de boca contra la espada de ella—. Disculpad, pensábamos que ya no había nadie más, tan solo queríamos terminarnos la botella de vino y luego meternos en la cama…, quiero decir a dormir… —se interrumpió de nuevo y se puso muy colorada. Jean-Luc y Saskia se miraron sorprendidos. Al final Géraldine se acordó de los buenos modales.

—¿Puedo presentaros? Cédric Beauville, Saskia Wagner. A Jean-Luc ya lo conoces.

El joven se acercó a Saskia y le extendió la mano sonriente.

—Enchanté, Madame —dijo educadamente y movió la cabeza hacia Jean-Luc.

—Madame no, Cédric, llámame solamente Saskia —respondió.

Se notaba que el joven estaba pasando por una situación embarazosa, pero tensó los hombros y asintió.

—Pues bien —dijo Jean-Luc mirando la botella de vino tinto vacía—, en esta solo hay aire. Pero estoy seguro de que encontraréis otra si os apetece una última copa.

Ambos estaban algo perdidos en la cocina, hasta que Géraldine rompió el silencio desagradable.

—Lo cierto es que ya hemos bebido suficiente. Será mejor que nos retiremos, ¿verdad, Cédric?

El compañero asintió, visiblemente contento de poder escapar de la incómoda situación.

—Entonces, buenas noches —cuchicheó Géraldine y los dos desaparecieron.

Jean-Luc y Saskia se miraron asombrados el uno al otro y luego empezaron a sonreír.

CAPÍTULO 121

Las ramas golpeaban a Philippe en la cara, pero él no sentía nada. Pegado a la colcha rosa, una sonrisa feliz iba trotando bajo la incesante lluvia. Ya había dejado atrás el camino pedregoso y ante él se extendía el campo abierto. La oscuridad era aplastante, pero Philippe no sentía miedo. Ya había hecho mil veces el camino hasta la morera. Puso un pie delante del otro mecánicamente.

—Ya llego, Virginie. Solo un momento —murmuró feliz.

El suelo estaba resbaladizo. Resbalaba una y otra vez y se caía con brusquedad en el barro. Su pijama estaba sucio, y la colcha era ahora una bayeta mojada y sucia. Cuando de pronto se encontró en medio de vides jóvenes, se llevó la mano a la frente. ¿Por qué plantaban nuevas vides ahora allí? ¿Lo había ordenado él? No podía recordarlo y movió la cabeza confuso.

De pronto algo retumbó tenebrosamente e interrumpió la monotonía de la lluvia. Philippe miró asustado a su alrededor. La tierra se movía bajo sus pies. Se tambaleaba sin control arriba y abajo; intentó agarrarse a las vides jóvenes, pero se rompían como briznas de hierba debajo de él.

Philippe se cayó al suelo y se deslizó por la pendiente resbaladiza. La colcha se le escurrió de las manos. Se aferró, desesperado, al suelo. Piedras puntiagudas se clavaron en su piel y un alud de tierra lo arrastró a gran velocidad hacia el valle. Su cabeza chocó contra una roca, y perdió el conocimiento.

CAPÍTULO 122

Saskia se asustó y en un primer momento no supo dónde estaba. Jadeó, el corazón casi se le salía por la boca. A lo lejos oyó algo retumbar. En algún lugar de la casa Gaucho lloriqueaba, y un frío le recorrió la espalda. ¿Gaucho?

Poco a poco se empezó a orientar. La cabaña, la reconciliación, el Cancerbero ruborizado. ¡Estaba en la finca de los Rougeon!

Palpó la cama con una mano y tocó un cuerpo caliente. Jean-Luc respiraba con normalidad. Poco a poco se tranquilizó y se acurrucó en su espalda. Él le puso su mano con cuidado sobre el pecho desnudo y se volvió a dormir.

Unos golpes fuertes en la puerta la sobresaltaron por segunda vez en medio del sueño. Abrió los ojos. El sol brillaba a través de las cortinas. Jean-Luc estaba a su lado. De nuevo se oía alboroto en la puerta.

—¡Jean-Luc! Despierta deprisa. —No pudo ignorar el pánico de la voz masculina tras la puerta del dormitorio. Saskia sacudió a Jean-Luc por los hombros.

—Despierta, creo que ha ocurrido algo.

Se puso un albornoz y fue hacia la puerta. Hervé, el vigilante de la finca, estaba allí. Por un momento la miró con asombro, luego se aclaró la garganta.

—Salut, Saskia. ¿Puedo hablar con Jean-Luc? —la urgió el hombre.

De pronto se quedó helada y se apretó el cinturón del albornoz en la cintura.

—¿Ha ocurrido algo?

El hombre asintió, pero no respondió a su pregunta y miró a hurtadillas a la cama.

—¡Jefe, tienes que venir enseguida! —gritó sin aliento.

Entretanto, Jean-Luc se había deshecho de la colcha y miraba adormecido el sol de la mañana. Al ver al vigilante en la puerta, se despertó de golpe y saltó de la cama.

—¿Hervé? ¿Qué ha ocurrido? —preguntó asustado.

—La ladera sur —dijo con rotundidad.

CAPÍTULO 123

Delante de la casa reinaba un desorden infernal. Había en la entrada un camión de bomberos con la sirena encendida. Hombres uniformados caminaban de aquí para allá ocupados. Cargaban palas y picos en un camión. Henriette estaba en bata en los escalones de piedra, entregándole termos a un trabajador.

Hervé gesticulaba a lo loco con las manos y Jean-Luc intentaba ponerse desesperadamente su cazadora vaquera. Con mirada lúgubre, Jean-Luc había escuchado atentamente el informe de su vigilante y luego, sin darle explicación alguna a Saskia, había recogido su ropa y se había marchado a toda prisa delante de él. De las palabras confusas de Hervé solo había entendido que se había producido un movimiento de tierras en la ladera sur. Ahora, todavía en albornoz, estaba ante una ventana observando el escenario.

Por Jean-Luc sabía que la ladera sur era el punto problemático de los Rougeon. En varias ocasiones, parte del terreno ya se había hundido. Hasta entonces, los daños siempre habían sido colaterales, pero ahora, a consecuencia de las fuertes lluvias, había ocurrido un desastre. Esperaba que no hubiera heridos.

—¿Saskia? —Nele llevaba un pijama de flores y estaba en el pasillo; miró a su amiga sorprendida—. ¿Qué haces aquí?, ¿qué es todo este escándalo?

Se puso la mano en la boca al bostezar y miró el reloj de pared; marcaba las seis de la mañana.

—Ha habido un corrimiento de tierras en la ladera sur —respondió Saskia a su pregunta.

Los ojos de Nele se abrieron como platos.

—¡Oh, diablos! ¿Hay alguien herido? —preguntó ella asustada y se acercó a la ventana.

—Ni idea, espero que no. Allí no hay casas. Y ha ocurrido por la noche; en principio no tendría por qué haber ningún excursionista en camino, pero nunca se sabe.

Nele se pasó los dedos por el pelo enredado.

—Oh, mon Dieu! Quelle catastrophe! —Henriette se acercó a ambas mujeres y pareció no encontrar extraño que Saskia llevara el albornoz de Jean-Luc y que estuviera descalza en el vestíbulo—. Venid las dos, vayamos a la cocina y tomemos un café. Después prepararé bocadillos para que se los llevéis a los hombres. Quelle catastrophe! —dijo otra vez y se santiguó.

CAPÍTULO 124

Uno tras otro, todos los habitantes de la finca iban llegando a la cocina, donde Henriette había preparado una enorme jarra de café con leche y cruasanes calientes. Los ánimos estaban tensos, y casi todos hablaban entre ellos en voz baja. Incluso Gaucho había perdido su energía y estaba tumbado en un rincón con la mirada triste.

Géraldine tomaba las manos de Mama Sol y le acariciaba el brazo para reconfortarla. Saskia tenía un nudo en la garganta. La madre de Jean-Luc parecía haber envejecido y esbozaba un gesto de resignación que Saskia no conocía de ella. Normalmente, era ella el timón del barco y se arremangaba manos a la obra cuando había problemas, pero ahora estaba sentada, hundida en la mesa e intentaba mantener la compostura.

Se abrió la puerta e Ignace Rougeon entró con un pijama a rayas. Echó una mirada de sorpresa al grupo y tomó un cruasán caliente de la mesa.

—¿Se ha muerto alguien? —preguntó feliz y se sentó al lado de Saskia—. Salut, Virginie. ¿Qué tal la pintura? —tomó una taza vacía.

A Saskia no le apetecía corregir la confusión y solamente dijo:

—Voy adelantando, gracias.

Bien, bien, repuso el padre de Jean-Luc y se tomó obediente la medicación que Géraldine le dio en la mano.

—No quiero meterme en tus asuntos, pero tendrías que practicar un poco más. —Se rio y se tragó la medicación con un sorbo de café.

—Así lo haré —murmuró Saskia y notó la mirada agradecida de Mama Sol que reposaba en ella. Incluso Géraldine se rio y se alegró. Quizás la prima de Jean-Luc había finalmente enterrado el hacha de guerra.

—Bien —dijo Henriette, puso una cesta de mimbre llena sobre la mesa y se dirigió a Saskia y a Nele—: Estaría muy contenta si pudierais llevarles a los hombres la comida para que tomen fuerzas. Decidles que los espero para el almuerzo. Ya encontraremos sitio para todos. La comida no debe faltar.

Saskia y Nele se levantaron a la vez.

—¿Puedes prestarme algo para ponerme? —preguntó Saskia en voz baja, y pensó en el vestido con el que había llegado la noche anterior.

—Sí, claro. Ningún problema. Mis zapatos seguramente te estén pequeños, pero de todas formas debemos ponernos las botas de goma de los trabajadores. Seguro que está todo muy sucio ahí fuera.

Saskia asintió y salieron de la cocina juntas. Gaucho las siguió a la habitación de Nele.

—¿Nos lo llevamos? —le preguntó ella a su amiga.

Nele miró al perro, que movía la cola.

—Claro, ¿por qué no? No nos molesta.

CAPÍTULO 125

Jean-Luc quedó horrorizado al bajar del camión. Allí, donde sus jóvenes vides crecían el día anterior en la ladera, había un enorme agujero en forma de media luna. El corrimiento de tierras había arrastrado todo el suelo hasta verse la roca desnuda. Aquí ya no podrá crecer ninguna uva, pensó.

Había una inmensa montaña de tierra y piedras en la carretera. Probablemente tardarían días hasta que la carretera a Carpentras pudiera abrirse otra vez. Los bomberos ya habían pedido refuerzos de las localidades vecinas y durante el transcurso del día las excavadoras empezarían a sacar la tierra por ambos lados.

Jean-Luc se quedó mirando el priorato, del que tan solo se veían los altos árboles. Gracias a Dios, allí la pendiente era menos inclinada. No parecía que por esa parte tuvieran que temer nada.

Suspiró. Estaban naturalmente asegurados contra daños por accidentes climatológicos, pero la pérdida de la cosecha no se la iba a pagar nadie. Seguro que Philippe se alegraría de su amarga pérdida.

Los hombres descargaron sus herramientas del camión y sellaron la zona. Los primeros curiosos no tardaron en aparecer, atraídos por el desastre, y estorbaban la tarea de los trabajadores. Unos cuantos discutían sobre si debían empezar a retirar la tierra. Pero el barro, las piedras y los árboles astillados habían formado una masa impenetrable que solo podía retirarse con máquinas de mucha potencia. De hecho, no podían hacer nada.

Jean-Luc oyó un vehículo que llegaba y reconoció la furgoneta de la finca. Del automóvil saltaron, literalmente, Gaucho, Nele y Saskia; esta última con un cesto en el brazo. ¡La buena de Henriette!

—Salut, mon coeur —le dijo a Saskia y le dio un beso. Los presentes intercambiaron miradas cómplices y Saskia se ruborizó. Luego miró horrorizada el entorno, o lo que quedaba de él.

—¡Vaya! —Nele estaba igual de impresionada ante la enorme montaña de tierra y se tapó la boca con la mano—. ¡Menuda porquería! ¿No?

Jean-Luc asintió.

—Ya lo puedes decir en voz alta —repuso él y le quitó de las manos el cesto a la holandesa.

—¿Y qué queréis hacer? —preguntó ella y le dio una patada a una piedra hacia el lodo.

—Primero desayunar, hasta que lleguen las excavadoras. Aquí la mayoría probablemente todavía no haya comido nada.

Gritó algo a los hombres, que no se hicieron mucho de rogar. Cada uno tomó agradecido un bocadillo del cesto. Algunos se sentaron en sus vehículos, otros se recostaron en los capós y durante unos momentos todos estuvieron sumidos en sus pensamientos. Saskia buscó con la mirada a Gaucho, que escarbaba a los pies de la montaña de escombros en el lodo.

—Viens ici, Gaucho, ¡te vas a poner perdido! —le gritó, aunque el perro no hizo caso. Jean-Luc le dio un silbido, pero el perro seguía escarbando como un loco entre las piedras. Jean-Luc frunció el ceño y le dio a Saskia el bocadillo empezado.

—Voy a ver —dijo él y subió por las piedras.

Saskia, a su vez, le dio el bocadillo a Nele.

—¡Espera, que vengo! —le gritó.

En poco tiempo sus botas estaban sucias de arriba abajo y a cada paso se hundía en el lodo y tenía que esforzarse para tirar de las botas, que le quedaban un poco grandes. Cuando Jean-Luc llegó junto a Gaucho, se agachó. Tiró de algo que parecía una lona sucia.

—¿Habéis encontrado algo? —preguntó ella sin aliento.

—Mmm... —Jean-Luc frunció el ceño—. Ayúdame.

Unieron sus fuerzas y tiraron de la tela, que se salió del barro con un ruido.

—Es una colcha —dijo Saskia innecesariamente—. ¿De dónde habrá salido?

Jean-Luc encogió los hombros.

—Ni idea, quizás la hayan dejado olvidada un par de campistas.

Le echó una mirada dudosa. Su suposición no le parecía lógica.

—¡Mira! —gritó Saskia y señaló a Gaucho con el dedo—. Ha encontrado algo más.

Jean-Luc siguió con la mirada su brazo extendido y apartó a su perro, que seguía escarbando como un loco en el agujero de donde había sacado la colcha. Jean-Luc se volvió a agachar, jadeó y se quedó blanco como la leche. Luego se apartó a un lado y vomitó los pocos mordiscos que había dado.

EPÍLOGO

El sol de octubre relucía brillante en el cielo despejado y se entremezclaba en las coloridas hojas de las vides. Una bandada de pájaros llegó a Les Dentelles de Montmirail para pasar el invierno en un clima más meridional. Prometía ser un maravilloso día de otoño.

Saskia se tocó el cuello y jugó ensimismada con el angelito que colgaba de una cadena de oro. Jean-Luc le había regalado la joya el día que encontraron a Arnaud. Sus pensamientos volvieron hacia atrás.

Solo se pudo rescatar a Philippe Arnaud cuando ya estaba muerto. Llevaba un pijama roto y bañado en sangre. Se había ahogado en el barro. Los motivos para alejarse tanto del priorato en una noche tan nefasta eran solo suposiciones. Vincent identificó la colcha sucia como la de la habitación de Virginie, y añadió en la declaración que Philippe quería por encima de todo ver a su hermana, que estaba enterrada bajo la morera.

El antiguo sirviente imploró a las autoridades que no informaran sobre la enfermedad de Philippe Arnaud para no manchar su memoria. De algún modo las instituciones consiguieron ocultar a la prensa las circunstancias de que tanto él como su madre y su hermana habían padecido una enfermedad hereditaria. Una semana después, los restos mortales de Philippe Arnaud, el último de su estirpe, fueron enterrados al lado de Virginie Rougeon-Arnaud bajo el álamo del priorato. El pueblo entero participó en el entierro y le dieron al presidente de la Cooperativa de Explotación Vinícola el último adiós.

Jean-Luc estaba con el ánimo por los suelos. Su difunta esposa nunca le había contado nada de su enfermedad, y él se hacía reproches por no haberse dado cuenta. Quizás todo habría sido distinto; pero quién se lo podía imaginar.

Aproximadamente una semana después, Géraldine fue convocada para la apertura del testamento, lo que sorprendió mucho a todos. Nadie podía explicarse por qué él debería haberle dejado algo. Pero el asombro todavía fue mayor cuando una angustiada Géraldine llegó después a la finca e informó de que había heredado el priorato. Sin embargo, en el testamento había una cláusula que decía que, si moría antes que su marido y no tenían hijos, todos los terrenos, incluyendo los anexos y la empresa, quedaban en manos de una institución pública.

Hubo una serie de conjeturas sobre por qué Arnaud había incluido una cláusula tan extraña, pero después Jean-Luc le contó a Saskia que Géraldine y Philippe habían conspirado contra la unión de ellos dos. Lo más probable era que Philippe pensara que Géraldine iba a casarse con Jean-Luc y, debido a que su cuñado nunca le había envidiado nada, probablemente esta fuera su última indirecta. Si Géraldine moría antes que él, Jean-Luc no debía heredar el priorato bajo ningún concepto.

Debido también a que por parte de los Arnaud no había más parientes, nadie impugnó el testamento y desde hacía un par de semanas Géraldine vivía en el priorato, y los Thièche trabajaban para ella. De vez en cuando la visitaba un tal Cédric Beauville, de quien se rumoreaba que también había pasado alguna noche allí.

Géraldine asumió los negocios de la Cooperativa de Explotación Vinícola sin vacilar mucho y todos estaban seguros de que ella sería la siguiente presidenta.

Desde aquella noche había dejado de llover. La cosecha de ese año prometía ser una de las mejores de los últimos años.

Jean-Luc pudo liberarse sin mucha dificultad del contrato firmado hacía poco con Châteauneuf-du-Pape, lo que seguramente también había que agradecer a Cédric Beauville. Y también negoció un contrato nuevo con Géraldine. Resultó que su prima se reveló como una socia todavía más dura de lo que había sido su cuñado. Pero al final pudieron llegar a un acuerdo y los Rougeon seguirían contribuyendo a que Beaumes-de-Venise fuera líder en la producción de vino de moscatel.

Llamaron a la puerta y Saskia se dio la vuelta.

—¿Podemos entrar? —Nele y Cécile atravesaron el umbral y la miraron asombradas.

—¡Cariño, estás maravillosa! —gritó Nele y puso una sonrisa de oreja a oreja.

Saskia sonrió y sintió cómo se le llenaban los ojos de lágrimas.

—No empieces ahora, que si no yo también tendré que llorar. ¡Y mi rímel no es resistente al agua! —Cécile puso los ojos en blanco con indignación fingida y las tres jóvenes se rieron—. Vamos ya. Los invitados de la boda están esperando y me puedo imaginar que Jean-Luc debe de estar impaciente por ver al fin a su novia.

ÍNDICE